KB271650

무조 新무협 판타지 소설

FANTASTIC ORIENTAL HEROES

혈야광무 1

무조 新무협 판타지 소설

초판 1쇄 찍은 날 § 2007년 10월 1일
초판 1쇄 펴낸 날 § 2007년 10월 10일

지은이 § 무조
펴낸이 § 서경석

편집장 § 문혜영
편집책임 § 최하나
편집 § 장상수
펴낸곳 § 도서출판 청어람
등록번호 § 제1081-1-89호
등록일자 § 1999. 5. 31
어람번호 § 제2-1305호

주소 § 경기도 부천시 원미구 심곡1동 350-1 남성B/D 3F (우) 420-011
전화 § 032-656-4452 팩스 § 032-656-4453
http://www.chungeoram.com
E-mail § eoram99@chollian.net

ⓒ 무조, 2007

ISBN 978-89-251-0936-7 04810
ISBN 978-89-251-0935-0 (세트)

血夜狂舞

혈야광무

무조 新무협 판타지 소설

FANTASTIC ORIENTAL HEROES

포호풍하 (暴虎馮河)

1

도서출판 청어람

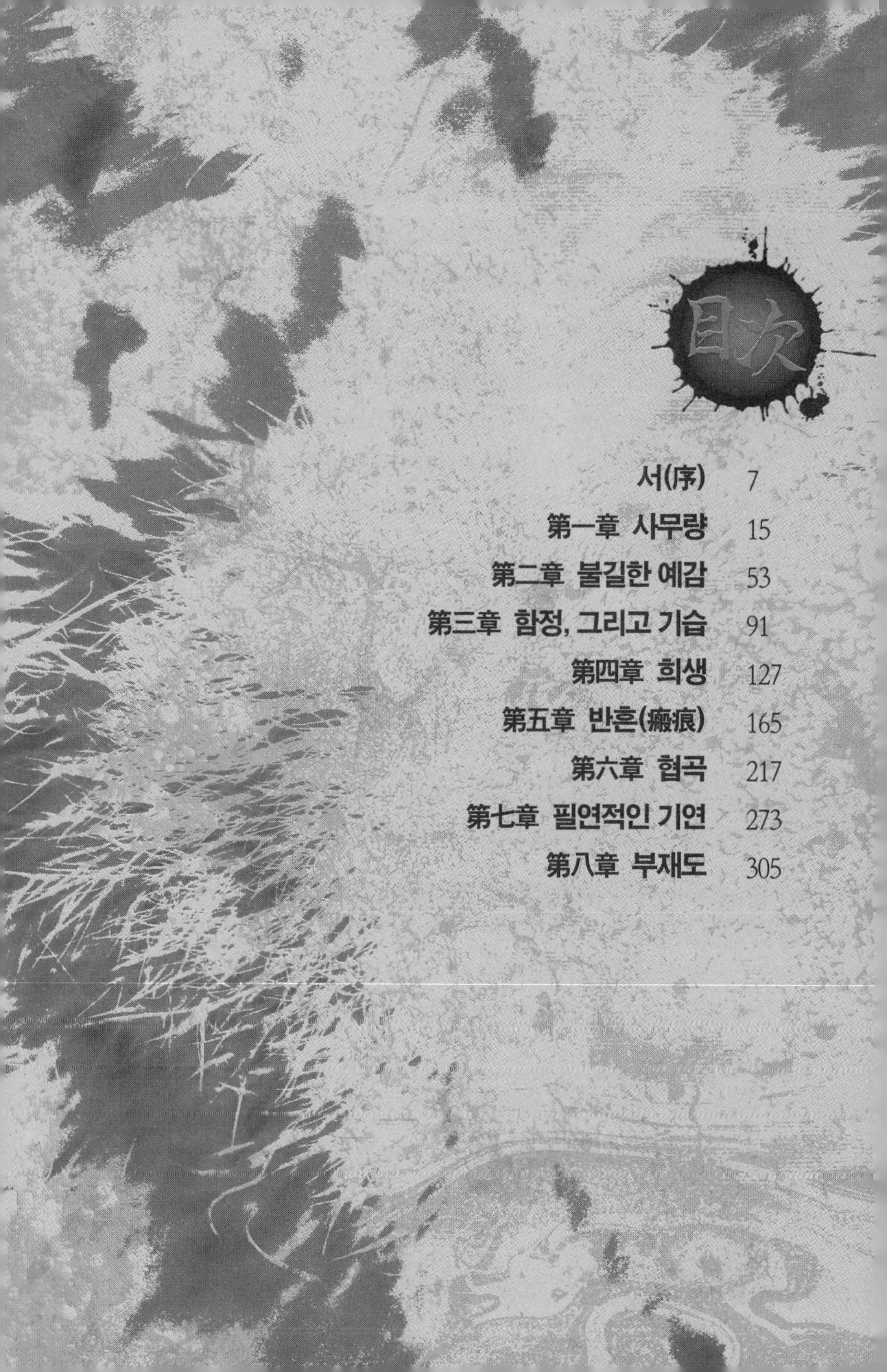

血夜狂舞

무림사(武林史)에 남은 가장 잔혹했던 일을 아냐고?

알다마다! 두 번 생각할 것도 없어.

십이 년 전에 있었던 한 미치광이가 저지른 살육(殺戮)은 세 살 먹은 아이도 알고 있을걸?

그때 죽은 사람들의 시체가 산을 만들고 피가 바다를 이뤘지. 크크! 난 멀리서 지켜보기만 했는데도 무서워서 바지에 오줌을 지렸니니까……. 힝힝! 내가 방금 한 마지막 말은 잊어버리도록 해.

아무튼 그 미치광이 살인마가 누구냐면, 당시에 천하제일인(天下第一人)으로 불렸던 자야. 정말이야. 아무도 그가 천하제일인이라는 데 이의를 단 사람은 없었어.

크크! 모든 무인들의 우상이었던 천하제일인이라도 머리가 휙까닥 도는 건 정말 순간이었다니까.

난 아직도 그때의 일을 잊어버릴 수가 없어.

뼛속까지 시린 어느 겨울날의 깊은 밤이었는데… 어둠 속에서 보이는 건 사방으로 튀는 핏물과 검을 휘두르며 날아다니는 그의 모습뿐이었어. 절정에 다다른 무위였지. 마치 춤을 추는 것 같은… 뭐랄까.

음…… 그래! 혈야광무(血夜狂舞)!

핏빛 밤의 미친 춤사위.

캬! 더도 덜도 없이 딱 어울리는 말이군.

그런데 갑자기 그건 왜 물어?

웅? 뭐? 그자의 후인이 살아 있다는 사실을 아냐고?

예끼! 말도 안 되는 소리 마!

구파일방 우두머리들이 합공해 그를 죽였는데 어떻게 후인이 남아?

농담이라도 그런 말 마. 또다시 십이 년 전의 악몽과 같은 일이 다시 일어나기라도 한다면… 으으! 생각조차 하기 싫어!

그 빌어먹을 천하제일 무공은 사람을 최고로 만들어줌과 동시에 미치광이로 만든다니까.

또다시 참사가 일어나지 않으려면 그 무공 비급을 태워 버려야 하고, 후인도 미리 제거를 해야 해.

그래야지. 암! 그렇고말고. 그래야 무림이 편안해져. 서로 싸우는 일도 없을 테고 말이야. 크크!

뭐야, 더 물어볼 말 없으면 그만 가봐. 졸린 사람 붙들어놓고 뭐 하는 짓이야?

―하오문(下午門) 개화(開化) 지역
어느 향주(香主)와의 대화 중에서.

*　　　*　　　*

대참사가 일어난 그해 겨울, 무당파(武堂派)에 한 아이가 소리 소문도 없이 들어왔다.

중원이 한바탕 들썩였다 놓인 혼란의 직후인지라 무당 도인들은 새로운 식구가 하나 생긴 걸 까맣게 모르고 있었다.

기실 식구랄 것도 없었다. 동자(童子)는 아니었고, 청소나 심부름을 하는 잡일꾼도 아니었다. 더욱이 여섯 살배기에 존재감이 드러나지 않는 조용한 아이였다.

넝마와 같이 허름한 옷, 어딘지 음침해 보이는 표정. 친구라고는 하나도 없이 언제나 연무장(練武場) 한구석에 앉아 다른 아이들이 무공을 수련하는 모습을 지켜보기만 하는 이상한 녀석.

혼란이 어느 정도 가셨을 무렵, 아이의 존재는 서서히 드러

서(序)　9

나기 시작했다. 결코 아이가 귀여워서가 아니었다. 소문을 통해 그 아이가 누구인지 알게 된 몇몇 사람들이 보인 관심의 시작은 호감이 아닌 공포와 증오, 또는 혐오였다.

"정말 저 아이가 그자의 혈육이란 말이야? 어휴! 끔찍하구먼. 생긴 것도 꼭 지 애비를 닮아났네. 얼굴에 살기(殺氣)가 득한 것 좀 보게나."

"쉿! 조용히 해. 아직 애잖아. 녀석이 듣기라도 하면 어쩌려고 그래?"

"괜찮아. 무당에 들어온 지 일 년이 되었는데, 저 녀석이 말을 하는 걸 들은 사람이 없다니까. 벙어리니 듣지도 못하는 게 분명하지."

"아무튼 입조심해. 위에 알려졌다가는 큰일 치러야 할 게야."

아이를 보는 도인들의 태도는 모두 같았다. 그들은 아이가 애초에 없었던 존재인 양 전혀 신경 쓰지 않았다. 오히려 아이의 존재를 크게 느낀 건 또래의 동자들이었다.

"기분 나빠. 왜 저런 녀석이 무당에 있는 거야?"

동자들은 대놓고 인상을 찌푸리거나 욕을 했다.

"무당파 사람이 아니면 무공도 엿봐선 안 되는 거 아냐? 아무리 귀머거리에 벙어리라지만 왠지 께름칙해."

"신경을 안 쓸래야 안 쓸 수가 없어. 꼭 감시당하는 것 같잖아."

"야! 너희들, 쟤가 누군지 알아?"

왼쪽 볼에 커다란 점이 있는 동자가 손가락으로 아이를 가리키며 친구들에게 말했다.

동자는 짐짓 거만하게 서서는 얼굴에 비웃음을 띠었다.

"저 자식이 살인마의 아들이래."

"뭐어? 그게 정말이야?"

"진짜? 어디서 들었어?"

동자들이 놀란 얼굴로 되물었다.

"우리 스승님께 들었지. 절대 녀석과 가까이 해서는 안 돼."

"어쩐지… 왜 동자로 받아주지 않나 했어."

"설마 저 녀석이 살인마의 아들일 줄이야……."

아이를 바라보는 동자들의 눈빛은 경멸과 혐오를 넘어섰다.

"야, 머저리! 말해봐. 네 아버지가 살인마 맞지?"

"……."

동자들의 심한 말에도 아이의 표정엔 시종일관 변화가 없었다. 도저히 어린아이의 것이라고 생각할 수 없을 정도로 차갑게 가라앉은 눈빛만이 동자들에게 향해 있을 뿐이었다.

"벙어린데 어떻게 말을 해?"

"아참! 저 녀석은 말을 못하지?"

"키키!"

동자들은 배를 잡고 웃었다. 그들에겐 자신들의 입에서 쏟아져 나온 말로 하여금 아이가 받을 상처 따위는 안중에도 없

었다. 그리고 아이가 조용히 자리에서 일어나 다가오고 있다
는 사실조차도 눈치 채지 못했다.

　"분명 저 녀석도 커서 살인마가 되…… 커헉!"

　볼에 점이 난 동자는 어디선가 나타난 거센 손아귀에 멱살
이 잡혀 말을 잇지 못한 채 버둥거렸다. 멱살이 잡힌 채 끌려
가는 동자의 눈에 항상 먼발치에서만 보았던 아이의 얼굴이
비치었다.

　"다시 말해봐. 우리 아버지가 뭐?"

　"……!"

　동자들은 너무 놀라 두어 걸음씩 뒤로 물러섰다. 모두가 벙
어리라고 생각했던 아이의 입에서는 너무나도 자연스럽게 음
성이 흘러나오고 있었다.

　그제야 볼에 점이 난 동자는 아이의 손을 뿌리치며 뒤로 물
러났다.

　"흥! 벙어리가 아니었다? 모두를 속인 교활한 녀석 같으니
라고! 역시 네놈은 살인마의 기질을……!"

　쒸익―!

　이번엔 손아귀가 아닌 주먹이었다.

　퍼억!

　둔탁한 소리와 함께 동자의 몸이 뒤로 벌러덩 넘어갔다.

　누가 말릴 사이도 없이 벌어진 일이었다. 같은 또래이지만
동자들은 아이가 주먹을 날리는 단순한 움직임조차 목격하지

못했다.

"다시 말해봐. 뭐라고 했어?"

아이는 넘어진 동자를 내려다보며 낮게 으르렁거렸다.

하지만 동자는 두 손으로 감싸 쥔 코에 온 정신이 쏠려 아이의 물음이 들리지 않았다. 곧 손을 타고 흘러내린 피가 그의 옷을 적시기 시작했다.

"피…… 피!"

아이들에게 있어서 새빨간 피는 충격, 그 이상이었다.

"감히 너 따위가 나한테!"

충격도 잠시, 동자는 자리에서 벌떡 일어나 다짜고짜 아이에게 달려들었다. 놀라 얼어 있던 동자들도 덩달아 아이를 향해 주먹을 날리기 시작했다.

"죽어! 이 재수없는 살인마 자식! 죽어!"

퍽! 퍽!

처음엔 맞서 싸웠지만 수적으로 불리한 상황이었다. 게다가 아이는 무공을 익히기 시작한 동자들의 상대가 되지 못했다.

동자들에게 둘러싸여 발로 밟히고, 주먹으로 온몸에 멍이 들 때까지 맞아도 아이의 차가운 얼굴은 단 한 번도 찡그려지지 않았다.

어느 정도 집단 구타가 끝났을 무렵, 아이의 몸은 만신창이가 되어 있었다.

"훗! 상대도 안 되는 게 어디서 까불어?"

여러 명이서 한 명을 죽이 되도록 때린 동자들은 득의양양하게 말했다.

아이는 상체를 들어 올리며 소매로 입가에 묻은 피를 쓸었다.

"퉤! 그따위 조잡한 무공 가지고⋯⋯! 내가 무공을 익히면 너희들 따위는 한 주먹거리도 안 돼!"

"흥! 무공을 익혀?"

볼에 점이 난 동자가 씩씩거리며 아이를 노려보았다.

"넌 평생 무공을 익힐 수 없댔어!"

"뭐?"

"우리 사부님이 그러셨어. 네 몸속에 흐르는 피는 우리와 달라서 무공을 익히면 너희 아버지처럼 살인마가 될 거라고. 이제 알아들었냐? 넌 절대 무공을 익힐 수 없다고!"

"⋯⋯."

아이는 무표정한 얼굴로 동자들을 한참이나 바라보다가 힘겹게 몸을 일으켰다.

몸을 돌리기 직전, 아이의 얼굴에 처음으로 감정이라는 게 드러났다. 그것은 웃음 같기도 하고 인상을 찌푸리는 것 같기도 한, 오묘하면서도 섬뜩한 표정이었다.

그리고는 한마디를 내뱉었다.

"똑똑히 새겨들어. 살인마의 피가 아니라, 천하제일인의 피다!"

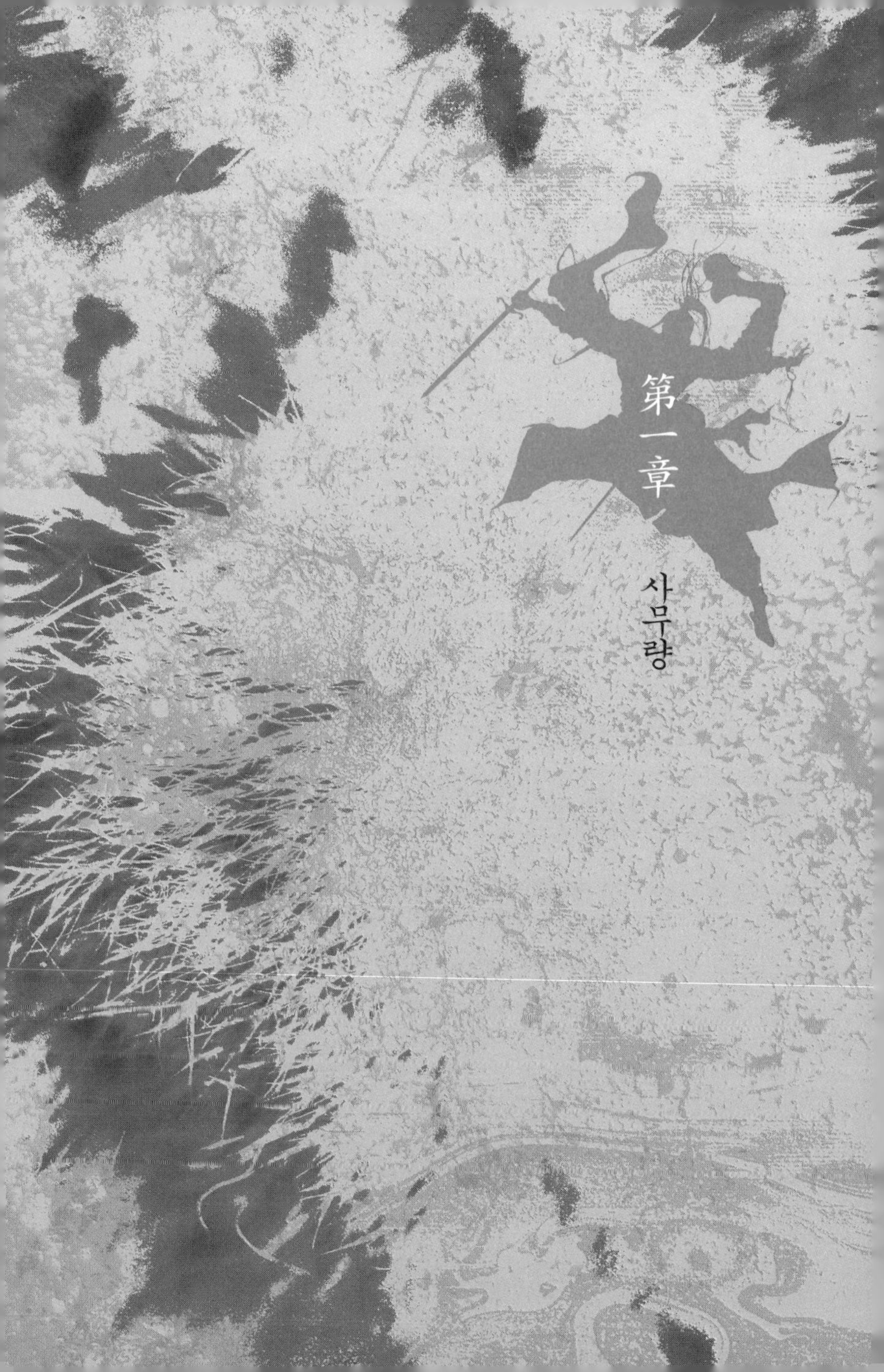
第一章

사무랑

“이것이… 무엇입니까?”

조양자(趙襄子)는 자신 앞에 놓인 전서에서 눈을 떼지 않았다.

“장문인(掌門人)의 명일세.”

전서를 건네주러 온 사람, 태을 진인(太乙眞人)의 대답은 참으로 간단명료했다. 그는 눈을 반쯤 내리깔고 뜨거운 차를 음미하는 중이었다.

조양자는 그를 향한 의아한 시선을 거두지 않은 채 천천히 전서를 잡아갔다.

어떠한 내용의 전서인지 모르지만 불길한 예감부터 들었

다. 자소궁주(紫蘇宮主) 태을 진인이 직접 전서를 가지고 온 것으로 보아 분명 심상치 않은 일일 것이다. 게다가 장문인의 명이라고 했으니 곤란한 일이라도 반드시 따라야 할 게다.

전서를 펼쳐 천천히 읽어 내려가던 조양자의 얼굴 근육이 급작스럽게 뒤틀렸다.

"으음! 부재도(不在島)……!"

익숙한, 그러나 달갑지 않은 이름.

전서에서 거둔 자하 선사의 시선이 태을 진인에게로 향했다.

"어느 분의 의견입니까?"

"내 의견일세."

태을 진인은 기다렸다는 듯이 바로 대답했다.

"그곳이 어떠한 곳인 줄 알고 계십니까?"

조양자는 물어보지 않을 수 없었다. 한 치의 머뭇거림도 없이 내뱉는 태을 진인의 말을 믿을 수가 없었던 것이다.

이미 모든 상황을 예상한 듯 태을 진인은 조용히 쓴웃음만 머금은 채 고개를 끄덕였다.

"사무량(四無量)이 열여덟 살이 되면 죽이기로 한 것이 아닙니까?"

"그러기로 했지."

"그런데 왜……?"

조양자는 말을 멈췄다.

십이 년 전, 구파일방(九派一幫)에서 죽이기로 했던 여섯 살배기 어린아이.

위험한 존재는 싹을 잘라 버려야 하는 게 무림의 원칙이지만 아무것도 모르는 여섯 살짜리 어린아이를 죽이겠다고 직접 나서는 사람은 아무도 없었다.

그때 무당이 나서서 다른 문파엔 비밀로 하고 소림(少林)과 함께 아이를 살려두기로 했다.

결국 아이를 무당으로 데리고 왔다. 그것은 물론 장문인의 뜻이기도 했다.

"후회하고 있네. 그때 사무량을 무당으로 데리고 오는 게 아니었어."

태을 진인은 착잡한 심정을 토로했다.

무당으로 사무량을 데리고 온 사람이 바로 그였다. 무공을 가르쳐서는 안 되기에 제자로 거두진 않았지만 사무량을 친아들처럼 보살펴 준 장본인 역시 태을 진인이다.

열여덟 살, 성인이 되면 죽이기로 되어 있었지만 어찌 십이 년 동안 보아온 아이를 죽일 수 있겠는가.

"소림에서도 동의했습니까?"

조양자는 또 우문(愚問)을 던졌다. 소림의 동의가 없었다면 자신 앞에 이런 전서가 놓일 리도 없을 것을.

"물론이네."

"사무량, 그 아이를 부재도로 호송해야 하는 건 저이고요?"

“미안하게 되었네. 자네만큼 적합한 인물을 찾을 수 없었어.”

“만약 사무량이 그곳에서 무공을 익히게 되면 어떻게 하실 겁니까?”

“그럴 리는 없네. 설혹 무공을 익히게 된다 하더라도 그곳에서 빠져나올 수 있는 길이 없지 않나.”

“그자의 피를 이은 아이입니다. 절대… 그 아이는 절대 무공을 익혀서는 안 됩니다. 또다시 그때와 같은 참사가 일어나기라도 하면…….”

조양자는 십이 년 전의 지옥 같은 악몽을 떠올렸다.

중원이 피로 물들었던 그날 밤의 일은 영원히 잊혀지지 않을 게다. 그리고 그 일의 중심엔 조양자가 말한 그자, 사무량의 아비가 있었다.

“당연히 그래선 안 되지.”

태을 진인은 찻잔을 입으로 가져갔다.

“사무량을 죽이지 못할 바엔 차라리 녀석을 계속 데리고 있는 건 어떻겠습니까?”

장문인이 내린 명을 번복할 수 없다는 걸 알고 있다. 하지만 조양자는 부재도라는 처사만은 피하고 싶었다. 사무량을 보이지 않는 곳에 떨어뜨려 놓기엔 너무도 불안했다.

“사무량의 나이 이제 열여덟. 세상을 스스로 살아갈 수 있는 나이일세. 어느 날 소리 소문도 없이 사무량이 무당에서 빠져나간다고 생각해 보게. 그보다 더 불안한 일도 없지 않겠는가?"

깊은 한숨이 절로 새어 나왔다. 사무량은 이제 더 이상 무당에 방치할 수 있는 인물이 아니었다.

태을 진인이 찻잔을 내려놓으며 조양자에게 말했다.

"출발은 열흘 후로 잡았네. 가급적이면 조용히 움직이길 원하니 입단속을 잘해주시게."

"저도 시끌벅적한 건 싫습니다."

"사두(四頭)마차 한 대를 줄 것이고, 태화궁(太和宮) 무인 스무 명과 자소궁 무인 스무 명을 붙여주겠네."

"……?"

조양자의 눈썹이 위로 찡긋 올라갔다.

부재도로 조용히 가길 원한다면 자신 혼자서도 충분했으며, 굳이 마차까지 이용할 필요가 없었다. 설마 무공도 익히지 않은 자 하나를 부재도로 데려다 놓지 못하겠는가.

그런데 사두마차는 웬 말인가. 거기다 무당과 무인 사십 명을 동반한 여행길이라니……. 무언가 미심쩍은 기분이 든다.

"저 혼자서도 충분할 것 같습니다만."

"아닐세. 실은……."

태을 진인은 무어가 말하기를 망설이다가 천천히 입을 열었다.

"요즘 이상한 움직임이 곳곳에서 보이고 있네."

"무슨 말씀이십니까?"

"무당산을 중심으로 일단의 세력이 모이고 있다는 소문이 있어. 물론 소문은 소문일 뿐이길 바라야겠지만."

"그게 사무량과 무슨 상관입니까? 어딜 가나 무림인들이 모이는 것은 흔한 일이 아닙니까?"

조양자는 대수롭지 않다는 듯 말을 하다가 이내 섬뜩한 기분이 들었다. 태을 진인의 얼굴이 급속도로 굳어지는 것을 본 직후였다.

"외부에서 사무량이 그자의 아들이라는 걸 알아버린 자가 있네."

"소문이 났다는 말씀이십니까?"

"일단은 조치를 취해두긴 했지만, 우리가 모르는 세력 역시 사무량의 존재를 알아버린 것 같네."

"설마… 그들이 사무량을 노린다는 겁니까?"

"……."

"무엇 때문입니까? 왜?"

이해할 수가 없었다.

사무량이 그자의 아들이라는 것은 부정할 수 없지만, 그를 노리고 있다는 사실은 정말 의외다.

사무량의 아비에게 원한이 맺힌 인물들의 복수라면 이해할 수 있다. 하나 무공도 익히지 않은 사무량 하나를 죽이기 위해 한두 명도 아닌, 세력 자체가 모인다는 것은 말도 안 되는 일이지 않나.

조양자의 두 눈이 가늘어졌다.

"혹시 제가 모르는 다른 일이 있습니까?"

태을 진인은 대답하지 않았다.

무언의 긍정. 조양자는 묵직한 무언가에 뒤통수를 맞은 듯했다.

"극비 사항이라 말해줄 수가 없네. 자네는 그저 명만 이행하면 되네."

"그들이 위험한 존재입니까?"

"아직 정체가 밝혀지지 않았으니 위험한지 위험하지 않은지 알 수 없네."

태을 진인의 대답은 조양자의 마음을 더욱 답답하게 만들었다.

"혹시 사무량의… 잠재된 능력 때문에 미지의 세력들이 노리는 것인지요?"

조양자는 소리가 새어 나갈까 목소리를 잔뜩 낮추며 조심스레 물었다. 이내 태을 진인의 얼굴도 찌푸려지기 시작했다.

"그것과는 상관이 없네."

"그럼 말이 나왔으니 질문을 드리겠습니다. 그 녀석, 아직도 상단전(上丹田)이 열려 있습니까?"

"선천적인 것일세. 인위적으로나 자연적으로 막을 수가 없지."

"그렇다면 이상한 증세는 아직 보이지 않습니까?"

태을 진인은 고개를 저었다.

상단전이 무엇인가. 인체의 가장 윗부분에 자리하며 제삼의 우주(宇宙)와 만나는 길이다.

무인에게 있어 상단전을 뚫는 것은 보통의 일이 아니다. 뚫게 되면 절대고수로 등극하는 것은 시간문제. 분명 무공에 있어 가장 커다란 성취라 할 수 있으나, 처음부터 뚫려 있는 자라면 이야기가 달라진다.

상단전이 열려 있는 사람이 무공을 익히게 되면 말도 안 될 정도로 급속한 성취를 이룬다. 일반 무인은 감히 흉내도 낼 수 없을 정도로 빠른 성취.

사무량이 그랬다. 그는 선천적으로 상단전이 열려 있는, 반 푼도 안 되는 확률을 타고 난 자였다. 그가 만약 무공을 익혔다면 벌써 절정고수의 반열에 오르고도 남았을 게다.

하지만 약점은 있다.

우주와의 교감이 통하면 통할수록 사물을 보는 이치 또한 남다르다. 어떤 경우엔 자아와 현실을 혼동하게 되어 미치광이가 되기도 한다.

"만약 사무량이 제 아비처럼 정신 이상 증세를 보이게 되면……."

"정신 이상은 심법(心法)으로 제어할 수 있지. 하지만 사무량에게 심법이라도 가르쳐 주는 날에는… 그의 몸속에 잠들어 있는 피가 요동치기 시작할 걸세. 우리로선 선택의 여지가 없어. 그 아이가 죽음을 피하게 하는 방법은 부재도로 보내지는 것뿐이네."

태을 진인은 눈을 감아버렸다.

무공을 익혀도 위험하고, 무공을 익히지 않으면 정신이상자가 될 가능성도 배제할 수 없다.

어찌 그리도 저주 받은 신체를 타고날 수 있단 말인가.

조양자는 더 이상 할 말이 없었다.

자신이 임무에 지목된 이상 따라야만 한다. 다른 이들에게 물려줄 수는 없다. 장문인이 직접 결정한 이유라면 그만한 이유가 있을 게 분명할 터이니.

"사무량도 부재도로 가는 것을 알고 있습니까?"

"아직 모르네."

"만약 본인이 원치 않는다면요?"

"강요해야겠지."

"잔인하시군요."

"직접 죽이는 것보단 덜 잔인하지 않겠나? 죽이지 않고 세상과 차단하는 방법은 그것밖에 없네."

태을 진인은 식어버린 차를 단숨에 들이키고 찻잔을 내려놓은 후 연신 한숨을 내쉬었다.

쉬운 일은 아닐 게다.

태을 진인에게도, 그리고 조양자에게도.

‘무량수불(無量壽佛), 무량수불……!’

조양자는 깊은 한숨을 내쉬며 마음속으로 도호를 끊임없이 외웠다.

태을 진인은 무당에서도 가장 후미진 곳에 위치한 낡은 처소로 걸음을 옮겼다.

끼이익—!

사람 한 명이 간신히 들어갈 법한 좁은 문이 불편한 소리를 내며 천천히 열리자 태을 진인은 서슴없이 안으로 들어섰다.

“으음!”

여기저기 널브러져 있는 쓰레기가 돼지우리를 연상케 했다. 먹다 만 음식이 썩어 들어가는 냄새는 실내를 가득 메웠다. 방 안은 빛 한 점 들어오지 않아 습했으며, 벽은 군데군데 곰팡이가 피어 있었다.

자신도 모르게 이맛살을 찌푸린 태을 진인은 즉시 창가로 다가가 창문을 활짝 열었다. 햇빛이 창문을 통해 쏟아져 들어왔다.

그리고 빛의 착지점엔 벽을 보며 죽은 듯 누워 있는 한 사내의 몸뚱이가 있었다.

잠이 든 것인지, 아니면 정말 죽은 것인지 분간할 수 없을 정도로 사내는 미동조차 하지 않았다.

한참이나 사내를 내려다보던 태을 진인은 바닥의 쓰레기

를 대강 치워 공간을 만들고 자리에 앉았다.

일다경(一茶頃) 동안이나 잠자는 사내의 뒷모습을 주시하던 태을 진인이 마지못해 입을 열었다.

"안 자고 있는 것 다 안다. 사람이 왔으면 인사라도 해야지."

제법 큰 목소리에도 불구하고 사내는 여전히 꿈쩍도 하지 않았다.

짧게 한숨을 내쉰 태을 진인은 품속에서 작은 호리병을 꺼내 들었다.

부스럭!

태을 진인이 바닥에 호리병을 내려놓음과 동시에 여태 움직이지 않던 사내가 상체를 벌떡 일으켰다.

"내가 올 줄 알고 있었으면 방이라도 좀 치워두던가. 이게 어디 사람 사는 곳이더냐?"

사내는 고개만 돌려 태을 진인을 바라봤다. 하지만 태을 진인은 사내의 얼굴을 제대로 볼 수가 없었다.

오랫동안 감지 않아 푸석해진 머리카락이 사내의 얼굴을 반쯤 덮었다. 그러나 머리카락이 채 가리지 못한 두툼한 입술은 한쪽으로 살짝 말려 올라가 있었다.

사내 사무량의 웃음을 태을 진인은 자주 보아왔다.

"여전히 술 냄새는 기가 막히게 잘 맡는구나."

사무량의 앙상한 팔뚝에 시선이 닿은 태을 진인은 다시 한 번 인상을 찌푸렸다.

"또 굶은 게냐? 밥이라도 제때 먹으라고 했건만."

"별로 생각이 없어서."

오랜만에 사무량의 입이 열렸다.

마치 비웃는 듯한 음성이었다. 살짝 열린 입술 사이로 보이는 뾰족한 송곳니는 섬뜩함을 불러일으켰다.

"도대체 얼마 동안 이곳에 혼자 있었던 게냐? 가끔씩 밖에 나가 산책이라도 하라 이르지 않았더냐?"

"나가봤자 할 일도 없고."

사무량은 다시 입술을 닫고 살짝 웃었다. 처음 보는 사람들은 그가 비웃는 걸로 착각하기 쉬우나, 태을 진인에게는 익숙한 표정이었다.

자리에서 일어나 너저분한 방을 뒤지던 사무량은 흙으로 빚은 진 하나를 찾아 태을 진인에게 내밀었다.

사무량의 얼굴에서 시선을 떼지 않던 태을 진인은 말없이 잔을 받아 들었다. 사무량은 익숙한 손짓으로 호리병을 들어 빈 잔을 채웠다.

또르르!

향긋한 주향이 퍼져 나왔다.

태을 진인은 잔을 비운 뒤 사무량에게 건넸다. 술이 채워지고 사무량 역시 금세 잔을 비웠다. 그렇게 서너 번 정도 잔이 오갈 때까지 두 사람은 아무런 말도 하지 않았다.

태을 진인은 사무량이 밖에 나가지 않은 이유를 알고 있었다.

방문을 열고 한 발자국만 나가도 사람을 만날 수 있다. 무당에 기거하고 있는 도인이 어디 한둘이겠는가. 그러나 사무량에게는 사람을 만나는 것 자체가 고통이었다.

몇몇 원로들을 제외한 무당 도인들은 사무량에게 호의적이지 않았다. 그렇다고 대놓고 멸시하지도 않았다.

처음 사무량이 무당에 들어왔을 땐 대부분의 도인들이 그에게 호의를 내비쳤지만 그건 아주 잠깐에 불과했다.

십이 년 전 무림을 피로 물들였던 자의 아들이라는 사실을 알게 된 후, 호의를 보이던 사람들은 하나둘 사무량을 괴물 보듯 했다. 태을 진인으로서는 도저히 손을 쓸 수가 없었다.

어쩌다 밖에 나갈 때면 그에게 인사를 하거나 다정한 말 한 마디 건네는 이가 한 명도 없었다.

관심보다 무서운 것이 무관심이라고 했다.

사람들은 사무량과 눈도 마주치지 않으려 애썼다. 시일이 지나자 사무량은 사람들에게서 점점 존재감을 잃어갔다.

냄새가 나고 좁은 방이지만 사무량에게는 더없이 편안한 장소일지도 몰랐다.

"한 일이 없으면 내 서재에서 책이라도 가져다 읽지 그랬느냐?"

"어르신의 책은 모두 읽었습죠. 재미라곤 개뿔도 없는 도(道)에 관한 서적들. 물론 무공에 대한 책은 읽지 못했습니다만."

"아직도 무공에 대한 미련을 못 버렸구나."

장문인은 사무량이 무공을 익히는 것을 불허(不許)했다.

연무장엔 얼씬도 못하게 하는 것은 물론이고, 무공에 대한 서적도 읽지 못하게 했다. 사무량을 외롭게 만든 것은 어쩌면 무당파 전체일지도 모른다.

"미련 따위는 버려라. 넌 무공과 인연이 없는 아이다. 그저 남들과 같이 평범하게 살아라."

"크크크!"

사무량은 억지로 웃음을 참는 듯 어깨를 들썩였다.

"남들처럼 평범하게 사는 게 도대체 뭡니까? 어렸을 때부터 지금까지 제가 쭈욱 보아온 작자들 모두가 무공을 수련한 무인이란 말이죠."

태을 진인은 사무량의 태도가 심히 마음에 들지 않았다. 똑같은 소리를 해도 어쩜 이리 비뚤게 말할 수 있는지.

"그만하면 됐다. 무공을 배워서 싸움질할 생각이 아니라면 얌전히 지내라."

"그럼 무당파 도인들은 싸움질만 하려고 무공을 익히시나?"

사무량은 비웃음과 함께 호리병을 들었다.

또 한 번 술잔이 오갔다.

태을 진인은 이제 말할 때가 되었다고 생각했다. 하지만 무슨 말부터 꺼내야 할지 망설여졌다.

하늘이 선택한 아이, 그러나 저주받은 신체를 타고난 아이.

아이의 손을 잡고 무당으로 데려오던 때가 엊그제 같은데 이제는 내모는 역할까지 맡아야 했으니.

거부할 경우 강제로라도 설득시키겠다고 다짐했으나 태을 진인의 입술은 쉬이 떨어질 생각을 않았다. 그때,

"언제 떠나면 됩니까?"

"……!"

술잔을 입에 가져가던 태을 진인의 손길이 뚝 멈춰졌다.

사무량은 자신이 무슨 이유로 찾아왔는지 모두 알고 있었다.

그도 언젠가는 무당파를 떠나게 될 날이 오리라 생각하고 있었을 게다. 이제 열여덟 성인이 되었고, 태을 진인이 말하길 머뭇거리는 데에서 눈치를 챈 모양이다.

"왠지 힘든 여정이 될 것 같은데……."

"조양자가 목적지까지 안전히 데려다 줄 게다."

"과연 그럴까?"

"……?"

의문이 담긴 태을 진인의 눈빛을 받으며 사무량은 어깨를 으쓱거렸다.

"부재도라는 곳이다."

"존재하지 않는 섬이라……. 무슨 이름이 그럽니까?"

"그곳엔 너와 비슷한 사람들이 있다. 외롭진 않을 게야."

"외로움……. 진짜 외로움이 무언지 아십니까?"

호랑이가 으르렁거리는 듯한 음성이었다. 상대를 무시하는 비웃음 역시. 하나 이번엔 입술 말고도 보이는 게 있었다.

사무량이 한 손으로 지저분한 머리카락을 쓸어 넘기자 가려져 있던 얼굴이 드러났다.

전체적으로 살이 없어 마른 얼굴, 얼굴의 균형을 잡아주는 우뚝한 콧날, 적당한 크기지만 양 옆으로 살짝 올라간 눈매, 그리고 벌겋게 충혈된 흰자위.

태을 진인이 느낀 사무량의 외모는 마치 굶주린 한 마리 늑대의 모습과도 같았다.

사무량은 어서 대답을 하라는 눈빛을 보내왔지만 태을 진인은 대답하지 않는 것이 최선이라는 걸 알고 있었다. 대답을 하든 안 하든 돌아오는 건 비웃음뿐일 게다.

"그곳에 들어가 절대로 밖에 나오지 마라."

질문을 회피하는 태을 진인을 보며 사무량은 피식 웃었다.

"만약 나온다면?"

"그땐 너와 나는 적으로 다시 만나게 될 게다."

사무량의 웃음이 뚝 끊겼다.

"그땐 절 죽일 수 있겠습니까, 아니면 지금처럼 죽이지 못해 다른 곳으로 보내렵니까?"

“반드시 죽일 것이다.”

“하하하!”

사무량은 방 안이 떠나가라 크게 웃었다.

“저보고 평생 그곳에서 썩으라는 말씀이십니까? 십이 년간 이 지긋지긋한 곳에 가두어둔 것으로도 모자라?”

“내가 아니어도 넌 다른 이들의 손에 죽게 될지도 모른다.”

“제 인생, 제 자유는?”

“넌 특별한 인간이다. 인생, 그리고 자유 모두 네 선택이 반영되는 것은 없다.”

“기가 막히는군.”

사무량은 어이가 없어 고개를 내둘렀다. 그러다가 갑자기 눈을 번뜩이며 작은 목소리로 말했다.

“그런데 만약 제가 무공을 익히게 된다면 어떻게 됩니까?”

“……”

“부재도인지 뭔지 하는 섬에서 빠져나와도 대적할 상대가 없을 정도로 고강해진다면?”

“그곳에 있는 자들은 무인이 아니다. 설혹 네가 무공을 익힌다 하더라도 그곳에서 빠져나올 수는 없을 것이다.”

“미리 단정 짓지 마시죠.”

태을 진인은 방 안에 들어서며 느껴지던 껄끄러운 느낌을 떨칠 수가 없었다. 무슨 생각을 하는지 모두 알고 있다는 듯한 사무량의 눈빛이 부담스러웠다. 마치 벌거벗겨진 기분……. 무당에 갓 입문했을 때 이후로 처음인 듯싶었다.

어색한 침묵이 흘렀다. 호리병에 가득 담긴 술도 바닥을 드러냈다.

침묵을 참지 못한 태을 진인이 입을 열었다.

"나를 원망해도 좋다."

"원망할 리가 있겠습니까? 가끔 이렇게 술을 나눠 주시는 분인데."

태을 진인은 긴 한숨을 내쉬곤 호리병에 남은 술을 탈탈 털어 사무량의 잔에 채워주었다.

"여기 오신 목적은 끝난 것 같고… 뭐 더 하실 말씀이라도 있습니까?"

"귀신같은 녀석."

"후후후!"

사무량은 조용히 웃었다.

"네가 영특한 아이라는 건 알고 있다. 하지만 언제 어느 순간이라도 자만하지 마라. 하늘 위에 하늘이 있는 법이다."

"아무렴요."

"너처럼 방 안에 틀어박혀 있어도 세상 돌아가는 것을 손바닥 보듯 아는 사람은 흔치 않다. 무공에 대한 지식은 없지만 무림의 사정은 잘 알고 있을 테고."

"친구에게 배운 것이죠."

사무량에게 있어서 친구란 의미는 곧 자신의 서재에 쌓여 있는 수많은 책이란 것을 태을 진인은 알고 있었다.

"임기응변(臨機應變)에도 뛰어나다는 걸 안다. 부재도로 가는 길목… 네 말대로 험난할 게다. 그러니……."

"위험할 때 무당을 도와달라, 이 말씀?"

"네가 목숨을 보존할 수 있는 유일한 방법이다."

"제 것도 아닌 목숨, 어찌 된들 어떠하겠습니까?"

"내 얼굴을 봐서라도… 이건 부탁이다."

사무량과 태을 진인의 눈빛이 허공에서 부딪쳤다. 사무량은 그에게서 시선을 거두지 않은 채 마지막 남은 잔을 단숨에 비워 버렸다.

"봐서 결정하지요."

사무량의 대답은 그것으로 끝이었다.

태을 진인은 조용히 자리에서 일어섰다.

사무량을 무당으로 데려오는 것이 아니었는데……. 차라리 아무것도 모르던 어린 시절에 세상에서 없앴더라면 지금과 같은 상황까지는 오지 않았을 것을.

가슴 한쪽이 묵직해졌다. 자꾸만 한숨이 새어 나와 빨리 방에서 벗어나고 싶었다.

몸을 돌리는 태을 진인을 향해 사무량이 혼잣말을 하듯 중얼거렸다.

"어르신."

“……?”

“제가 무공을 익혀서는 안 되는 이유… 혹시 제 부친처럼 될까 봐서입니까?”

태을 진인의 몸이 우뚝 멈춰졌다.

“무슨 소리냐?”

“부친, 조부, 증조부에 고조부까지.”

식은땀 한 방울이 태을 진인의 등줄기를 타고 내려갔다.

“알고… 있었느냐?”

“모두 무인이셨지요.”

태을 진인은 자신도 모르게 두 주먹을 말아 쥐었다.

사무량을 반드시 부재도로 보내야 하는 이유가 하나 더 생겼다. 사실을 모두 알고 있다면 그가 절대로 무인이 되게 해서는 안 된다.

“나는 못 들은 걸로 하겠다. 앞으로 그 누구를 만나도 방금 전에 했던 이야기는 꺼내지 마라. 그게 너를 위해서도 좋을 게다. 그럼… 무운을 비마. 무량수불!”

태을 진인은 뒤도 돌아보지 않고 방을 빠져나갔다.

한 사람이 비워진 자리, 순식간에 정적이 찾아들었다.

쿠당탕!

사무량이 던진 술잔이 벽에 날아가 부딪쳤다.

“구속? 어림없는 소리.”

방 안에 혼자 남은 사무량의 두 눈이 무섭게 빛났다.

2

　　"즐거움을 함께 누리는 것은 자(慈), 고통을 함께 나누는 것은 비(悲), 고통에서 벗어나 해탈하는 것이 희(喜), 그리하여 모두가 은혜나 원수라는 인연을 벗고 평등하게 사귀는 것을 사(捨)라고 한다. 이 네 가지의 한량없는 덕(德)을 가리켜 사무량(四無量)이라고 하지. 어떠냐, 이름이 마음에 드느냐?"

　　'어르신…….'
　　어린 나이에 태을 진인이 하는 말을 다 알아듣지는 못했다.
　　원래 가지고 있던 이름은 무엇인지 모른다. 유일한 혈육이었던 부친은 자신의 아들조차 알아보지 못할 만큼 정신이 온전치 못했다.
　　처음 무당파에 왔을 때도 이름 따위는 중요치 않았다. 사람들에게 무어라 불려도 상관없었다.
　　그런데 태을 진인만은 그에게 사무량이라는 이름까지 지어주었다. 남을 미워하지 말라고, 원한을 잊고 은혜를 베풀라면서…….
　　아마도 태을 진인은 사람들을 향한 자신의 마음이 굳게 닫혀 있다고 생각했던 것 같다.
　　사무량은 누구를 미워한 적이 없다. 남들이 재수없다며 손가락질을 하면 그것조차 당연하게 받아들였다.

무어가 당연했던 것일까.

아들이 아비의 피를 이어받는 게 당연할진대, 마치 큰 죄를 지은 사람처럼 어떻게 죄인 취급을 할 수가 있단 말인가.

사무량은 태을 진인이 왜 자신을 부재도로 보내려 하는지 알고 있다. 사람들이 자신을 죽이려 한다는 것도 안다. 태을 진인은 그를 살리기 위해 부재도로 보내려는 것이다. 자신을 진심으로 걱정하고 위하는 사람은 태을 진인뿐이다.

그가 도와달라고 했을 때, 바로 거절하지 않은 것도 그 마음을 알기 때문이다. 그렇기에 순순히 무당을 떠날 수 있다고 생각했다.

하지만 생각이 바뀌었다.

태을 진인이 다녀간 후 가장 먼저 머릿속에 떠오른 것은 자신을 괴물 보듯 하던 사람들의 얼굴이다. 모호함이 담긴 비웃음, 그리고 경멸의 눈동자들.

사람을 미워한 적이 없다고 생각했는데 그건 혼자만의 위로에 불과한 것 같다. 가슴속에서부터 분노가 치밀어도, 속으로 끊임없이 저주를 퍼부어도 사무량은 아무것도 할 수가 없었다.

무공을 익히지 않았기 때문이다.

열 살 안팎의 어린 도인들조차 무공을 할 줄 아는데, 하물며 다른 도인들에게 상대가 되겠는가.

아니다. 해보지 않았으니 모른다. 그저 조용히 살고 싶어 참고, 참고 또 참았던 것뿐이다.

이제는 참을 이유가 없다. 얼마 후면 무당파와는 영원히 작별을 하게 된다. 태을 진인의 요구를 들어주기로 하였으니 그에 합당한 대가는 받아야 하지 않겠는가.

사무량은 자신의 부친을 부끄럽다고 생각한 적이 한 번도 없다. 비록 말 한마디 제대로 나누어보지 못한 아버지였지만 그에게는 하나뿐인 혈육.

무당을 떠날 때 떠나더라도 부친을 욕되게 한 값은 치러야 개운할 것 같다.

사무량은 조용히 일어서 방문을 열었다.

따스한 봄바람이 코끝을 스쳤다. 올해부터는 왠지 좋지 않은 일만 생길 것 같은 느낌이다. 좋지 않은 느낌이…….

사라락!

살며시 불어오는 바람에 소매가 나풀거린다. 소매가 나풀거림과 동시에 축 늘어져 있던 양팔이 움직였다. 양팔은 바람을 따라 가볍게 휘둘러졌다.

흐느적거리는 움직임에도 질서는 있었다.

왼팔이 둥글게 원을 그리고 거두어지기두 전에 오른팔이 원을 그렸다. 잔잔한 강물이 유유히 흐르듯 부드럽기 그지없는 움직임이다.

이유극강(以柔克剛), 유능제강(柔能制剛)이라. 부드러움으로 강함을 이긴다. 무당파의 태극권(太極拳) 속에는 강맹한 기운이 숨겨져 있다.

태극권이 자연스럽게 몸에 밴 스무 살 도인 청운(靑雲)의 무위는 사뭇 진지했다.

"와아아!"

태극권이 절정에 달했을 때, 여기저기서 감탄사가 튀어나왔다.

이에 흥이 난 청운은 태극권에 보법(步法)까지 가미시켰다. 호랑이가 먹이를 노리는 자세와 비슷하다 하여 이름 붙여진 호종보(虎從步).

호종보와 어우러진 태극권은 아름다웠으며, 당장 비무를 한다 해도 모자람이 없었다. 과연 청운은 기재를 많이 배출시켰다는 무당파의 후기지수(後起之秀)다웠다.

실컷 무위를 뽐내던 청운은 다른 도인들의 갈채를 받으며 허공으로 멋지게 뛰어올랐다. 그때,

"어엇!"

"저, 저!"

다급한 목소리가 들려오는 쪽으로 고개를 돌린 청운은 미처 자신의 앞을 보지 못했다.

빠각!

“억!”

박이 깨지는 경쾌한 소리와 함께 허공으로 솟아오르던 청운의 몸이 땅바닥으로 곤두박질쳤다.

쿵!

순식간에 주변엔 정적이 맴돌았다.

“으……!”

너무 큰 충격에 순간적으로 현기증이 일어 청운은 땅바닥에 엎드린 채 정신을 수습했다. 둔탁한 무언가에 머리를 맞긴 한 것 같은데, 부지불식간에 일어난 일이라 어찌 된 상황인지 파악할 수 없었다.

한데 청운이 힘겹게 상체를 일으키기도 전에 여기저기서 도인들의 고함이 터져 나왔다.

“웬 놈이냐!”

“누구냐!”

청운은 도인들이 흥분하는 이유를 알기 위해 재빨리 몸을 일으켰다.

“음?”

놀랍게도 자신의 앞에 서 있는 사내는 처음 보는 얼굴이었다. 아니다. 분명 많이 본 얼굴은 아니지만 낯이 익었다.

큰 키에 지저분한 용모, 넝마나 다름없는 옷, 벌겋게 충혈된 눈. 기억을 곰곰이 되짚던 청운의 입이 천천히 열렸다.

“넌 설마 그… 살인마의 아들?”

청운의 입에서 살인마의 아들이라는 말이 떨어지자마자 도인들의 안색이 변했다. 그들은 사무량의 존재가 무당에 있었다는 사실을 이제야 깨달았다. 하도 보이지 않아 기억에서 가물가물하긴 했지만.

"다행이다. 기억하고 있어서."

사무량은 성큼성큼 청운의 앞으로 다가갔다. 그리고 청운을 향해 들고 있던 몽둥이를 사납게 휘둘렀다.

휘익—!

"엇!"

청운은 황급히 뒤로 물러섰다.

이번엔 맞지 않았다. 진기 한 올 실려 있지 않은 위력의 몽둥이를 피하는 것은 청운에게 일도 아니었다.

"예나 지금이나 그 무식한 성격은 그대로군. 하지만 이를 어쩌나? 넌 그대로일지 모르나 난 예전의 내가 아니거든."

"얼굴에 점이 있는 걸 보고 한눈에 알아봤다. 네가 지금 어떤 모습이건 나와는 상관없어. 단지 넌 어린 시절 내 기억 속의 그 녀석일 뿐."

부웅!

사무량의 몽둥이는 가타부타 말도 없이 휘둘러졌다.

"호오? 한번 붙어보자는 건가? 무공도 익히지 않은 그 실력으로?"

청운은 평소와는 다르게 흥분해 자신이 도인처럼 행동하

지 않고 있다는 사실을 자각하지 못했다.

부웅!

사무량은 또다시 몽둥이를 휘둘렀다.

큰 키에 긴 팔에서 휘둘러지는 범위가 넓은 만큼 이번엔 조금 위협적이었다.

청운은 조용히 사무량을 노려보았다. 몽둥이를 휘두르는 사무량의 손놀림은 일반인치고는 예사롭지 않았다. 하지만 그것에 이미 머리를 맞았다는 사실은 큰 충격이 아닐 수 없었다.

아무리 태극권에 심취하였다고 하지만, 설마 자신이 정말로 사무량이 휘두르는 몽둥이에 머리를 맞았다는 말인가? 무당파의 촉망받는 후기지수인 자신이?

청운은 주위의 시선을 의식했다.

어렸을 땐 누구의 눈치를 볼 필요 없이 사무량과 싸울 수 있었다. 하나 지금은 자신의 일에 책임을 져야 하는 엄연한 성인.

솔직히 사무량 같은 자는 일 초(招)에 제압할 수 있다. 마음에 걸리는 게 있다면, 그가 무공을 익히지 않았기에 나중에 어떠한 소리를 듣게 될지 모른다는 것이다.

청운은 어떻게 하면 보다 효과적으로 사무량을 처리할 수 있을지 궁리했다. 하지만 찰나의 방심은 커다란 실수가 되었다.

"엇!"

부웅!

아무렇게나 휘두른 몽둥이가 정수리를 노리며 날아들어 청운은 반사적으로 훌쩍 뒤로 물러섰다. 한데 정수리를 노리던 몽둥이의 움직임이 끊이지 않았다. 마치 먹잇감을 노리는 뱀의 혓바닥처럼 청운의 얼굴을 향해 섬전 같은 빠르기로 부딪쳐 왔다.

퍽!

"……!"

청운의 고개가 반쯤 꺾였다가 다시 원위치로 돌아왔다.

주위에 있던 도인들은 입을 쩍 벌린 채 경악했다. 청운은 물론 아무도 사무량이 휘두르는 몽둥이의 빠름을 육안으로 잡아내지 못했다.

가까스로 정신을 차린 청운은 금세 퉁퉁 부어오른 뺨에 손을 가져다 댔다. 뺨이 화끈거리는가 싶더니 얼굴 전체에 붉은 빛이 퍼져 나갔다.

"이, 이……!"

머리에 이어 얼굴까지 맞은 청운은 체면이고 뭐고 더는 참고 있을 수가 없었다.

"감히 너 따위가 나한테!"

청운은 양팔을 들어 올려 태극권의 기수식(起手式)을 취했고, 하체는 이미 호종보를 밟고 있었다.

"그 멍한 표정은 여전하군. 아까워. 이번에도 코피를 터뜨렸어야 했는데."

사무량은 여전히 무표정한 얼굴로 청운을 바라보며, 한 손으론 몽둥이를 장난감 다루듯 빙글빙글 돌렸다.

"하앗!"

악에 받친 청운이 막 사무량을 향해 달려들려던 찰나였다.

"무슨 짓들이냐!"

연무장을 쩌렁 울리는 고함이 모두의 귓전을 때렸다.

청운은 급작스럽게 동작을 멈췄다.

멀리서 싸움을 보고 달려온 중년인은 우진궁주(遇眞宮主) 태허 진인(太虛眞人)이었다.

"이게 무슨 짓들이야!"

"아무 일도 아닙니다."

청운은 황급히 고개를 조아렸다. 자신의 스승, 태허 진인 앞에서 추한 행동을 보였다간 몇날 며칠 동안 호되게 야단 맞을 게 분명했다.

태허 진인의 눈총을 받은 다른 도인들 역시 고개를 깊게 수그렸다. 이들처럼 어린 도인들에게 있어서 태허 진인은 하늘이나 마찬가지.

태허 진인은 무서운 눈으로 청운의 퉁퉁 부운 뺨을 흘긴 뒤, 그의 앞에 있던 사무량을 보곤 인상을 찌푸렸다.

"네가 연무장엔 무슨 일이냐? 도인들이 수련할 땐 얼씬도 하지 말라 이르지 않았더냐!"

사무량은 대답하지 않았다. 그는 고개를 돌려 태허 진인의 시선을 외면하기까지 했다.

'건방진!'

청운은 가느다란 눈으로 사무량을 쏘아봤다. 자신이 하늘처럼 모시는 스승의 앞에서 건방진 태도를 취하는 모습을 보자니 절로 화가 끓어올랐다.

"어서 돌아가! 다시는 물의를 일으키지 마라. 한 번만 더 연무장에 얼씬거렸다간 나도 가만있지 않겠다."

그때까지만 해도 청운은 사무량이 얌전히 돌아갈 것이라 생각했다. 아니, 자리에 있던 도인들 모두가 똑같은 생각을 했을 게다.

하나 이어지는 사무량의 행동은 경악의 수준을 넘어 모두를 혼란의 수렁으로 빠뜨렸다.

"무공을 훔치러 온 것이 아니니 걱정 마시죠. 어차피 이런 별 볼일 없는 녀석들의 무공 따윈 필요없습니다."

팟!

사무량은 몽둥이를 땅바닥에 내팽개치곤 뒤도 돌아보지 않고 성큼성큼 걸어갔다.

원화관(元和館)은 무당파의 이관(二館) 중 하나이며, 수천 권의 도문 서적과 무공 서적들을 모아놓은 곳이다. 매일 수많은 도인들의 발길이 끊이지 않는, 그야말로 불철주야 언제나 활동적인 장소이기도 했다.

원화관 계단 앞에는 물고기와 새, 소나무 문양이 어우러진 석탑 하나가 있는데, 큰 의미가 부여된 것은 물론이고 원화관의 상징적인 건축물로 유명했다.

석탑은 햇빛을 받아 신비스런 푸르스름한 옥빛을 띠고 있었다. 그러나 그 아름다움도 오늘이 마지막인 듯싶었다.

휘익— 꽈앙!

엄청난 굉음이 원화관 입구에서 울렸다. 굉음의 근원지는 다름 아닌 석탑이었다.

휙— 쾅!

쇠망치가 허공을 가를 때마다 석탑에서 굉음과 함께 불똥이 튀겼다.

"후욱! 후욱!"

초여름인 데도 사무량의 입가에선 뜨거운 바람이 연신 새어 나왔다. 이마에서는 굵은 땀방울이 흘러내렸지만 사무량은 이마의 땀을 닦지도 않고 재차 쇠망치를 휘둘렀다.

하나 튼튼하게 지어진 석탑은 쇠망치에도 꿈쩍 안 했다. 하지만 사무량 역시 포기하지 않았다.

쾅앙!

"도대체 무슨 일이야?"

"어엇! 저, 저!"

서둘러 달려온 도인들은 사무량을 발견하곤 놀랄 수밖에 없었다. 사무량은 그들에게 익숙한 존재가 아니었던 탓이다.

"멈춰라!"

몇 명의 도인들이 재빨리 사무량에게 달려들었다. 하지만 가까이서 사무량의 얼굴을 본 그들은 쉽게 그에게 손을 댈 수 없었다.

쇠망치를 휘두르고 있는 사무량의 두 눈은 정상인의 것이 아니었다. 원한을 가득 품은 눈에선 금방이라도 화염이 뿜어져 나올 것만 같았다.

휘익— 쾅!

사무량은 주위에 누가 있든 말든 신경 쓰지 않고 오로지 석탑을 때리는 데만 집중했다.

그가 휘두르는 쇠망치는 근처의 도인들도 함부로 달려들 수 없을 만큼 위협적이었다.

굉음은 근처에 있던 무인들은 물론 자소궁에 있던 태을 진인까지 불러오게 했다.

"이게 무슨 짓이냐!"

휘이익— 콰아앙!

태을 진인의 우렁찬 고함과 마지막으로 휘두른 쇠망치의 울림이 거의 동시에 터져 나왔다.

태을 진인은 주변의 도인들을 제치고 성큼성큼 사무량의 앞으로 걸어갔다.

사무량도 더는 망치질을 하지 않았다. 쇠망치는 이미 바닥에 떨어져 있었다. 대신 그는 입가에 가느다란 웃음을 머금었다.

큰 홈이 파인 석탑이 기다란 선을 그리며 갈라지기 시작했다.

"도대체 이게 무슨 짓이냐!"

태을 진인이 사무량의 어깨를 덥석 잡아 그의 몸뚱이를 돌려 세웠다.

태을 진인의 표정은 이루 말로 형용할 수 없을 정도로 일그러졌다. 온화하기로 소문이 자자한 그를 얼굴이 벌겋게 달아오르게 만든 장본인인 사무량은 가만히 웃기만 했다.

"지난 십이 년 동안 도인 양반들의 눈을 피해 이곳저곳 안 들어가 본 곳이 없습죠. 딱 한 군데 빼놓고요. 그게 어딘지 아십니까? 바로 여기, 원화관입니다. 얼마나 좋은 꿀단지가 숨겨져 있는지는 알 수 없지만 이 석탑… 마음에 안 듭디다. 제가 알기론 백 년 전, 무당파의 최고 기재였고 무공으로 천하제일의 자리까지 오른 도인이 세워둔 석탑인 걸로 알고 있습니다만."

"석탑을 훼손한 이유가 고작 그것이더냐? 단지 마음에 안 든다는 이유로?"

"거짓으로 세워진 석탑은 의미가 없지 않습니까? 천하제일이라뇨. 그 시절의 천하제일이라면 저의 증조부셨을 텐데

요?”

“사무량!”

“소리 지르지 마십시오. 저 귀 안 먹었습니다. 전 자손으로서 할 일만 했을 뿐입니다. 이런 석탑 따위를 세워둔다고 거짓이 사실이 되는 건 아니지 않습니까?”

태을 진인은 사무량을 무섭게 노려보았다.

십이 년간 정을 준 아이다. 단지 그자의 아들이라고 해도 사무량의 착한 심성을 모를 리 없는 태을 진인이었다. 곧 부재도로 갈 자신의 운명에 대해 무당에 보복이라도 하려는 마음은 충분히 이해할 수 있었다.

하지만 방 안에 틀어박혀 있을 줄로만 알았던 사무량이 밖으로 나와 석탑을 훼손시킬 줄은 꿈에도 생각지 못했다.

하나, 태을 진인은 큰 잘못을 저지른 사무량의 말에 반박하지 못했다. 그의 입에서 흘러나오고 있는 말이 모두 사실이었기 때문이다.

석탑을 세운 사람은 천하제일인이 아니었다. 무당파가 급조해 만들어놓은 석탑의 명분이기는 했으나, 어찌 되었든 사실을 알고 있는 사람은 원로들뿐이었다.

태을 진인은 곧 흥분을 가라앉혔다.

“떠날 날이 얼마 남지 않았다. 이 일에 대한 책임은 내가 지마. 남은 시간 동안 조용히 지내거라.”

“안 그래도 그럴 참입니다. 거슬렸던 건 이제 다 해결했으니까.”

태을 진인과 사무량 사이에 묘한 기류가 흘렀다.

서로에 대한 미움은 아니었다. 어쩌면 두 사람의 이러한 행동은 슬픔으로 인한 것인지도 몰랐다.

“괜찮으십니까?”

멀리서 지켜보고 있던 도인 둘이 다가와 태을 진인의 안부를 물었다.

“다른 명이 떨어질 때까지 이자를 처소에 데려다 놓고 감시하게.”

도인들은 재빨리 사무량의 양팔을 잡았다.

“어르신.”

“……?”

“어르신의 부탁은 이 일과 맞바꾸도록 하지요. 감옥살이나 다름없는 곳으로 끌려가는 것에 비하면 제 손해가 크지만요. 다시 만날 그날까지 부디 옥체 보존하시죠. 이것이 제가 어르신께 마지막으로 드리는 말씀입니다.”

“우리는 다시 만날 일이 없을 게다.”

“미리 단정 짓는 습관은 버리시는 게 좋습니다. 혹시 압니까? 나중에 어르신과 저, 서로의 목에 검을 겨누게 될지. 크크크!”

사무량은 웃으며 자리를 떠났다.

알 수 없는 여운이 담긴 사무량의 마지막 웃음에 태을 진인은 한동안 자리에서 움직이지 못했다.
'확실히 미친 녀석이군.'
멀리서 이를 지켜보던 조양자 역시 등을 돌렸다.

第二章
불길한 예감

인시초(寅時初:새벽 세 시).

덜컹!

사무량의 방문이 활짝 열렸다.

도포를 휘날리며 두 명의 도인이 방 안으로 들어섰다.

그들은 달빛을 받으며 방 한가운데 꼿꼿이 앉아 있는 사내를 발견하곤 흠칫 놀랐다.

"사무량?"

감겨 있던 사무량의 눈이 살머시 뜨였다. 맹수와도 같은 두 눈은 어둠 속에서 유난히 번뜩였다.

"짐을 가지고 조용히 따라와라."

사무량은 말없이 자리에서 일어섰다.

가져갈 짐은 없었다. 처음 무당파에 왔을 때처럼 맨몸이었다.

도인들이 먼저 방을 나섰고, 사무량은 그들의 뒤를 따랐다.

"사무량을 부재도로 호송하는 도중 일어나는 사고는 하나도 빠짐없이 보고하게. 필시 험난한 여행이 될 게야. 하나 난 개인적인 욕심을 부리고 싶군. 자네에게 부탁하네. 무슨 일이 있어도 사무량을 부재도에 데려다 놔야 하네."

도인들을 따라가는 사무량을 먼발치에서 바라보던 태을 진인이 조양자에게 말했다.

"태화궁 무인 스무 명이 있습니다. 염려 마시길."

"뒤는 자소궁 무인들이 따를 것이네. 경로는 정해두었나?"

"부재도로 가는 가장 빠른 길목을 선택했습니다. 하남성(河南省)을 거쳐 강소성(江蘇省)으로 들어가 숙성(宿城)에서 배를 타고 갈 예정입니다. 소요 시일은 약 오십 일로 예상하고 있습니다. 이변이 없는 한 사십 일로 단축할 수 있습니다."

태을 진인은 멀어져 가는 사무량에게서 눈을 떼지 않은 채 고개를 끄덕였다.

"당부, 또 당부하겠네. 어떤 세력이 등장할지 몰라도 절대 사무량을 빼앗겨서는 안 되네."

“제가 할 일은 그것이 전부가 아닌 것 같군요.”

“…….”

“사무량을 노리는 이들… 누구인지 알아내면 되는 겁니까?”

“…부탁하네.”

“이유를 듣지 못했으니 그들이 왜 사무량을 노리는지 알 수는 없고. 결국 목숨까지 바칠 정도로 위험한 일이 될지도 모르겠군요.”

조양자는 알고 있었다.

무당파나 소림이 알고 싶은 건 사무량을 주목하는 세력의 정체다. 무당파에 대한 일들에 귀를 쫑긋 세우고 있는 그들은 사무량이 떠난다는 것도 알고 있을 게다.

조양자는 정체를 숨기고 있는 그들을 밖으로 끌어내는 미끼 역할을 맡은 셈이다.

하나 두렵지도, 장문인을 원망하지도 않았다. 오히려 자신에게 이런 일을 시킨다는 게 큰 자부심으로 다가왔다.

“한 가지 질문을 드려도 되겠습니까?”

“말해보게.”

“부재도를 생각한 사람은 신인이 아니시리는 걸 알고 있습니다. 혹 소림에서 나온 의견입니까?”

“눈치가 빠르군.”

무슨 이유에선지 태을 진인의 입에서 진실이 술술 흘러나왔다.

"잔인하지만 난 사무량을 죽이는 쪽으로 의견을 꺼냈네. 어차피 불쌍한 운명. 빨리 죽이는 편이 녀석을 도와주는 것이지."

이 부분에 있어선 조양자도 딱히 할 말이 없었다.

무림의 태산북두(泰山北斗)라 일컫는 소림사. 똑같은 구파일방이라 할지라도 중원에 미치는 소림의 영향을 인정하지 않을 순 없다. 자의든 타의든 그들이 제일이라는 건 변하지 않는다.

구파일방이 한데 모여 회의를 할 때에도 소림의 의견은 항상 최우선이 되곤 했다. 그런고로 이번 일도 모두 소림의 입김이 작용했을 게다.

"더욱 궁금하군요. 대체 사무량에게 무엇이 숨겨져 있기에 소림까지 솜털을 곤두세울 만큼 중요한 인물이 되었는지."

"현 무림은 너무 조용해. 폭풍전야의 고요한 바람처럼……."

태을 진인은 알 수 없는 말을 했다.

"사무량을 부재도로 보내는 것, 그것은 그에게도 다른 문파에게도 기회를 주는 마지막 안배일세."

조양자는 끝까지 태을 진인의 말을 이해하지 못했다.

"그만 가보게, 날이 밝기 전에."

"그럼 차후에 뵙겠습니다."

조양자는 태을 진인에게 깊이 읍을 취한 뒤, 사무량이 사라진 쪽으로 몸을 날렸다.

덜컹!

조양자는 마차의 문을 열고 안으로 들어서려다 우뚝 멈춰섰다.

어둠 속에서 빛나고 있는 두 개의 눈동자가 그를 노려보고 있었다. 그 섬뜩한 눈빛에 조양자는 습관적으로 무인을 대했을 때처럼 기운을 끌어올렸다.

'사무량……'

조양자는 사무량의 맞은편에 조용히 앉았다. 사무량의 눈동자는 줄곧 그의 움직임을 쫓았다.

"조양자라 한다."

조양자는 사무량의 얼굴을 자세히 보기 위해 안력을 높였다. 지저분한 용모이지만 그에게서 뿜어지는 강렬한 눈빛. 실제로 사무량을 이렇게 가까이서 본 건 처음이었다.

"크크크!"

가슴에서부터 쥐어짜 내는 웃음소리가 사무량에게서 들려왔다.

조양자는 자신도 모르게 검미(劍眉)를 일그러뜨렸다. 사무량에게 대답을 기대한 것은 아니었다. 하지만 면전 앞에서 비웃을 줄은 꿈에도 생각지 못했다.

“우습나?”

사무량은 웃음을 간신히 참으며 힘겹게 입을 열었다.

“혈기의 왕성함이 나이를 속일 수는 없지. 많이 봐줘야 서른일 텐데, 어울리지 않게 고고한 척 도인 행세나 하다니. 크크!”

“뭐, 뭣?!”

조양자는 자리에서 벌떡 일어섰다.

태어나서 이런 모욕을 당해보긴 처음이었다.

무당파의 후기지수로 거론될 때에도 항상 겸손함을 잃지 않겠다고 다짐하던 그다. 수많은 선후배 도인들의 칭송을 겸허하게 받아들였고, 무(武)와 도(道)에만 전념한 끝에 비교적 도인들 사이에서 비중있는 위치에까지 올랐다. 그런데 고고한 척 도인 행세라니!

“겉모습은 도인인데 뭐랄까… 맞지 않는 옷을 억지로 입고 있는 것 같다고나 할까? 당신한테선 피비린내가 나.”

‘기분 나쁜 자!’

사무량은 기분 나쁜 자다. 첫인상도 그랬고, 그의 말투나 표정도 거슬린다. 싸움에 목마른 무인들에게는 어떻게 들릴지 모르나, 조양자 같은 도인에게는 피비린내라는 말이 기분 좋게 들릴 리 없었다.

“말을 좀 가려서 하는 게 좋을 것 같군.”

조양자는 흥분을 가라앉히곤 다시 자리에 앉았다. 그는 의

자에 놓인 작은 보따리 하나를 사무량에게 건넸다.

"도복이다. 부재도로 가는 동안 입고 있어라."

사무량은 낚아채듯 보따리를 받았다. 어둠 속에서 꼼지락거리며 보자기를 펼쳐 도복에 수놓은 송문(松紋)을 손가락으로 더듬었다.

"이걸 입으면 뭐가 달라지나?"

사무량을 호송하는 사두마차는 세인들의 관심이 될 수밖에 없다. 게다가 그 안에 타고 있는 사람들이 무당파 도인들이라면 무인들의 이목마저 집중되는 것은 당연한 일.

사무량을 무당파 도인으로 위장시킨 뒤 이동하는 편이 낫다는 생각에서 준비한 도복이었다.

"우리는 최대한 너를 보호하면서 움직일 것이다. 괜한 폐를 끼칠 생각이 아니라면 그 도복을 입는 편이……."

터억—!

무언가가 펄럭이더니 조양자의 안면으로 날아들었다. 그것은 사무량에게 건네준 도복이었다.

"……."

무인들은 입지 못해 안달인 무당파의 도복을 마치 쓰레기 취급하듯 던져 버리다니…… 도복에 새겨진 무당의 독문 표식인 송문이 사무량의 손에서 하찮게 취급되는 순간이었다.

"예의를 배우지 못한 자군."

"입이 뚫렸으면 말은 바로 하지. 나를 최대한 보호를 한다? 괜한 폐를 끼치지 마라? 그딴 소리는 날 인간처럼 대하고선 지껄여. 보호? 웃기는군. 도인의 탈을 뒤집어쓴 위선자 주제에."

이에 조양자는 말없이 사무량을 노려보았다. 사무량도 그의 시선을 피하지 않았다.

"끼럇!"

그때 마부의 고함 소리와 함께 마차가 덜컹이며 움직이기 시작했다.

"마음대로 생각해라. 그런다고 네가 부재도로 가는 것엔 변함이 없다."

조양자는 사무량이 던진 도복을 곱게 개어 보자기 위에 올려두었다.

"나도 하나 말해주지. 내가 도복을 입든 안 입든 달라지는 것은 없어. 어느 정도 예상은 하지 않았나? 결코 쉬운 여행은 아닐 테니까."

조양자는 대꾸하지 않았다.

사무량의 말처럼 부재도까지 가는 동안 요행을 바라기는 어렵다. 소림이 관여를 하고, 태을 진인이 조심하라고 언급까지 했다. 누군가가 사무량을 노리고 있을 것은 분명하나, 그들의 정체는 아무도 모른다.

조양자가 푹 쉴 수 있는 시간은 무당산을 내려가 호북성을

벗어날 때까지가 전부. 하지만 그마저도 쉬지 못한다. 그가
해야 할 일은 보호가 아닌 감시였기에, 언제 어디로 도망갈지
모르는 사무량에게서 한시도 눈을 떼어서는 안 된다.
　"조심해. 내가 언제 사라질지는 아무도 몰라."
　사무량은 마치 조양자의 속마음을 알고 있다는 듯 말했다.
　"나를 우습게보지 마라. 네가 도망칠 틈은 주지 않는다."
　"대단한 자신감이군. 크크크!"
　컴컴한 어둠 속에서 두 사람은 서로를 노려보았다.

　두두두두!
　마차는 어느덧 무당산을 벗어나고 있었다.
　동쪽에서 여명이 트고 마차 안에도 한줄기 빛이 들어왔을
때, 두 사람은 서로의 얼굴을 자세히 볼 수 있었다.
　이십대 후반의 조양자는 같은 남자라도 감탄할 정도로 뛰
어난 용모를 지녔다. 어째서 도인의 길을 걷게 되었는지 의문
이 절로 들게 하는 외모였다.
　사무량이 지저분한 늑대의 모습이라면, 조양자는 갈기가
잘 다듬어진 명마(名馬)를 연상케 했다.
　전혀 어울리지 않는 두 사람은 아무런 말도 없이 서로를 응
시했다.
　'불편하군.'
　조양자는 가시방석에 앉아 있는 기분이었다.

사무량을 가까이서 보는 것은 처음이지만 훨씬 오래전부터 얼굴을 익혀온 사람처럼 느껴졌다. 이유는 간단했다.

사무량은 제 부친과 쏙 빼닮았다. 광기에 번들거리는 눈빛만 보더라도 그자에 조금도 뒤처지지 않는다. 얼굴형이며 코와 입술의 윤곽도 똑같다.

십이 년 전 무림의 대참사를 직접 눈으로 보고 겪은 무인이라면 단번에 사무량을 알아볼 것이 분명하다. 알아본 사람들의 반응은 딱 두 가지로 나뉘게 될 게다.

사무량을 죽이려 들던지, 아니면 신처럼 숭배하던지.

구파일방에서 사무량이 살아남길 원하는 사람은 과연 몇 명이나 될까. 반대로 구파일방의 적인 마도(魔道)의 인물 중 사무량이 살길 원하는 자는 모두 몇일까.

이렇다 하고 정의하기가 참으로 애매하다.

사무량은 중원의 적임과 동시에 어떤 이들에겐 목숨을 걸고 지켜야 하는 존재이기도 하다. 물론 그를 지키려 하는 자는 극소수에 불과하다.

만약 이번 길에서 사무량을 노리는 세력이 나타난다면, 사무량을 지키려는 자들 또한 나타날까? 조양자는 아닐 것을 확신했다.

부재도까지 가는 데 목숨을 걸어야 하는 사람은 조양자 일행뿐이다. 무슨 이유에선지는 모르지만 사무량을 반드시 미지의 세력들로부터 지켜야만 한다.

왜 그들이 사무량을 노리는지 이유라도 안다면 이리 답답하지만은 않을 텐데, 마치 뿌연 안개 속을 헤치며 지나가는 것과 무엇이 다른가.

'참으로 희한한 인연.'

열일곱 살 때, 먼발치에서 그자를 보고는 처음으로 사람이 무섭게 느껴졌었는데 이제는 그자의 아들과 함께 있다. 그것도 그의 안전을 약속하며 동행하고 있다.

사무량의 얼굴은 익숙하지만 조양자에겐 불편하기만 했다. 그자의 얼굴과 사무량의 얼굴이 겹쳐 보이는 것은 여간 신경 쓰이는 일이 아닐 수 없었다.

사무량을 바라보던 조양자의 미간이 천천히 좁혀졌다. 자신의 얼굴을 하나하나 뜯어보던 사무량의 두 눈이 초승달처럼 휘고 있었다.

"당신도 내가 무공을 익히면 안 되는 이유를 알고 있나?"

예상치 못한 질문에 조양자는 아무런 대답도 하지 못했다.

"사람들은 모두 내 부친을 보고 살인마라고 하지."

조양자는 여태껏 사무량을 보며 그자를 떠올린 일이 들킨 것 같아 얼굴이 화끈거렸다.

"살인마의 아들이 살인마가 될 가능성은 얼마나 되나?"

사무량은 창밖으로 시선을 가져갔다.

그의 질문 속에는 원망이 담겨 있었다. 무공을 익히지 못하게 한 사람들에 대한 원망이, 부친을 살인마라 칭하고 본인마저도 같은 사람 취급을 당해야 했던 원한이…….

조양자는 그의 질문에 딱히 대답할 말을 찾지 못했다.

전해 들은 이야기로는 사무량의 조부 역시 광기를 버리지 못한 무인이었다고 한다. 직접 보지 않았으니 모르겠다. 하지만 사무량의 부친이 살인마라는 사실을 부정할 수는 없었다.

그의 피를 물려받은 사람이 바로 사무량이다.

범인들과는 다른 피를 지녔다고 한다. 무공을 익혀서는 안 되는 피라고 하던가?

천살성(天殺星)이라는 게 있다.

죽음을 주관하는 별의 기운을 받고 태어난 사람을 천살성의 운명을 지녔다고 한다. 피와 친하고, 폭주하게 되면 대량 살상도 일으키는 자들이다. 천살성의 사람들은 태어남과 동시에 대부분 살해되기 마련이다.

사실 사무량은 천살성이 아니다. 단지 많이 닮았을 뿐.

무공에는 빠질 수 없는 것이 심법이다. 심법을 익히지 않으면 막무가내로 하는 싸움이나 평범한 체력 단련에 지나지 않는다.

사무량과 같은 경우는 심법을 익히게 되면 뇌에 그 영향이 미쳐 피가 요동친다. 여기서 피가 요동친다는 말은 뇌에서 이성적인 명령을 몸에 전달하지 못한다는 뜻이다.

조양자가 보기에 사무량은 자신의 신체에 대해 모르고 있는 것 같았다. 안다면 이유를 묻는 우문은 던지지 않았을 게다.

"대답이 없군."

사무량이 조양자를 향해 고개를 돌렸다.

"살인마의 아들이 살인마가 되는 확률은 십 할. 내가 내린 정의야."

"네 자신이 살인마가 될 것이라 생각하는가?"

"아니, 살인마는 주변 사람들이 만드는 것이지. 사람은 자라나는 과정에서 환경의 영향을 많이 받거든. 만약 내가 정상적으로 살아간다 해도 머릿속에 박혀 있는 살인마라는 말은 영원히 지워지지 않아."

"너 스스로는 부정해도 이미 세뇌되었다는 말로 들리는군."

"운명은 사람의 힘으로는 바꿀 수 없어. 모두들 운명은 스스로가 개척한다고들 하지만 개척하는 행동조차도 운명의 한 부분. 본래 자리한 운명은 절대 바뀌지 않는 법."

"그것도 네가 내린 정의냐?"

"두고 보면 알게 돼. 난 반드시 무공을 익힌다. 살인마가 될지 안 될지는 알 수 없지만, 난 무인이 될 운명을 타고났다 믿어."

"자신의 앞날을 알 수 있는 사람이 있다는 말은 들어본 적이 없군."

"그런가? 하지만 난 사람을 대할 때 그가 어떤 종류의 사람인지는 구분할 수 있어. 관상을 본다는 게 아냐. 사람 고유의 성질이라는 것. 그런 느낌은 내게 강렬하게 다가오지.”

“허튼소리.”

“크크! 조양자, 내가 말했잖아. 당신은 도인과는 어울리지 않는 사람이라고.”

“허튼소리!”

조양자는 사무량을 향해 윽박질렀다.

그러나 사무량은 여전히 얼굴에서 웃음을 지우지 않으며 창밖으로 고개를 돌렸다.

조양자는 두 눈을 가늘게 좁히며 그를 주시했다.

사무량의 입은 곧 다시 열렸다.

“흐음! 이렇게 중요한 일에 마차 한 대만 달랑 보냈을 리는 없고… 지금쯤이면 마차 여러 대가 사방으로 흩어져 달리고 있겠네?”

“……!”

조양자는 또다시 놀랐다. 그가 놀라는 데는 그만한 이유가 있었다.

사두마차 네 대.

무당에서 동시에 출발한 마차의 수다. 조양자와 사무량이 타고 있는 한 대는 북쪽으로, 나머지 세 대는 각기 동, 서, 남으로 향했다.

예상치 못한 공격에 대비하기 위함이며, 사무량을 노리는 자들을 끌어내기 위한 유인책이기도 했다.

사두마차 네 대가 동시에 출발한 것은 조양자와 무당의 원로들을 제외하곤 아무도 모른다.

'눈치가 빠른 건가, 아니면 머리가 좋은 건가.'

조양자는 문득 그런 의문이 치밀었다.

사무량이 방금 꺼낸 말은 다른 사람들도 충분히 생각할 수 있는 것이다.

그렇다면 사무량을 노리고 있는 자들 또한 무당에서 여러 대의 마차가 동시에 출발했다는 사실을 알고 있을 게다. 그걸 목적으로 마차를 네 대나 준비한 것이지만, 그들이 다른 마차에 사무량이 없다는 것을 알게 되는 것은 시간문제였다.

마차를 미행하는 것이 아닌, 사무량이 타고 있는지 확인만 할 것이므로.

조양자는 마차 구석에 놓인 송문검(松紋劍)을 지그시 바라봤다.

사무량은 편안하게 앉아 팔짱을 낀 채 두 눈을 감고 있었다.

무당산을 벗어난 지 닷새째, 마차는 저녁이 되어서야 멈추어 섰다.

"내려라."

사무량은 조용히 마차에서 내렸다.

그가 마차에서 벗어나 맑은 공기를 마실 수 있는 시간은 지금처럼 무인들이 말에게 먹이와 물을 줄 때뿐이었다.

무당산에서 출발한 이후 사무량의 일거수일투족(一擧手一投足)은 조양자의 시야에서 벗어날 수 없었다. 밥을 먹을 때도, 잠을 잘 때도, 측간에 갈 때조차도.

"푹 쉬어둬라. 앞으로 하남성에 도착할 때까지는 쉬는 시간이 없을 게다."

사무량은 터덜거리며 커다란 나무를 향해 걸어갔다.

조양자는 사무량에게서 시선을 떼지 않았다.

누군가의 행동을 하나하나 주시하는 건 무당파에 있을 때 꿈도 꾸지 못할 일이었다. 조양자는 무공을 익히는 것 외엔 그 어떤 것에도 깊은 관심을 갖지 않았다. 특정인을 관찰하는 것은 더더욱.

며칠 동안 좁은 마차 안에서 함께했지만 사무량이라는 인간에 대해 알아낸 것이 하나도 없었다. 하물며 성격조차도 파악하기 힘들었다.

조양자가 알 수 있는 유일한 것은 사무량의 외향뿐이었다.

큰 키, 깡마른 몸매, 긴 팔은 아래로 축 늘어뜨려 힘없이 움직이고 걸음걸이도 제멋대로다. 두 눈은 항상 벌겋게 충혈되어 있고, 섬뜩한 웃음은 얼굴에서 지워지지 않는다.

'저 손에 검만 쥐어준다면 영락없는 마인(魔人)……. 이런, 내가 지금 무슨 생각을!'

조양자는 급히 상념을 접고 걸음을 옮겼다.

사무량은 무공을 전혀 익히지 않았다. 그리고 앞으로도 익힐 수 없다. 무인이 되기에 좋은 재목이나 애석하게도 무공을 익혀서는 안 된다.

"전갈입니다."

무인 하나가 조양자에게 급히 다가왔다.

조양자는 사무량이 나무 둥치에 기대앉는 모습을 보고나서야 무인이 건넨 전서를 받았다.

"태을 진인께서 보내셨습니다."

전서를 읽어 내려가던 조양자의 얼굴이 미미하게 찌푸려졌다.

"숭산(崇山)?"

전서의 내용은 간단명료했다. 곧장 강소성으로 가지 말고 숭산에 일차적으로 들르라는 내용이었다.

하남성 숭산은 소림사가 있는 곳이다. 원래의 계획대로라면 북동쪽으로 말을 달려 강소성으로 가야 했다. 그것이 부재도로 가는 가장 빠른 길이다.

하지만 숭산으로 가려면 북으로 올라가야 한다. 그렇게 되면 예정된 시간보다 더 오래 걸리게 될 것은 자명한 일.

사무량이 무사히 부재도로 가길 바라는 태을 진인이 개인적으로 이런 명령을 내렸을까? 아니다. 이건 분명 소림에서 요구한 일일 게다.

무당산을 떠나기 전에는 잠자코 있던 그들이 호북성을 벗어날 때가 되어서야 만남을 요청했다.

무엇 때문에? 정확히 알 수 없지만 짚이는 구석이 있다.

태을 진인은 미지의 세력들이 왜 사무량을 노리고 있는지 이유를 말해주지 않았다. 하지만 소림은 알고 있다. 알고 있기에 직접 사무량을 만나고 싶어한다.

'도대체 무슨 일이기에……'

조양자는 체한 듯 속이 답답해져 왔다.

무당은 소림의 요구를 거절한 적이 없다. 엄밀히 따지자면 거절을 안 하는 것이 아니라 못하는 것이다.

구파일방은 모두 대등한 관계를 유지한다. 하지만 그건 겉으로만 그럴 뿐, 보이지 않는 서열은 존재하고 있다.

그중 제일이 소림이라는 것을 부정하는 이는 없었다.

방금 태을 진인이 보낸 전서도 이런 연유일 것은 보지 않아도 알 수 있었다.

"방향을 바꿔… 북으로 간다."

무당이 소림의 요구를 들어주듯, 조양자 역시 위에서 보낸 명령을 따라야만 하는 처지였다.

2

조양자는 묵직한 바위에라도 눌린 듯 가슴이 갑갑했다.

오후 내내 들던 찜찜한 기분이 아직도 가시지 않고 있다. 이유는 모르겠다. 이번 여행은 무언가 걸리는 게 많다.

적이 있을 거라는 건 귀에 못이 박히도록 들었고, 알아내야 하는 부분이기도 하다.

하나, 큰 배포를 지니지 않고서야 무당파 무인들을 공격할 자들은 없을 거라는 게 조양자의 생각이다.

누군가가 태화궁 무인들을 공격한다면, 그들의 신원은 자소궁 무인들을 통해 무당에 전해지게 된다.

적의 입장으로 보면 대단히 무모한 짓이다.

그런데도 이리 경계하는 이유는 무엇인가. 태을 진인과 장문인은 그 이유를 알고 있지만 조양자 본인에게는 말해주지 않았다.

마치 도박장 한가운데 던져진 기분이다.

엎친 데 덮친 격으로 소림에서 사무량을 만나기를 원하니 실로 난감하지 않을 수 없다. 소림 방장과 무당 장문인이 알고 있는 그것, 조양자는 알아낼 길이 없었다.

'날이 더워진 모양이군. 아니, 기분 탓이겠지.'

조양자는 마음을 다잡았다.

그렇지만 끈끈히게 달리붙은 불길한 예감은 머리에서 떠나가질 않았다. 게다가 하루 종일 미차 안에 함께 있는 사무량을 보면 머리까지 지끈지끈 쑤셔왔다.

조양자의 예감은 반나절도 되지 않아 정확하게 들어맞았
다.

"드릴 말씀이 있습니다."

마차를 호위하던 태화궁 무인 하나가 창문을 통해 조양자
에게 말했다.

"꼬리가 붙었습니다."

'드디어!'

조양자는 두 눈을 빛냈다.

"언제부터?"

"어제저녁부터입니다."

무당을 떠난 지 오늘로써 칠 일째, 드디어 올 것이 왔는가.

"누군지는 알아냈나?"

무인은 고개를 가로저었다.

"신분을 확실히 알 수 없습니다. 자소궁이 조사 중이니 곧
연락이 올 겁니다."

"그들의 동태는?"

"아직까진 아무런 움직임도. 사무량이 이곳 마차에 있는지
확인하는 단계인 듯합니다."

"으음!"

조양자가 이번 일에서 해야 할 일은 두 가지다.

사무량을 부재도로 데려다 놓는 것과 그를 노리는 자들의
존재를 알아내는 것.

“신원이 밝혀지는 즉시 역추적할까요?”

“아니, 우선은 사무량만 보호한다. 미행을 하고 있다면 언젠가는 모습을 드러내겠지.”

무인은 짧게 읍을 취한 뒤 자신의 자리로 돌아갔다.

“답답한 무당파 사람들 같으니. 애초에 한쪽으로 전력을 기울였어야지.”

사무량은 입가에 매달린 웃음을 지우지 않았다.

“입 다물고 조용히 있어라. 넌 지금부터 마차 밖으로 한 발자국도 나올 수 없다. 식사도 용변도 안에서 해결해라.”

“냄새가 지독하겠군.”

사무량은 투덜거리기만 할 뿐, 다시 고개를 수그리고 잠을 청했다.

조양자의 걱정은 단순히 우려에서 그쳤다.

노심초사 일 리를 움직일 때도 긴장의 끈을 놓지 않았다.

하남성으로 들어선 지 다시 닷새째, 자소궁에선 별다른 연락이 없었다.

“물과 식량이 떨어졌습니다. 객잔(客棧)이라도 들르는 게 어떨지……”

조양자는 일행을 둘러봤다.

빨리 움직여야 한다는 생각 때문에 강행군을 멈추지 않은 태화궁 무인들은 지친 기색이 역력했다.

숭산에 도착하려면 보름 정도의 시일이 더 걸릴 터, 하루쯤
은 편히 쉬어 무인들의 기력을 회복시킬 필요가 있었다.

"내려."

"죽어도 마차에서 못 내리게 할 것처럼 하더니."

"농담할 시간 없다. 내려라."

사무량은 마차에서 내려 앞에 있는 낡은 객잔을 보곤 다시
조양자에게로 고개를 돌렸다.

"미행하는 무리가 있다지 않았나?"

"미행하는 무리는 없다."

"그런가? 이런 여유까지 부릴 수 있다니, 무당파 사람들이
다 당신 같았으면 천하제일의 나태한 문파가 되었겠지?"

"말 같지도 않은 소리 마라."

"후후후!"

사무량은 잘게 웃었다.

"들어가라."

사무량은 조양자에게 떠밀려 객잔 문을 향해 걸어갔다.

조양자는 사무량과 대화를 나눌 때마다 느껴지는 묘한 기
분을 떨칠 수가 없었다.

한쪽 입술이 말려 올라가 항상 비웃는 것 같은 기괴한 표정
때문이 아니었다. 마치 다른 세상에서 살고 있는 사람과 대화
를 하는 기분. 조양자가 한 가지 주제를 가지고 논한다면 사

무량은 그 주제 밖의 것까지 이야기하는 것 같았다.

속마음까지 속속들이 읽히고 있다는 생각이 자꾸만 드는 것은 그저 기분 탓이려나? 그러나 정작 조양자는 그가 무슨 생각을 하는지 도무지 알 수 없었다.

'잡으려 해도 잡히지 않는 인간.'

조양자가 느낀 사무량은 그랬다.

사람이 사람을 다루지 못하리라는 생각은 한 번도 해본 적이 없으며, 사무량 역시 다를 바가 없다고 생각했다. 그는 자신이 시키는 일은 무엇이든지 했다.

마차에서 내리라면 내리고, 나오지 말라면 나오지 않고……. 토를 단 적은 있어도 결국엔 자신의 뜻대로 움직여주었다. 어쩌다 보니 조양자는 명령을 내리는 입장이 되었지만 항상 찜찜한 기분에 사로잡히곤 했다.

원인은 간단했다.

사무량에게 틈을 주어선 안 된다는 생각 때문이다. 그는 언제 어느 때곤 틈이 생기는 즉시 도망갈 것이 분명하다. 비웃음 뒤에 가려진 여우 같은 계획.

'지금까지는 틈을 준 적이 없다. 객잔처럼 밀폐된 공간이 아닐 경우엔 더더욱 주의 깊게 감시해야 할지도.'

부산하게 움직이며 말과 짐을 정리하는 태화궁 무인들을 두고 조양자도 객잔으로 발걸음을 옮겼다.

그러던 그가 걸음을 뚝 멈췄다. 안으로 들어가지 않고 문

앞에 멈추어 선 사무량을 본 직후였다.

사무량은 가느다란 눈으로 마차와 말을 정리하고 있는 무인들을 바라보고 있었다. 그냥 바라보는 것이 아닌, 유심히 관찰하고 있다는 표현이 옳을 것이다.

"들어가지 않고 무얼 하고 있나?"

"이 객잔은 좀 특이하군. 보통 객잔의 마구간은 건물과 저렇게 멀리 떨어져 있지 않은데 말이야."

"무슨 상관인가?"

"사람만 목숨이 아니지. 말들도 습격을 받을 수 있잖아? 저들은?"

"태화궁 무인들이다."

"저들 모두 밖에서 자나?"

"걱정하지 마라. 네가 빠져나갈 구멍은 만들어주지 않을 테니."

"후후! 도저히 충고를 안 듣는 사람이군. 걱정하지 말라니 더는 말할 가치를 못 느껴. 남의 말을 곡해하는 사람은 따끔한 맛을 봐야 하는 법."

사무량은 찬바람을 일으키며 객잔 안으로 들어갔다.

아무런 걱정이 없다면 거짓이다.

사무량은 자신을 부재도로 호송하는 무당파 무인들이 잔뜩 경계하는 모습에서 이번 여정의 위험성을 다시 한 번 깨달왔다.

이들이 잔뜩 긴장한 채 자신을 보호하는 이유는 아마도 부친 때문일 게다.

자신을 노리고 있다는 세력은 누구일까. 그들은 도대체 무엇을 노리고 있는 것일까.

예전 부친에게 원한을 샀던 자들? 그럴 수 있다. 하지만 무공도 익히지 않은 사무량을 죽이기 위해 무당파와 부딪치려는 간 큰 자들이 있을까?

태을 진인에게 부친에 대한 이야기를 안다고 한 것은 모두 사실이다.

사무량은 무당파 밖으로 한 발자국도 빠져나올 수 없었지만 무림에서 일어나는 일의 대부분을 알고 있었다. 책을 통해서 알게 된 것도 있고, 태을 진인의 서탁에 놓여 있는 전서들을 몰래 훔쳐본 적도 있다.

십이 년 전 무림에서 일어났던 일 중 가장 참혹했던 일이 무엇이었나 찾아보았다. 사무량이 무당파에 들어온 시기와 딱 맞아떨어지던 그 일.

인정하기 싫지만 청운의 말은 어쩌면 사실일 수도 있다. 그리고 무당파가 사무량에게 무공을 가르쳐 주지 않는 이유 역시.

지금 무공을 익혔다면 어떻게 되었을까? 정말 부친처럼 살인마가 되었을까? 그래도 부재도로 호송되는 일이 벌어질까?

조양자가 자신을 무시하는 일도 없겠지. 이들의 보호를 받아야 할 만큼 나약하진 않을 테니까.

이상한 느낌이 든다.

왠지 좋지 않은 일이 벌어질 것만 같은 느낌.

위험에 처하면 무당을 도와달라는 태을 진인의 말이 한시도 뇌리에서 떠나질 않았다.

객잔으로 들어서기 전, 조양자에게 조심하라 충고를 하려 했다. 하지만 미처 충고하기도 전에 무시당했다.

'어르신, 전 할 만큼은 하려 했습니다. 듣지 않은 사람이 잘못이죠.'

도주? 사무량이 정말로 도망치지 못해 조양자와 함께 동행하는 것 같은가?

천만에! 기회만 생긴다면 언제든지 도주할 수 있다. 기회는 소리없이 다가오기 마련. 객잔처럼 도주하기 용이한 곳도 없다.

옆에서 뒤척이는 조양자는 쉽게 잠을 이루지 못하는 것 같았다.

'불길해. 조양자, 당신은 내 말을 믿지 않아. 후후! 사람이 남의 말을 믿지 않는 경우는 딱 하나지. 자기 자신을 믿지 못하는 사람은 남의 말을 믿지 않지. 하지만 난 내 말을 믿어. 내 느낌을……'

사무량은 뒤집어쓴 이불 안에서 두 눈을 빛냈다. 그때,

히히힝!

말들의 힘찬 울음소리가 창밖에서 들려왔다.

조양자가 벌떡 몸을 일으켰다. 어느새 그의 손에는 검이 들려 있었다.

쾅!

동시에 방문이 거칠게 열리며 무인 하나가 뛰어 들어왔다.

"습격입니다!"

조양자의 행동은 그보다 더 빨랐다. 어느새 그는 창밖으로 몸을 날리고 있었다.

마치 태풍이 한바탕 휩쓸고 지나간 듯 처참한 광경이 마구간에 벌어져 있었다.

산산조각이 난 마차, 이십여 필이나 되는 말은 감쪽같이 사라졌다. 그뿐이었다면 다행이다.

조양자는 미동도 없이 차디찬 땅바닥 위에 누워 있는 두 명의 태화궁 무인을 본 순간 온몸이 경직되었다.

가슴부터 복부까지 길게 베어진 채 죽은 무인들. 송문검은 아예 검집에서 빠져나오지도 않았고, 움직인 흔적이 없는 것으로 미루어 저항도 하지 못한 채 당했다.

몇몇 무인들은 말의 발자국을 따라 몸을 날렸고, 몇 명은 죽은 무인들의 시신을 점검했다.

"사망 추정 시각은 일각(一刻) 전. 말들이 사라지기 전에 당했습니다. 사용 무기는 검. 사인(死因)은 정확히 사혈(死穴)을 베였습니다."

무인은 잠시 말을 멈추고 고개를 갸웃거렸다.

"베인 부위가 깨끗하고… 피부가 오그라들지 않은 것으로 미루어 극쾌(極快) 중의 극쾌……."

"그만!"

조양자가 손을 들어 무인의 입을 막았다.

무인이 직접 보고를 하지 않아도 확연히 보인다. 검으로 베었는 데도 불구하고 피부가 오그라들지 않았다.

가능한 일인가?

아주 불가능하지는 않다. 인간의 능력을 초월한 빠르기를 지녔다면 가능하다.

그런 검법이라면 세상에 단 하나밖에 존재하지 않는다.

"뇌성무류검법(雷星無流劍法)……."

직접 보지는 않았지만 들어본 적은 있다.

번개 같은 빠르기. 응축된 진기를 한 번에 폭사해 내면서 상상을 초월하는 쾌검을 이루어낸다. 하지만 진기의 운용이 정순하지 않아 마공(魔功)으로 낙인찍힌 무공이다.

뇌성무류검법을 익힌 집단은 낙뢰문(落雷門). 낙뢰문은 뇌성무류검법을 중원에 들고 나옴과 동시에 멸문당했다. 그것도 단 한 사람으로 인해. 구파일방의 사주 아래 그들을 멸문시킨 자가 바로 사무량의 부친이다.

'미지의 적이 설마?'

낙뢰문의 후인은 없다고 들었다. 만약 후인이 있다 하더라도 세상에 다시 모습을 보여서는 안 되는 검법이다.

"뇌성무류검법에 버금가는 빠르기를 지닌 검법이 있나?"

"환영문(幻影門)에 공멸검(空滅劍)이 있지만 반점이 없는 것으로 보아 그들은 아닌 것 같습니다."

이번 일에 태화궁 무인들의 책임을 맡은 백운자(白雲子)가 대답했다.

백운자도 뇌성무류검법을 떠올리긴 마찬가지일 게다. 하나 단정 짓지 못할 뿐이었다.

흔적은 남았으되, 이미 멸문한 문파의 검공이니…….

낙뢰문이 아닐 경우라면 무림에 모습을 드러내지 않은 기인이거나, 낙뢰문과 비슷한 무공을 지닌 신흥 문파의 등장이거나.

말 발자국을 따라 몸을 날렸던 무인들은 일다경 후 다시 객잔으로 되돌아왔다.

"일 리 밖에 있었습니다. 사람의 흔적은 찾을 수가 없습니다."

말 이십여 필은 모두 되돌아왔다.

두 명의 태화궁 무인을 죽이고 말을 한꺼번에 데려갈 수 있는 인원은 한두 명으로 부족하다. 객잔을 습격한 사람들은 적어도 열 명이 넘는다는 소리.

그 많은 사람들의 흔적을 찾지 못했다는 게 가능한 소리인가.

조양자는 두 눈을 가늘게 좁혔다.

보고를 하는 태화궁 무인의 말을 믿어야 했다.

태화궁 무인들은 무공도 무공이지만 은신과 추적에 특별한 교육을 받은 자들이다. 태화궁 무인이 흔적을 찾을 수 없었다면, 정말로 없는 게다.

"바로 문에 보고를 올리겠습니다."

조양자는 고개를 끄덕였다.

"이곳 상황을 하나도 빠짐없이 낱낱이 보고해. 자소궁 무인들에게서 연락이 오면 바로 알려주고."

조양자는 뒷목이 쑤셔왔다.

오후의 찜찜했던 기분이 이런 일로 나타나게 될 줄이야…….

'드디어 모습을 드러내기 시작하는군. 그자로 하여금 멸문당한 문파들의 재건이라? 단지 사무량에게 복수를 하려는 것은 아닐…….'

"헛! 사무량!"

방 안에 혼자 두고 온 사무량.

조양자의 두 눈이 급격하게 커졌다.

탓―!

그는 생각할 틈도 없이 객잔 이층을 향해 빗살처럼 신형을 쏘아냈다.

　“……!”
조양자의 어깨가 격하게 흔들렸다.
이층 방 안에 있어야 할 사무량의 모습은 어디에도 보이지 않았다.
“무슨 일이십니… 엇!”
뒤따라 들어온 무인들 역시 비어 있는 방을 보곤 얼굴이 경직되었다.
“빨리 찾아내! 아마도 멀리 가지 못했을 것이다!”
무인들은 황급히 방에서 빠져나갔고, 조양자는 방 안 곳곳을 뒤졌다.
침상 아래며 벽장이며, 창밖을 내다보기도 하고 이층에 있는 방도 일일이 확인했다.
그러나 사무량의 모습은 그 어디에서도 없었다.
‘방심했다! 절대 틈을 주지 않겠다고 다짐했는데……. 너무 순순히 말을 듣는다 했어. 어떻게 이런 실수를!’
조양자는 불안한 마음으로 좁은 방 안을 서성였다.
잠자리에 누웠을 때부터 무언가 심상치 않은 기분이 들었다. 어쩌면 객잔에 들어서기 전 사무량이 한 말이 마음에 걸려서 그런 걸지도 모른다.
불길한 예감은 적중했고, 마구간에서 심상치 않은 일이 벌어짐을 알고는 주저 없이 창밖으로 몸을 날렸다. 사무량도 중요했지만 부재도로 가기 위한 마차와 말들 역시 중요했던 탓이다.

경황이 없어 방 안에 혼자 두고 온 사무량에게 생각이 미치지 못했다.

그 틈…….

사무량에게는 분명 도주할 수 있는 틈이었다.

그러나 무공도 익히지 않은 몸으로는 태화궁 무인들의 손에서 벗어날 수 없다. 운이 좋아 벗어난다 하더라도 태화궁 뒤에는 자소궁이 버티고 있다.

조양자는 걱정 대신 어처구니없는 실수를 한 자신을 질책했다.

'작은 실수가 큰일로 이어지지 않길 바라는 수밖에.'

조양자는 창틀에 기대어 어두운 길을 내려다보며 생각에 잠겼다.

일다경 정도가 지났을 때, 사무량을 찾으러 나갔던 무인들이 다시 모습을 나타냈다.

"사무량을 찾지 못했습니다."

조양자의 두 눈이 더는 커질 수 없을 정도로 부릅 떴다.

"그게 무슨 소린가! 근처까지 샅샅이 뒤졌나!"

"이 근방에서 개미 새끼 한 마리도 발견하지 못했습니다."

"……."

조양자는 아무런 말도 할 수 없었다.

무공도 익히지 않고서 태화궁 무인들의 추적에서 교묘히 빠져나갈 인물이 있었던가. 아무리 생각해 보아도 불가능한 일이다. 하늘로 증발하거나 땅으로 훅하고 꺼져 버리지 않는 이상 절대로 불가능한 일.

정체 모를 놈들의 기습에 이은 사무량의 실종.

조양자는 눈앞이 캄캄해져 왔다.

소림이 관여하고 원로회의까지 열렸는데… 태을 진인이 그토록 당부를 했는데…….

무인들도 난감한 기색을 감추지 못했다. 무공도 익히지 않은 범인 하나를 잡지 못한 태화궁 무인들의 심정도 착잡하긴 마찬가지였다.

조양자는 침상에 걸터앉았다. 두 손으로 얼굴을 감싸고 고개를 숙인 그의 머릿속은 그 어느 때보다도 복잡했다.

방문 쪽에서 인기척이 들린 것은 바로 그때였다.

“……!”

경계심에 본능적으로 검집에 손을 가져간 태화궁 무인들 사이로 유유히 모습을 드러낸 자는 다름 아닌 사무량이었다.

“한밤중에 무슨 소란이지?”

사무량은 정말로 무슨 일이냐는 듯한 얼굴로 물었다.

사무량을 발견한 조양자의 두 눈이 차갑게 가라앉았다. 그는 침상에서 조용히 일어나 사무량에게 뚜벅뚜벅 걸어갔다.

“어디 갔었나?”

“측간에······.”

쫘악—!

허공을 가른 조양자의 손이 사무량의 뺨에 작렬했다. 사무량의 고개가 반쯤 돌아갔다가 다시 제자리로 돌아왔다.

그는 얼굴에 옅은 미소를 띠었다.

“크크! 도인? 웃기는군. 잘 봐둬. 이게 당신의 본모습이야. 고고한 척 도인 행세를 하던 당신의 본모습.”

“누가 말도 없이 측간에 가라고 했나!”

조양자는 너무나 화가 나 얼굴이 벌겋게 달아올랐다.

“제길! 측간도 마음대로 못 가나?”

“무슨 일이 벌어졌는지 알고는 있나!”

사무량은 퉁퉁 부어오른 뺨을 매만졌다.

“객잔에 들어오기 전에 내 말을 가로막은 사람은 당신이지. 왜? 내가 하는 말은 귓등으로 들어도 될 만큼 쓸모가 없나? 판단은 당신 몫이었어. 그 몫의 결과에 대해 내겐 책임이 없다고 생각하는데?”

“사람이 둘이나 죽었다.”

“미안하군. 난 사람을 살리는 능력이 없어서.”

“······.”

조양자는 말문이 막혀 더 이상 말을 이을 수가 없었다.

대신 금방이라도 화염을 뿜어낼 것 같은 눈으로 사무량을 노려봤다.

"앞으로 내 허락없인 움직이지 마라. 내 시선이 닿지 않은 곳에서 벗어나지 말라는 소리다. 한 번만 더 지금과 같은 일이 벌어졌을 시에는 오늘처럼 뺨 한 대로는 끝나지 않을 게다."

조양자는 끓어오르는 분기를 천천히 삭였다.

"나한테 협박은 통하지 않아. 가족도 잃고 자유도 잃고, 내겐 남은 게 없어. 원래 잃을 게 없는 사람은 두려움도 없는 법이거든. 크크! 좋아, 나도 하나 말해두지. 당신이 힘으로 날 제압할 수 있어도 그건 지금뿐이야. 내가 부재도에서 빠져나오는 날, 그때 보자고. 크크크!"

사무량은 송곳니를 드러내며 하얗게 웃었다.

第三章
함정, 그리고 기습

초여름이지만 살갗에 와 닿는 새벽 공기는 서늘했다. 그러나 머리끝까지 오른 긴장감에 비하면 조족지혈(鳥足之血)이다.

숲 곳곳에 매복하고 있는 사람은 모두 스무 명이지만 가느다란 숨소리조차 들리지 않을 정도로 고요했다.

태화궁 무인들에게서 전서를 받은 게 한 시진 전, 그리고 꼼짝도 하지 않고 매복한 것이 벌써 반 시진.

인내심에도 한계가 있기 마련.

숨이 막혀온다. 눈가를 뒤덮는 땀방울을 닦아내는 것은 최대의 사치다.

적이 근처에 있다는 것을 알지만 정확히 어디에 있는지는 알 수 없다.

고도의 은신술을 수련한 자들일 것이다. 그렇지 않고서야 태을청령진기(太乙淸靈眞氣)까지 끌어올렸는데 종적을 잡아내지 못할 리 만무하다.

자소궁 무인 스무 쌍의 눈빛은 어둠 속에서 조용히 빛났다.

스스슥!

소리가 들려오지만 움직여선 안 된다.

어처구니가 없다.

비무라면 마다하지 않을 자소궁 무인들이 살수들처럼 숲에 웅크리고 있다. 이래선 실력을 제대로 발휘하지도 못한다.

자소궁 무인들에겐 해야 할 일이 산더미처럼 많다.

사무량을 호송하는 태화궁 무인들의 뒤를 받쳐야 하며, 태화궁 일행에게 일어나는 모든 일을 하나도 빠짐없이 무당에 보고해야 한다. 또 사무량을 노리는 자들을 알아내는 역할도 맡았다.

그러나 지금은 아무것도 할 수가 없다.

먼저 움직이는 자는 죽는다. 상대에게 먼저 발견당하는 자도 죽는다.

철컥!

검집과 검이 분리되는 소리가 들렸다.

'안 돼!'

숲이 들썩인다 싶었는데 다시 잠잠해졌다. 그리곤 바람결에 피 냄새가 살며시 풍겨왔다.

비명은 없었지만 누군가는 확실히 죽었다.

누가 죽었는지는 알 길이 없다. 자소궁 무인이 죽었는지, 아니면 정체를 알 수 없는 상대가 죽었는지.

다만 분명한 것은 상대의 무공이 자소궁 무인들에게 뒤지지 않는다는 것이다.

스스스스!

누군가가 풀잎을 헤치고 빠르게 움직였다.

스스스!

아! 움직임이 또 있다.

한쪽에서 움직이면 사방에서 그곳을 향해 빠르게 다가간다. 그렇게 풀이 들썩이고 잠잠해지길 여러 차례.

지겨운 싸움이다.

눈에 보이지 않아 답답하다. 당장이라도 뛰어올라 적들을 베어버리고 싶다. 무인으로 살면서 이렇게 싸우리라곤 짐작한 적도 없는 자소궁 무인들이었다.

새벽의 여명이 밝아오면, 그때는 자소궁 무인들에게 조금 더 유리해지지 않을까? 아니다. 동이 틀 때까지 몇 명이나 버틸 수 있을지조차 예측할 수 없다.

스스슥!

반 각 간격으로 움직임은 계속되었다.

“일, 이, 삼대 모두 본 문으로 돌아가고 있다는 소식입니
다.”

백운자가 침중한 표정으로 입을 열었다.

조양자 일행에게 집중되는 이목을 따돌리기 위해 각기 동,
서, 남으로 향했던 마차 세 대. 그들이 행군을 멈추고 무당파
로 되돌아가고 있다는 보고였다.

‘처음부터 그들을 미행하는 자는 없었어!’

조양자는 그런 느낌이 강렬하게 들었다.

“이로써 이목은 확실히 우리에게로 집중되었군.”

“행로를 어찌하실는지……?”

조양자는 탁자 위에 놓인 지도를 유심히 들여다보았다.

숭산으로 가는 가장 빠른 길은 두 개. 하나는 관도를 따라
북동쪽으로 가는 길, 다른 하나는 평정산(平頂山)을 넘어 북으
로 곧장 올라가면 등봉현(登封縣)이다.

빠르기로는 후자, 안전성으로 보면 전자가 낫다. 등봉현까
지만 도착해도 소림의 지원을 받을 수 있다.

고개를 돌리던 조양자가 침상에 앉아 있는 사무량을 흘끔
바라본 뒤 백운자에게 말했다.

“평정산을 넘도록 하지.”

“괜찮겠습니까?”

“사람이 많은 곳은 저 녀석이 도주하기 딱 좋은 조건이지.

굳이 관도로 갈 필요가 있겠나? 한시가 바쁘니 평정산까지 유인해. 그곳에서 길을 막는다면 전면전일세."

"본 문에 연락을 하겠습니다."

"놈들의 정체는 알아냈나?"

"아직 자소궁에서 연락이 없습니다."

"흐음! 우선 뒷일은 자소궁에 맡기고, 우리는 동이 트면 바로 출발하도록 하지."

"알겠습니다."

백운자는 자리에서 일어나 방을 빠져나갔다.

조양자가 다시 고개를 돌렸을 때 사무량은 그를 보며 웃고 있었다.

"귀신같이 침입해 사람을 죽이고 말을 모두 데려간 자들이야. 자소궁 무인들은 이미 당했을지도 모르지."

"……."

조양자는 입을 꾹 다물고 사무량을 노려보았다.

"입 조심해라. 네 입에 놀아날 만큼 자소궁 무인들은 약한 자들이 아니다. 사람 목숨을 가지고 어디서 망발을 하느냐!"

사무량은 조양자의 반응에 가볍게 한숨을 내쉬었다.

"당신 눈을 보니 오한이 밀려드는군. 평정산이라……. 인적이 드문 곳이긴 하지, 기습도 용이한 곳이고. 죽을 자리를 골라 가다니."

"흥! 네 얕은 수작에 넘어갈 듯싶나?"

“일을 늘리는 재주가 있군 그래.”

“……”

“전면전은 자신있나? 우선은 자신들 살 궁리부터 해야 할 텐데. 불길해. 당신 같은 자와 동행을 해야 한다는 게.”

“우리가 누구 때문에 이런 위험한 일을 하는지 알면서 하는 소린가?”

“어이가 없군. 이봐, 날 부재도에 데려다 놓겠다고 결정한 건 당신들이야. 마치 내가 원했던 것처럼 말하는데… 당신, 머리가 어떻게 된 거 아냐?”

“…후후! 그래, 넌 네 인생조차도 마음대로 결정지을 수 없는 몸. 그러니 잠자코 있어!”

조양자는 자신이 심하게 짜증을 내고 있다는 사실을 자각하지 못했다.

난데없는 기습으로 극도로 예민해진 신경 탓도 있지만 사무량이 하는 말에 더욱 심한 자극을 받았다.

자소궁 무인들이 모두 죽었다느니, 죽을 자리를 골라 가는 행로라느니……. 마음 같아서는 도복을 벗어버리고 원없이 때려주고 싶은 마음이 간절한 조양자였다.

사무량은 조용히 입을 열었다.

“하나만 물어보지. 당신들 목숨까지 내걸 정도로 내가 그렇게 중요한 사람인가?”

중요한가 중요하지 않은가는 조양자로선 알 도리가 없다.

다만, 문제가 될 인물이라는 건 알고 있다.

"풀어줄 생각이 없다면 죽여."

"……?"

조양자의 눈썹이 역팔 자 모양으로 치켜올라 갔다. 죽음을 이야기하는 사무량의 모습이 얄밉도록 담담해 보였다.

"뺏겨서도 안 되고, 당신들이 가질 수도 없고……. 따지고 보면 나는 무당파와 아무런 상관도 없는 사람 아닌가? 굳이 목숨 걸 필요까지는 없다고 보는데. 내가 죽으면 그만이지 않나?"

조양자는 주먹을 꽉 움켜쥐었다.

사무량의 말이 맞다. 그의 말대로 이 자리에서 그를 죽이는 방법도 나쁘지 않다. 소림이 아니었다면 원로회에선 벌써 사무량을 죽이라는 명이 떨어졌을 것이다.

"죽여. 기회는 지금뿐이야. 날 죽이지 않는다면 당신들이 죽어."

사무량은 시험이라도 하듯 조양자의 심기를 조금씩 건드렸다.

조양자는 치밀어 오르는 살기를 느꼈다. 두 눈이 가늘어지고 이마에 땀방울이 맺히기 시작했다. 그렇게 두 사람은 반 각 동안이나 서로를 노려보았다.

'상대는 무공을 전혀 모르는 범인. 싸울 상대가 아니지. 잠시 마음이 흔들렸다니… 수양이 부족했군. 무량수불……!'

끝내 조양자는 깊은 한숨과 함께 반장을 취하며 사무량의
시선을 외면했다.

"쳇! 결국 끝까지 도인 행세군."

사무량은 침상에 벌러덩 누워 이불을 머리끝까지 뒤집어
썼다.

*　　　　*　　　　*

칠 척(尺) 장신의 호리호리한 체구를 가진 중년인은 서슴없
이 천막의 입구를 밀치며 안으로 들어섰다.

몽고의 빠오식으로 되어 있는 천막 안에는 달랑 침상 하나
와 둥근 탁자밖에 없었다.

중년인이 들어서자 원탁에 앉아 있던 삼십대 중반의 사내
가 자리에서 일어나 공손히 읍을 취했다.

"오실 줄 알고 있었습니다."

중년인 뇌성신군(雷星神君)은 성큼성큼 걸어가 사내의 맞
은편에 앉았다.

자리에 앉은 뇌성신군은 원탁에 어지러이 놓인 물건들을
보며 인상을 찌푸렸다.

커다란 지도 한 장, 그 지도 위에 아무렇게나 흐트러진 새
끼손가락만 한 나무 막대 수십 개. 각기 나무 막대에는 알아
볼 수 없는 글귀가 하나씩 쓰여 있고, 끝 부분은 핏물에 담긴

듯 붉은 빛을 띠었다.

천막의 주인이자 뇌성신군을 맞이한 천기자(天氣子)의 물건들이다.

천기자는 따뜻한 차를 내어와 뇌성신군에게 대접했다.

"그대의 말이 맞았어. 북으로 가는 마차가 확실하더군."

"소생은 틀린 말을 하지 않지요."

천기자는 자신의 잔에도 차를 따라 부으며 작게 웃었다. 하얀 얼굴에 유약해 보이는 그는 영락없는 서생이었다. 하지만 보통 서생들과 다른 점이 있다면, 하늘이 내린 작은 능력을 지녔다는 것.

"사무량이라는 자는 만나보셨습니까?"

뇌성신군은 고개를 저었다.

"그자 옆에는 조양자가 한시도 쉬지 않고 붙어 있어. 접근하기가 용이치 않아."

"무슨 일이든 단번에 성공하기는 힘들지요."

"우선 자네 말대로 흔적은 남겨두고 왔지만… 왜 그래야 하지?"

"낙뢰문이 멸문한 지 벌써 이십 년입니다. 이제는 모습을 드러낼 때도 되었지요."

"후후! 또다시 무림 공적이 되라는 말이군."

"과분한 말씀. 확실치 않은 무림 공적을 만들 구파일방이 아닙니다."

"조양자는 눈썰미가 좋은 자야. 뇌성무류검법을 못 알아볼 리가 없지."

"제가 노리는 것도 바로 그것. 심증은 있으되, 물증이 없는 한 그들이 혼란스러워할 것은 자명한 일. 더불어 멸문한 문파가 재건했다는 것에 대해 경각심을 일깨워 줄 수도 있습니다."

"틀렸어. 더 이상 낙뢰문은 존재치 않아. 존재하는 것은 흑천(黑天)이지."

정녕 구파일방은 알지 못했다. 멸문한 낙뢰문이 후인을 남겨두었다는 것을, 그리고 그 후인이 복수를 가슴에 품은 채 오랜 시간을 견뎌온 뇌성신군이라는 것을.

"놈들이 방향을 바꿨어, 부재도가 아닌 소림으로. 사무량을 탈취하려면 놈들이 소림으로 향하는 길목밖에 없겠지. 소림이 개입하면 철통같은 방어막이 생겨."

"말들은 모두 처리하셨습니까?"

뇌성신군은 고개를 끄덕였다.

"자소궁은?"

"혈살문(血殺門)에게 맡겼습니다."

"완벽한 계획이라 생각하고 있겠군. 낙뢰문, 다음엔 누구지?"

"철궁방(鐵弓幫)입니다."

"확실히 해."

“흑천엔 인재가 많지요. 철궁방 다음엔 고언문(孤鼴門)입니
다.”
그제야 뇌성신군의 얼굴엔 옅은 웃음이 지어졌다.
“기적이 없는 한 무당파는 요행을 바라기 힘들겠군.”
“이번 일에 나선 무당파 무인 모두 없앨 생각입니다.”
“무인이 아니라 그런가? 자넨 무림에 대해 너무 몰라. 무당
파는 함부로 건드릴 상대가 아니야. 만약 일이 틀어진다면 우
리 역시 무사하진 못할 게야.”
“겸손이 지나치시군요. 무림에서 버림받은 문파 다섯이
모였습니다. 그런데도 무당이 커다란 장벽으로 느껴지십니
까?”
뇌성신군은 따뜻한 차를 천천히 음미했다.
무림 공적으로 지목되어 멸문당한 다섯 문파는 십이 년 전
의 일을 하나도 빠짐없이 기억하고 있다. 발본색원(拔本塞源)
이라며 다섯 문파의 무공을 알고 있는 자 모두 세상에서 지워
졌으니, 중원은 그들의 흔적이 완전히 사라졌다고 생각하고
있을 게다.
십이 년 만에 멸문한 다섯 문파가 힘을 합친 걸 알면 어떠
한 반응을 보일까.
다섯 문파는 흑천이라는 이름으로 다시 일어섰다.
그들의 목적은 두 가지다. 하나는 사무량을 얻는 것, 다른
하나는 구파일방에 버금가는 세력으로 군림하는 것이다.

과연 흑천에게 그럴 만한 힘이 있는가?

아주 불가능하지는 않다. 낙뢰문의 뇌성무류검법, 철궁방의 사갑전(射甲箭) 외에 다른 세 문파도 하나같이 녹록지 않은 무공을 지니고 있다. 오죽하면 구파일방에서 위협을 느끼고 무림 공적으로 만들었을까.

흑천은 지금이라도 마음만 먹으면 당당히 중원에 모습을 드러낼 수 있다. 하지만 당장은 안 된다. 무엇보다 중요한 것은 흑천을 하나로 만들어줄 무공이 없다는 것이다.

하나로 뭉쳤지만 아직은 개인적으로 움직이는 자들. 이들을 완전히 통합시킬 수 있는 것은 오로지 공통된 무공뿐이다.

흑천을 하나로 묶을 수 있는 열쇠는 사무량이 쥐고 있다.

그리고 사무량에게서 무공을 얻을 수 있는 단서를 알아내는 역할은 천기자가 맡았다. 그는 흑천의 유일한 두뇌다.

단순히 머리가 좋아 두뇌가 된 것이 아니다. 남들보다 뛰어난 감각은 천기자를 흑천의 머리로 만들어놓았다.

"천주(天主)께서 이번 일에 기대를 많이 하고 계시지."

"실패하는 일은 없을 겁니다. 사무량을 반드시 흑천으로 데려올 테니까요."

"후후후!"

뇌성신군은 천기자를 보며 잘게 웃었다.

"가끔은 자네가 천에서 가장 위험한 자가 아닐까 하는 생각이 드네만?"

"……"

"내가 예민한 건가, 아니면 자네가 여우 같은 건가? 사무량은 우리에게 천하제일의 무공을 내어줄 유일한 인물이지만, 그것뿐만이 아니지. 그자의 핏줄이야. 무공만으로 천하제일인이 될 순 없어. 머리도 좋아야 해. 만약 사무량의 자질이 그자보다 훨씬 뛰어나다면… 그래, 흑천으로 끌고 왔을 때, 자네의 위치가 위협받지 않겠나?"

천기자는 다 마신 찻잔에 다시 따뜻한 물을 부었다.

"예민하신 것 같군요."

"자네가 여우 같다는 이야기는 하지 않는군."

"사무량은 비급의 열쇠이자 흑천의 두뇌 역할도 할 수 있는 자입니다."

"한 집단에 머리는 하나로 족해."

"무슨 말씀이신지?"

"자네가 남들보다 뛰어난 기감을 지니고 있다는 것은 알아. 하지만 비상한 두뇌 앞에선 아무 짝에도 쓸모 없잖아?"

자칫 자존심이 상할 말임에도 천기자는 인상 하나 찌푸리지 않았다.

"사무량의 자질이 처주의 눈에 들면 자네의 목숨도 거기까지야."

뇌성신군의 음성엔 천기자를 향한 무시가 담겨 있었다.

멸문한 낙뢰문의 유일한 후인으로 남아 몇 번씩이나 죽을 고비를 넘기면서 힘겹게 살아온 뇌성신군이었다. 오로지 복수를 할 일념으로 밤낮없이 수련하여 무림에서 지우려 했던 뇌성무류검법을 다시 복원시켜 놓았다.

그러다 뜻을 함께하자는 흑천주를 만났고, 그의 직속인 오신군(五神君) 중의 한자리를 꿰차기까지… 뇌성신군의 지위는 그간의 흘린 피와 땀으로 이루어진 노력의 결과였다.

그런 뇌성신군의 눈에 단지 기감이 좋다는 이유로 단박에 오신군과 비등되는 자리까지 올라온 천기자가 달가워 보일 리 없었다.

천기자 역시 뇌성신군의 그런 마음을 모르지 않았다. 그러나 무공으로 어찌할 수 있는 상대가 아니니 쓸데없이 충돌할 필요는 없었다.

"천주께서 죽음을 내리신다면 기꺼이 받아들이겠습니다."

뇌성신군의 얼굴에 비소가 떠올랐다.

"그때 가서도 그런 말이 나올지 궁금하군."

뇌성신군은 탁자 위에 놓인 나무 막대들을 한쪽으로 밀치고 지도를 자신 쪽으로 돌렸다.

"관도를 택할 것인가, 평정산 쪽을 택할 것인가……."

"평정산으로 갈 것입니다."

천기자는 기다렸다는 듯이 대답했다.

"그것도 느낌인가?"

"조양자 쪽은 아직 낙뢰문의 검법을 의심하고 있습니다. 무당파에서는 미행하는 자들의 정체를 알아내라 일렀겠지만, 조양자의 성격으로 미루어보아 그는 전면전도 불사할 사람이 지요. 그런 사람은 관도보다 인적이 드문 곳을 택할 것입니다."

뇌성신군은 천기자에게 지도를 돌렸다.

"사무량을 취할 수 있는 건 평정산까지야. 만약 실패할 시엔……."

"사무량 그자가 움직이지 않는 한 실패는 없습니다."

"움직이지 않는다?"

"부재도로 가는 자입니다. 세상엔 스스로 원해서 부재도에 들어갈 사람은 단 한 사람도 없다고 봅니다만."

"부재도로 끌려가느니 우리에게 오는 편이 낫겠군."

"그 점에선 염려하지 마십시오."

천기자는 뇌성신군과의 대화를 마치려 했다. 크게 예의에 어긋나는 행동임에도 천기자는 익숙한 손놀림으로 뇌성신군의 앞에 놓인 찻잔을 치웠다.

그러나 뇌성신군은 화를 내기보다 그런 천기자의 행동을 당연하게 받아들였다.

이제는 그만 대화를 끝내야 할 시간.

"천으로 돌아가십시오. 제가 없으니 천주께선 사람이 필요할 것입니다."

"홍! 노도신군(怒濤神君)이 올 때가 되었나 보군."

뇌성신군은 자리에서 일어섰다. 등을 돌리기 전 그는 천기자를 향해 차가운 한마디를 내뱉는 것을 잊지 않았다.

"만약에 이번 일에 실패한다면… 후후! 누가 되었든 반드시 책임을 지게 될 것이야."

*　　　*　　　*

"말을 탈 줄 아나?"

사무량은 대답하지 않았다.

조양자는 자신이 질문하고도 어처구니가 없었다. 십이 년 동안이나 골방에 갇히다시피 한 사무량이 언제 말을 탈 기회나 있었을까.

"넌 나와 간다."

대열을 정비한 조양자 일행 모두가 말에 올라탔고, 조양자와 사무량은 한 말에 올랐다.

"이럇!"

해가 뜨기도 전인 이른 새벽, 무당파 도인들은 말을 몰고 객잔에서 멀어졌다.

사무량을 제외한 모두는 뜬눈으로 밤을 새웠다. 지친 몸을 달래려 객잔에 머물렀건만 오히려 피곤함은 그 무게를 더했다. 그래도 누구 하나 힘들다거나 지친 기색을 보이지 않았다.

간밤에 죽은 두 무인의 넋을 기리지도 않았다. 그들은 값싼 관에 눕혀져 무당파로 호송되었다.

두 무인의 죽음, 그리고 어쩌면 앞으로 자신들에게도 닥칠지 모르는 위험. 그 모두가 사무량 때문이라는 걸 알고 있었다.

꼭 무당파가 나서서 사무량을 노리는 자들의 정체를 알아내야 할 필요가 있을까?

있다. 이유는 모르지만 위에서 결정지어진 일이니 알아내야만 한다. 조양자가 아니더라도 무당파 중 누군가는 반드시 이 일을 해야 할 게다.

태화궁이나 자소궁 무인들은 혹시 알고 있을까? 아니다. 어쩌면 그들 역시 조양자처럼 사무량을 보호해야 하는 이유를 모르고 있을 게다.

그들 역시 그저 위에서 시킨 일이기에 최선을 다하겠다는 듯 조양자를 따라주었다.

'소림과 무당은 애초에 사무량을 죽일 생각이 없던 모양이군.'

의문은 무당산을 떠나는 순간부터 조양자의 머릿속에서 떨어지지 않았다.

두두두두!

말은 거침없이 평원을 질주했다.

초여름인 데도 해가 이글거린다.

조금씩 휴식을 가진 것 외엔 반나절이나 말을 달려서인지 온몸은 땀으로 축축하다.

조양자는 문득 등 뒤에 붙어 있는 사무량을 의식했다.

사무량은 아침부터 말이 없었다.

참 묘한 자다. 아무 생각 없이 툭툭 내뱉는 말에도 의미가 담겨 있다. 어젯밤에 충고를 듣지 않는 건 조양자 자신의 잘못이니 할 말은 없다.

사무량의 거친 호흡 소리가 유난히 거슬린다. 아무런 힘도 가지지 않은 존재지만 계속 신경이 쓰이게 만드는 재주를 가졌다.

그는 지금 무슨 생각을 하고 있는 것일까.

"워어! 워!"

선두에서 달리던 백운자가 갑자기 당황하기 시작한 것은 한참 강을 거슬러 올라가고 있을 무렵이었다.

그는 미친 듯이 날뛰고 있는 말을 달래기 위해 말고삐를 힘껏 잡아당기고 있었다.

다행히 백운자가 탄 말의 광기는 오래가지 않았다. 한바탕 어지러이 난리를 치던 말은 몇 발자국 가지 못해 풀썩 다리를 구부렸다.

"무슨 일인가?"

재빨리 다가온 조양자가 말을 멈추며 물었다.

백운자는 쓰러진 말 위에서 조심스레 내렸다. 말은 고개를 축 늘어뜨리고 숨을 헐떡였다.

"탈진인 것 같습니다."

"그럴 리가! 점검을 할 때까지만 해도 멀쩡했거늘. 휴식을 가진 게 아직 반 시진도 채 되지 않았는데!"

조양자는 백운자의 말 상태를 보기 위해 얼른 말에서 내렸다. 그 순간,

히히잉!

"엇!"

"이런!"

조양자의 말을 포함한 스무 마리의 말이 약속이라도 한 듯 동시에 날뛰기 시작했다.

말릴 재간이 없었다. 고삐를 움켜쥔 그들은 말에서 떨어지지 않기 위해 안간힘을 다해야 했다.

조양자는 방금 자신이 내린 말의 늘어진 고삐를 힘껏 잡아당겼다. 사무량이 아직도 말 등에 타고 있었기 때문이다.

하지만 미친 듯 날뛰던 말들은 곧 백운자의 말처럼 하나둘씩 쓰러지기 시작했다.

무인들은 무사했다. 말에서 내린 그들은 곧 자신들의 말 상태를 점검하기에 바빴다.

백운자가 말했던 것처럼 말들의 상태는 탈진 증세와 비슷했다.

물을 먹여도 소용없었다. 말들은 거친 숨을 토해냈고, 어떤

말은 입에 거품까지 물었다.

"아까까지만 해도 멀쩡하던 말들이……!"

조양자는 무언가 생각난 듯 품 안에서 소도를 꺼내어 서슴없이 말의 엉덩이 부분을 갈랐다. 날카로운 쇳덩이가 살을 뚫고 들어갔건만 말은 전혀 아픔을 느끼지 못하는 것 같았다.

말 엉덩이에서 흘러나오는 붉은 핏물을 가만히 바라보던 조양자가 눈살을 찌푸렸다.

핏물 사이에 반짝이고 있는 초록빛 액체.

"이건……?"

"미혼산(迷魂散)!"

옆에서 지켜보던 백운자가 깜짝 놀라며 소리쳤다.

조양자는 손가락으로 말의 피를 찍어 입가로 가져갔다.

"미혼산이 맞네."

백운자도 얼른 소도를 꺼내 다른 말의 허벅지를 갈랐다.

"이 말도 중독되었습니다."

농도와 복용의 시간에 따라 서서히 내력이 고갈되는 독. 사람에겐 치명적인 독이 아니지만 동물에게는 온몸을 마비시키며 죽음에 이르게 하는 독이었다.

조양자는 쓰러져 있는 다른 말들을 둘러보았다. 직접 확인해 볼 필요가 없었다. 말들은 모두 하나같이 미혼산에 중독되어 있다.

"그렇군. 어젯밤에 당했어. 말들을 데려간 이유가 따로 있었어."

"지금으로선 마땅한 해독약을 구할 수가 없습니다. 말들은 포기해야 합니다."

한참 동안이나 쓰러져 있는 말을 바라보던 조양자는 깊은 한숨과 함께 고개를 끄덕였다.

푹! 푹!

여기저기서 소도로 살가죽을 뚫는 소리가 들려왔다. 고통에 겨워하는 말들을 편히 보내주는 게 태화궁 무인들이 할 수 있는 최선이었다.

"이동 수단을 구할 곳이 마땅치 않습니다. 난감하군요."

백운자가 주변을 둘러보며 말했다.

또 다른 기습이 있으리라 생각했지만, 이동 수단에 변이 생길 거라는 걸 간과했다. 현재 그들이 가진 것은 튼튼한 두 다리뿐.

'자꾸만 발목을 잡는군. 이건 사무량만 데려가기 위함이 아니다. 자칫하면 이곳에 온 태화당 무인들 모두가 위험해질 수도.'

그때였다.

창공을 날던 비둘기 한 마리가 조양자 일행의 주위를 몇 번 배회한 후 백운자의 어깨에 내려앉았다.

백운자는 비둘기에 달린 전통을 재빨리 열었다. 전서의 내용을 조양자에게 보고하려던 백운자의 안색이 순식간에 창백해졌다.

"뭔가?"

"새벽에 자소궁… 무인들에게 보냈던 전서가……."

"전서가 뭐?"

조양자는 백운자의 손에서 전서를 낚아챘다.

"이, 이건?!"

내용을 확인한 그는 전서를 와락 구겼다.

'전서가 고스란히 되돌아오다니……. 설마 자소궁 무인들이 모두 당했다는 소린가?'

조양자는 조용히 허리를 펴고 주위를 둘러보았다.

'이곳은 류하(柳河).'

일행은 류하의 물줄기를 따라 거슬러 올라왔다. 강은 양옆에 산지를 끼고 흘렀으며, 비가 온 뒤라 무성한 잡초들이 허리 높이까지 자라 있었다.

조양자는 두 눈을 가늘게 좁혔다.

전면전을 치르긴 잡초만큼 거추장스러운 것도 없다. 하나 은신하기에는 최적의 장소. 만약 강가에서 기습을 받는다면 꼼짝없이 당하고 말 게다.

'류하까지 유인한 것인가? 말들이 쓰러질 시간까지 측정해서 미혼산을 투입했다는 건… 치밀한 계산!'

생각이 끝남과 동시에 조양자는 신속하게 움직였다.

"백운자! 앞에서 길을 열게. 나머지는 양옆과 뒤를 맡아!"

태화궁 무인들의 행동도 즉각이었다.

조양자는 가만히 서 있는 사무량에게 달려들어 낚아채듯 허리를 움켜쥐곤 상류를 따라 뛰기 시작했다.

예상은 정확히 들어맞았다.

핑! 피융!

난데없이 나타난 화살은 무서운 기세로 날아들었다.

백운자는 두 명의 무인과 함께 앞에서 길을 열었다. 조양자를 중심으로 양옆에는 각기 네 명씩, 나머지 다섯이 뒤를 맡았다.

조양자는 옆을 돌아볼 새가 없었다.

화살은 무시무시한 파공성을 자랑하며 태화궁 무인들을 노렸다.

누가 공격을 하는지는 알아낼 수 없었다. 높이 자라난 잡초 사이에서 날아오는 화살은 방향감마저 흐트러놓았다.

"커억!"

앞서 가던 무인 하나가 화살을 맞고 쓰러졌다.

타닷!

조양자는 즉시 몸을 수그려 무인의 몸에 꽂힌 화살을 뽑아내곤 다시 뛰었다.

쓰러진 무인을 돌봐줄 수가 없었다. 그의 머릿속에는 사무량을 지켜야 한다는 생각만이 가득했다.

한 손엔 사무량을 든 조양자는 달리는 와중에 다른 손에 움켜쥔 화살을 빠르게 관찰했다.

'사갑전!'

화살의 종류는 갑옷도 뚫는다 하여 이름 붙여진 사갑전. 여타 사갑전과 다른 점이 있다면, 화살촉이 보통의 것보다 두 배나 길고 뒷부분의 깃이 일 척에 달한다.

바람의 저항을 이용해 더욱 빠른 위력을 나타내며 오로지 살상용으로만 제작된 것이다.

그런 화살을 쓰는 문파는 무림에 단 한 군데였다.

'철궁방! 낙뢰문에 이어 철궁방까지!'

조양자는 놀라지 않을 수 없었다.

철궁방 역시 낙뢰문과 마찬가지로 십이 년 전 멸문한 방파다. 살상만을 목표로 한 방파였기에 중원무림에선 배타적인 존재가 되었다.

'멸문한 문파가 하나도 아니고 둘씩이나……. 후인이 남아 있었단 말인가!'

피융! 채쟁쟁!

화살 소리가 들릴 때마다 조양자 일행 쪽에서는 여지없이 불꽃이 튀었다.

사갑전의 위력은 대단했지만 태화궁 무인들 역시 무시하지 못할 실력을 자랑했다. 눈에 보이지 않을 만큼 빠른 속도로 날아드는 화살을 정확하게 쳐낼 수 있는 실력.

하지만 하늘을 메워 버린 화살 모두를 피할 수는 없었다.

"크흑!"

또 한 번의 비명 소리가 조양자의 뒤쪽에서 들려왔다.

가슴 정중앙에 박힌 화살을 두 손으로 움켜쥔 무인은 곧 연이어 쏘아지는 화살에 고슴도치가 되어 차디찬 바닥에 쓰러졌다.

"몸을 숨길 곳이 필요합니다!"

앞서 달리는 백운자가 다급하게 외쳤다.

또 한 번의 기습이 있을 경우 전면전도 불사하리라 계획한 그들이었다.

하지만 두 번째 기습이 근접전을 용이치 않게 하는 화살일 줄은 전혀 예상치 못했다. 당연히 낙뢰문으로 추측되는 인물들일 줄로만 알았다.

호흡 한 번 내쉬지 않고 오십여 장 가까이를 달리던 조양자의 두 눈에 유난히 커다란 버드나무 한 그루와 바위들이 보였다.

"저곳!"

젖 먹은 힘까지 토해내며 화살을 피해 달리던 조양자 일행이 버드나무 앞에 당도했다.

"허억! 헉!"

모두들 금방이라도 숨이 넘어갈 것처럼 위태위태했다.

피잉— 콰직!

화살 하나가 두꺼운 나무 기둥에 틀어박혔다. 조양자 일행은 각기 바위 아래 몸을 숨겼다.

조양자는 옆구리에 매달고 다니던 사무량을 바닥에 내려놓았다.

"우욱!"

사무량은 바닥에 몸이 닿자마자 허리를 숙이곤 구토를 시작했다. 조양자의 옆구리에 끼어 이동하는 동안 지독히도 어지러웠을 게다. 다른 사람들은 날아드는 화살과 싸움을 벌였지만 사무량은 팽글팽글 도는 정신을 가다듬어야 했다.

"네 명이 당했습니다!"

백운자의 보고에 조양자는 손에 쥔 화살을 그에게로 던졌다.

화살의 생김새를 바라보던 백운자의 두 눈에 믿을 수 없다는 빛이 떠올랐다.

"철궁방입니까?"

"아마도."

"맙소사!"

아무래도 일이 잘못 돌아가고 있는 듯싶었다.

낙뢰문뿐이라면 비슷한 무공을 가진 문파이거니 하겠으나 사갑전까지 등장했다. 무림에서 사라져 버린 두 문파의 등장이 과연 우연일까.

그들이 정말 아무도 모르게 조용히 성장하지 않았다면 구파일방이 눈치 채지 못할 리가 없다.

"이곳을 벗어나는 데 얼마나 걸리겠나?"

"족히 하루는 걸립니다."

"평정산까지 가는 데는?"

"이틀이 더 소요됩니다."

"제길! 틀렸군."

조양자의 입에서 욕설이 튀어나왔다.

자소궁 무인들의 죽음은 더더욱 믿을 수 없었다. 그들이 어떠한 자들인데 멸문당했던 문파들에 의해 단 한 명도 살아남지 못하고 당했다? 하나, 만약 살아 있다면 전서가 되돌아오는 일도 없었을 것을.

화살은 더 이상 날아오지 않았다. 하지만 움직일 처지도 되지 못했다. 바위 위로 살짝 고개를 내미는 순간, 머리통은 화살과 함께 날아갈 게다.

"어리석긴. 그러게 진즉에 관도로 갔으면 이런 일은 없었겠지."

위액까지 모두 게워낸 사무량은 속이 쓰린지 배를 쓸며 허리를 세웠다.

"위험헷!"

조양자는 사무량을 향해 재빨리 몸을 날렸다.

쿵!

두 사람의 몸뚱이가 거칠게 땅바닥에 곤두박질쳤다. 그러나 날아오는 화살은 없었다.

"……."

"……."

사무량은 조양자의 팔을 뿌리치며 일어나 바위에 기대앉았다.

"놈들이 나를 죽일 것 같나?"

'가만, 그러고 보니……!'

조양자는 이제야 태을 진인이 사무량을 그들에게 빼앗겨서는 안 된다는 이유를 깨달았다. 적이 사무량을 죽이려 했다면 벌써 죽였을 것이다.

'복수는 아니다. 놈들은 이 녀석을 원하고 있어!'

"내 걱정보다 당신들 살 길이나 궁리하지 그래?"

그 누구도 토를 다는 사람이 없었다. 언제 날아들지 모를 화살에 긴장해야 하는 사람들은 무당파 도인들. 오히려 여유로운 사람은 사무량이다.

그런데 누가 누구를 걱정한단 말인가.

모두가 명령을 기다리며 조양자를 바라봤다.

"전면전은 힘들 것 같군."

조양자는 침중한 표정을 감추지 못했다.

"육지비행술(陸地飛行術)은 어떻습니까?"

백운자 역시 다른 방도를 구하지 못했다.

육지비행술이라도 화살의 사정거리에선 벗어날 수 없을 게다. 내공 소모가 많을 뿐만 아니라 희생자 또한 늘어나게 될 것이 분명했다.

"전서도 날릴 수 없습니다. 저들이 물러서지 않는 한 저희도 움직일 수 없습니다."

조양자는 다시 바위에 기대어 앉아 고개를 들어 하늘을 올려다봤다.

생과 사의 갈림길에 놓여 절망에 빠져 있는데 구름 한 점 없는 하늘은 어찌 이리도 맑을 수 있을까. 날아다니는 철새들은 어쩜 저리 자유로워 보이는지…….

조양자는 폐부 깊숙이 맑은 공기를 들이마셨다. 바람결에 비릿한 혈향(血香)이 전해졌다. 참혹한 전장에서만 맡을 수 있는 짙은 피의 향기.

사무량이 자신에게서 맡았던 냄새도 혹시 이런 종류의 것이 아니었을까.

조양자의 고개가 자연스럽게 사무량에게로 향했다.

어찌 된 영문인지 한참 여유를 부리던 사무량은 쥐 죽은 듯 조용했다.

충혈된 채 먼 하늘을 응시하는 두 눈동자는 무슨 생각을 하는지 알 수 없다. 자신만의 세계에 빠진 듯 광기에 사로잡힌 표정과 무슨 말이든 터져 나올 것 같은 살짝 벌어진 입술.

열흘이 넘는 시간을 동행했지만 속을 도저히 알 수 없는 사무량은 조양자가 알던 인간 종류의 범주에서 한참이나 벗어나 있었다.

시간은 허무하게 흘러갔다. 독 안에 든 쥐 신세가 따로 없었다.

조양자는 점점 절망에 사로잡혔다.

말을 잃은 도인들. 어디서건 무당파라는 자부심을 항시 잊지 않던 태화당 무인들의 안색도 풀릴 생각을 않았다. 아무런 제재가 없는 상태라면 목숨을 잃는 한이 있어도 싸우겠지만, 지켜야 할 사람이 있기에 섣불리 움직이지 못했다.

사무량이 입술을 일그러뜨린 건 바로 그때였다.

"세 가지 길이 있어."

퇴색되어 가던 여러 쌍의 눈동자가 빛을 발했다.

"첫째, 죽음을 각오하고 싸우는 것. 둘째, 나를 저들에게 넘겨주는 것."

말도 안 되는 소리다.

두 가지가 무엇이 다른가. 죽음을 각오하고 싸울 수는 있다. 하지만 말 그대로 죽음을 각오하고 싸우다 잘못되기라도 한다면 사무량은 저들의 손에 고스란히 넘어간다.

두 번째 방법처럼 저들에게 사무량을 넘기는 것. 그렇다면 저들은 조양자를 비롯한 태화궁 무인들을 얌전히 내버려 둘까.

"하지만 두 가지 중 하나를 선택한다 하여도 당신들이 죽는다는 사실엔 변함이 없겠지."

무인들의 눈가에 실망이 스쳤다. 무슨 특별한 계획이라도 꺼내는 줄 알았더니 고작 한다는 소리가…….

"마지막 하나는?"

조양자의 물음에 사무량이 의외라는 듯 눈을 빛냈다.

"이제야 듣는 자세가 되어 있군. 좋아. 마지막 하나는 땅속으로 이동하는 것."

"뭣?"

"태화궁 무인들이라면 호조수(虎爪手) 정도는 익히고 있을 거라 생각하는데?"

조양자는 의심이 가득한 눈초리로 사무량을 노려봤다. 무공의 무 자도 모르는 자가 무당의 호조수는 어떻게 알고 있는 것인가.

"왜, 의원가? 무당에 십 년이나 있었던 내가 그 정도도 몰랐을 거라 생각하나?"

조양자는 의심의 눈길을 거뒀다.

태을 진인의 서재에 있던 책을 모두 독파했다던 사무량이다. 무공 비급은 단 한 권도 읽을 수 없었지만 무당파에 대한 서책은 즐비했다. 그러니 관심이 없거나 바보가 아니고서야 모를 리가 없는 게 당연한 것을.

"지금 여기서 땅을 파라는 말인가?"

"단단히 미쳤군. 무르지 않은 흙을 파낼 자신이 있나?"

"그렇다면?"

사무량은 팔을 들어 강가를 가리켰다.

"강가 쪽에 사람 머리 하나 들이밀 정도의 작은 굴이 있을 텐데……."

"뭐라고?"

조양자는 너무도 어이가 없어 웃음이 터져 나올 뻔했다.

강가에 굴? 있을 법한 소린가? 한 번도 와본 적이 없는 곳의 지형을 상세히 알고 있다? 그새 영혼이 빠져나가 답사라도 하고 왔단 말인가?

개나 물어갈 소리, 미치광이의 헛소리!

보자 보자 하니까 말도 안 되는 소리만 골라 하고 있다. 남은 죽느냐 사느냐 목숨이 경각에 달려 있는데 어디서 감히 되도 않는 소리를!

"믿지 않는군."

"믿을 수 있는 말을 해놓고 믿길 바라라. 생사에 놓여 있는 사람에게 그게 할 소린가?"

조양자의 말에 사무량은 조용히 두 눈을 감았다.

"당신들이 죽든 말든 나와는 아무런 상관이 없어. 아니, 오히려 모두 죽어버리는 게 내 자신한테는 좋을지도."

"놈!"

"당신들은 첫 번째 기습에서 무인 두 명을 잃고, 방금 전엔 네 명을 더 잃었어. 그리고 중요한 사실은 무인들을 잃기 전에 한 내 조언을 무시했다는 거야. 바로 당신이!"

사무량은 눈을 부릅뜨곤 조양자를 직시했다.

"차라리 입 다물고 있으면 내가 편하지만, 부탁을 받았다. 무당이 위험해질 때 도와달라는."

'태을 진인!'

조양자의 눈가에 잔경련이 일었다.

"당신들은 태을 진인에게 고마워해야 해. 그가 아니었다면 난 끝까지 입을 다물고 있었을 테니까. 어쨌거나 내 말을 든 건 안 듣건 판단은 당신 몫이야."

사무량은 팔짱을 끼고 다시 눈을 감았다.

조양자는 갈등에 휩싸였다.

그랬다. 사무량은 두 번이나 위험을 알리려 했다. 객잔에 들어가기 전에 한 번, 그리고 평정산으로 이동하는 것을 달갑지 않아했던 것. 하지만 조양자는 그의 말을 철저히 무시했다.

'어쩌면 우연일 수도.'

우연이라 하기엔 너무도 끔찍한 일이 아니었던가.

조양자는 태화궁 무인들의 시선을 의식했다. 이곳에서 죽을 때만을 기다릴 것인가, 아니면 속는 셈치고 사무량의 말을 한 번 믿어볼 것인가.

조양자는 결심한 듯 천천히 입술을 떼었다.

"네가 말한 굴의… 정확한 위치가… 어떻게 되나?"

사무량의 얼굴에 미소가 번졌다.

"살 수 있는 기회를 잡았군. 태을 진인의 부탁은 이것으로 끝. 잘 들어. 굴의 위치는……."

第四章
희생

“동시에 움직였다간 모두 고슴도치가 될 거다.”

조양자는 남은 열네 명의 무인들을 네 조로 나누었다.

“굴은 사람 머리 하나 간신히 들어갈 만큼 좁다는 사실을
기억해 둬.”

실감이 나지 않았다. 굴이 있다는 것도 사실일지 아닐지 모
르는데 생김새까지 파악하고 있다는 건 정녕 믿을 수 없었다.

“한 사람이 땅을 파낼 때 나머지는 날아올 화살을 대비해
그를 엄호하고, 두 명이 남았을 때 두 번째 조가 움직여.”

사무량은 무인들에게 명령히듯 말했다.

태화궁 무인들을 통솔하는 사람이 조양자에서 사무량으로

바뀌었다. 사무량을 보호하기 위해 나선 무당파 사람들이 오히려 사무량의 보호를 받게 되었다.

태화궁 무인들이 순순히 움직이는 이유는 사무량의 음성에 확신이 있었기 때문이다. 그 확신만큼이나 정말로 굴이 있다면 더는 바랄 것도 없겠지만, 만약 굴이 없다면 무당파 사람들은 류하에서 뼈를 묻어야 할지도 모른다.

무인들은 호흡을 가다듬고 마지막 운기에 들어갔다.

"조양자, 당신과 나는 세 번째에 이동하는 편이 좋겠어. 뒤를 막아줄 사람이 필요할 테니까."

"뒤는 걱정하지 마라."

"발이 무척이나 빠르더군. 탐나는 신법이야."

"어지러움을 견디지 못하겠다면 혈(穴)을 짚어주마."

"사양하겠어. 내가 기절하면 당신들을 인도할 사람은 없어."

"만약 굴이 없다면……?"

"믿어. 믿으면 살게 될 거야."

조양자는 한참이나 사무량을 바라보다 몸을 낮췄다. 운기를 마친 무인들은 조양자의 손만 바라보고 있었다.

그러나 명령을 던진 것은 사무량의 입이었다.

"지금!"

가장 선두에 있던 무인 네 명이 신호와 동시에 몸을 날렸다.

핑! 피융!

잠잠하던 강가에 다시금 화살 세례가 터져 나왔다.

채챙챙!

일조 네 명은 각자 동서남북의 방위를 점한 상태에서 맹렬하게 검을 휘둘렀다. 날아오는 화살은 그들의 검과 부딪치며 속속 튕겨 나갔지만 송문검도 무사하진 못했다.

화살에 쳐낼 때마다 검을 잡은 손이 팔꿈치까지 자르르 울렸다.

갑옷도 뚫는다는 사갑전은 육십 년 동안 제련되어 온 송문검에 크고 작은 상처를 냈다. 만약 검에 진기를 불어넣지 않았다면 벌써 부러져 나갔을 것이다.

단숨에 달려갈 수 있는 이십여 장의 거리가 천 길 먼 거리처럼 느껴졌다.

사활이 걸려 있는 도주. 네 명의 신형은 전광석화(電光石火)처럼 앞으로 뻗어 나갔다.

이십여 장을 뛰어간 그들은 가까스로 사무량이 가리킨 지점에 도달했다.

삐이익―!

지켜보던 조양자 일행의 귓가에 긴 호각음이 들렸다.

"저, 정말이다! 굴이 있어!"

조양자는 온몸에 소름이 돋는 느낌이었다. 그는 재빨리 사무량을 돌아봤고, 어떻게 알아냈냐고 물으려 했다. 하나 물어볼 상황이 아니었다.

굴에 도착한 세 명이 삼재진(三才陣)을 이루며 화살을 떨쳐
낼 때, 다른 한 사람은 빠르게 손을 놀려 구멍을 파고 땅속으
로 푹 꺼져 버렸다. 그리고 두 번째 사람이 사라졌을 무렵,

"지금!"

타닷―!

두 번째 조가 움직였다.

태화궁 무인들은 망설일 이유가 전혀 없었다. 사무량의 말
은 사실이었고, 그들에게는 살 수 있다는 희망이 생겨났다.

두 번째 조도 첫 번째 조와 마찬가지로 화살을 피해내며 굴
에 무사히 도달했다.

"이제 준비하지."

조양자는 사무량의 곁으로 다가왔다. 그는 사무량의 허리
를 한 팔로 감쌌고, 다른 손에는 송문검을 쥐었다.

"간다!"

조양자는 다른 두 명의 무인과 함께 굴이 있는 방향으로 몸
을 날렸다.

피잉! 핑―!

화살은 영락없이 쏟아졌다. 하지만 사무량을 안고 있는 조
양자에게는 화살이 한 대도 날아들지 않았다.

"모두 이쪽으로 붙어!"

다른 두 명의 무인이 조양자의 곁으로 잽싸게 다가갔다.

‘음?’

달리던 조양자는 문득 팔이 묵직해져 옴을 느끼곤 아래를 내려다보았다. 조양자의 옆구리에 들린 사무량은 온몸에 잔뜩 힘을 준 채 목을 꼿꼿이 세우며 전방을 주시하고 있었다.

‘……?’

조양자는 순간 불길한 예감을 받았다. 그리고 사무량을 따라 시선을 옮겼다. 그때,

피융― 푹!

“크아악!”

앞서 도착한 두 번째 조 무인이 터뜨리는 비명 소리는 간담을 서늘하게 만들었다. 미처 다른 무인들을 따라 굴속으로 들어가지 못한 그에게 내려진 처사는 빗줄기처럼 덮쳐 드는 화살들이었다.

“저런!”

“도착하자마자 시신을 치워. 그렇지 않으면 남아 있는 사람들 모두가 죽어.”

사무량의 음성은 냉정했다. 그는 무인이 죽는 모습을 보고도 별 감정을 느끼지 못하는 것 같았다.

디닷!

굴에 도착한 조양자는 두 무인을 먼저 들여보낸 후, 입구 속으로 사무량을 힘껏 밀어 넣었다. 그리고 네 번째 조가 달려오는 모습을 확인한 뒤, 자신도 굴속으로 몸을 던졌다.

사각! 사각!

한 치 앞도 보이지 않는 칠흑 같은 어둠 속에서 흙을 파내는 소리가 부지런히 들렸다.

맨 처음 굴에 들어간 태화궁 무인들이 호조수를 이용해 앞길을 여는 소리였다.

조양자는 사무량이 잘 기어갈 수 있도록 뒤를 받쳤다.

어둡고 밀폐된 공간은 공포를 자아냈다. 숨을 쉴 수 있는 공간이 있는데도 호흡이 가빠왔다.

뒤따라오는 무인들의 기척도 감지했다. 마지막으로 도착한 무인들은 뚫린 구멍을 메우며 뒤따라왔다.

'어떻게 이런 일들이……!'

조양자는 심한 자괴감을 느꼈다.

사무량을 호송하는 일도 물론 중요하지만 정체를 알 수 없는 자들의 공격을 막아내지 못한 일은 그에게 커다란 치부로 남아 마음 한구석을 차지했다.

'사갑전… 분명히 철궁방이다!'

한시라도 빨리 보고를 해야 하거늘 하늘을 메워 버린 화살 때문에 전서도 날리지 못했다. 보고를 하려면 일단은 굴을 빠져나가야 가능할 텐데…….

"얼마만큼 더 가야 하나?"

그는 자신이 사무량의 의중을 묻고 있다는 사실조차도 자각하지 못했다.

"글쎄, 아마도 반나절은 더 가야겠지? 화살에 꼬치가 되고 싶지 않다면."

"으음!"

사무량의 말에 조양자는 걱정이 앞섰다.

무인들은 땅속에서 하루나 이틀쯤은 견딜 수 있다. 산소가 부족하고 물 한 방울 마시지 못하더라도 일단은 뒷받침되는 체력이 있다.

그러나 사무량은 달랐다.

반나절이나 더 땅속에서 움직여야 한다? 사무량은 반나절은커녕 반 시진도 버티지 못할 게 분명하다.

'운에 맡겨보는 수밖에.'

굴에 피신한 것도 요행이라면 요행일 수 있다.

진퇴양난(進退兩難). 꼼짝없이 당하는 줄 알았는데 이런 길이 있으리라곤 전혀 예상치도 못했다.

조양자는 아직도 믿겨지지 않았다.

확신에 찬 사무량의 말투. 그는 어떻게 이곳에 굴이 있다는 것을 알아냈을까.

"하나만……. 이곳에 굴이 있는지 어떻게 알았나?"

"정확히 말하면 굴이 아니라 새 둥지지. 귀제비 둥지."

"귀제비?"

"아까 하늘을 날던 여름 철새야. 보통 다리 밑이나 깎아지른 땅의 진흙에 땅굴 모양으로 둥지를 틀어. 지금은 딱 귀제비가 알을 낳을 시기. 이 위에 새들이 날아다니기에 둥지가 있을 것 같더군."

"만약 둥지가 없었다면?"

"글쎄, 사실 조금 걱정되긴 했지만 다른 방법이 있겠어? 그땐 물로 뛰어들어야지."

조양자는 아무 말도 할 수 없었다.

사무량은 목숨을 건 도박을 했다. 굴을 발견한 연유야 지금에서야 알게 되었지만 만약 둥지가 없었다면……. 생각만 해도 아찔하다.

이번 일을 계기로 조양자는 사무량을 다시 보게 되었다.

그가 가진 지식의 폭이 얼마나 넓은지는 알 수 없다. 하지만 태을 진인이 말한 대로 절체절명의 상황에서 임기응변이 뛰어나다고 해석할 수밖에.

"우선 이곳에서 빠져나갈 생각만 하자. 하루빨리 평정산으로 가야 한다."

"땅속이라고 해서 안전하다고는 장담하지 못해. 덤비는 세력들이 한둘은 아닌 것 같은데……."

"땅속에서 공격을 가해올 미련한 놈들은 없다."

"휴! 됐어. 자꾸 말 시키지 마. 공기가 부족해. 당신들은 이곳에서 오랫동안 버틸 수 있어도 난 힘들어."

사무량은 고개를 설레설레 젓곤 다시 앞으로 기어가기 시작했다.

　얼마만큼이나 땅속에서 움직였는지 모르겠다.
　북으로 계속 이동한 것은 분명할진대, 철궁방의 시야에서
벗어났는지가 의문이다.
　땅속에서의 움직임은 극도의 인내심을 필요로 했다.
　더위는 잊혀진 지 오래다. 어둠에 적응한 시력엔 작은 돌멩
이 하나까지 뚜렷하게 보였다. 온몸을 기어다니는 벌레들의
감촉에도 무지하리만큼 감각이 둔해졌다.
　앞으로 나아가는 속도가 처음보다 훨씬 더뎌졌다. 앞길을
여는 무인들이 교대를 했지만 별로 달라진 건 없었다.
　이만큼이면 벗어났겠지 싶었는데 사무량은 땅 위로 올라
가는 것을 극구 반대했다.
　'도대체 어떤 놈들이기에……'
　조양자도 서서히 지쳐 갔지만 그의 앞에 있는 사무량의 움
직이는 속도는 현저하게 떨어졌다.
　'반 시진도 못 버틸 줄 알았더니, 놀라운 체력이군.'
　서서히 팔다리가 저려왔다.
　조양자도 이럴진대 사무량은 어떻겠는가.
　말 한마디 없이 기어가던 사무량이 뒤로 고개를 돌린 것은
그때였다.
　사무량은 분명 뒤를 돌아보고 있었다. 조양자에게로 향한

눈길은 아니었다. 두 눈을 가늘게 좁히고 무언가를 느끼는 것 같았다.

조양자도 숨소리를 낮췄다. 사무량이 느끼고 있는 것이 무엇인지 자신도 알아내려 했다.

그러나 땅속은 조용했다. 들리는 것이라곤 앞에서 땅을 파내는 소리뿐이었다.

그 순간, 사무량이 꺼낸 말은 풀어져 있던 모두의 긴장을 팽팽하게 당기기에 충분했다.

"위로 올라갈 때가 되었군. 조금 더 빨리 파내는 게 좋겠어."

"이 정도면 됐다는 말인가?"

"아니, 실력이 좋은 두더지들이 있어. 지금 우리를 추격하는 중이지."

"뭣!"

조양자는 깜짝 놀랐다.

자신들을 추격하는 자들이 또 있단 말인가? 두더지라 함은 땅속에서 따라오고 있다는 말인데…….

사무량의 말이 끝남과 동시에 무인들의 손이 빨라졌다. 더는 사무량의 말에 의문을 제기하는 이는 없었다.

그들은 믿을 수 없는 사무량의 말을 두 눈으로 직접 목격한 자들이다. 그의 말 한마디로 목숨까지 건진 마당에야 무얼 더 믿지 못하랴.

"아무런 기척도 잡히지 않았는데……!"

"조양자 당신, 무인이 맞는지 궁금하군. 아니면 내 코가 발달된 건가? 흙 속에 섞여 있는 선령초(仙靈草) 냄새가 느껴지지 않나?"

"선령초라니, 난데없이 그게 무슨 말이냐?"

"내겐 익숙한 냄새야. 무당산에도 자생하는 약초지. 잘 맡아봐."

조양자는 온 신경을 코로 집중시켰다. 숨을 가늘고 길게 들이쉬며 콧속으로 전해지는 냄새를 맡았다.

냄새가 난다. 풀잎 특유의 향긋함이 어디선가 풍겨오고 있었다.

"여느 풀들과 달라. 선령초는 풀 향기도 지니면서 약 냄새를 풍겨. 피부가 갈라지거나 몸에 상처가 난 사람한테는 즉효지. 그런데 이상해. 땅속인데도 불구하고 선령초의 향기가 점점 짙어져."

'땅속, 상처 입은 두더지들이 다가온다……. 서, 설마……?'

조양자의 동공이 급속도로 팽창되었다. 그는 뒤를 돌아보며 다급하게 외쳤다.

"뒤를 단단히 막아! 기습에 대비하고, 작은 기척도 놓치지 마라!"

뒤에서도 부산하게 움직이는 소리가 들려왔다.

"말을 많이 해서 그런가……? 왜 이렇게 피곤하지?"

조양자는 사무량의 목소리에 식은땀이 흘러내렸다.

사무량의 말투는 느려졌고, 음성엔 생기가 없었다.

이런 증상을 잘 알고 있다. 갑자기 손발엔 힘이 풀리며 세상이 빙글빙글 돌 정도의 현기증이 일어날 게다. 산소가 부족하니 호흡도 가빠오며, 심장 박동 수도 떨어지게 될 터이다.

'하필 지금에서 탈진을!'

하기야, 지금까지도 꽤나 잘 버텨왔다. 문제는 상황이, 상황이 아니라는 점이지만.

그때였다.

퍽퍽퍽!

흙벽이 둔탁한 무언가에 부딪쳐 무너지는 소리가 들려왔다.

모두가 숨을 죽이고 행동을 멈췄다. 아무런 기척도 들려오지 않았다. 다만 좁은 굴에 갑자기 피비린내가 진동한다는 것뿐.

"어엇!"

비명 소리는 가장 후미에 있는 무인에게서 들려왔다.

"앞으로 나가!"

무인들은 다급하게 움직였다.

"큭!"

"컥!"

연이어 답답한 비명 소리가 두 차례나 들려왔고, 숨 쉬기조차 곤란할 정도로 피 냄새는 더욱 짙어졌다.

"빨리 움직여! 빨리!"

그러나 조양자는 앞으로 전진할 수 없었다.

"사무량! 사무량!"

그의 앞에 있던 사무량은 꼼짝도 하지 않았다.

"정신 차려, 사무량!"

소용이 없었다. 사무량의 몸뚱이는 물 먹은 솜처럼 축 늘어졌다. 조양자는 재빨리 그의 몸에 손을 가져다 댔다.

'이런!'

사무량의 체온이 급격하게 떨어지고 있었다.

조양자는 좁은 굴을 파내어 사무량의 옆으로 기어가 그를 끌어당겼다.

뒤에서 들려오는 비명은 끊이지 않았고, 꼼짝없이 땅속에 뼈를 묻어야 할 상황이었다.

어디에서 공격을 가해오는지도 알 수 없었다. 두더지들은 작은 기척조차 남기지 않고 조양자 일행을 포위했다.

조양자의 머릿속에는 아무런 생각도 떠오르지 않았다.

힘이린 힘을 다 짜내어 사무량을 끌어당기며 움직이기란 여간 곤욕스러운 일이 아니었다.

땅 위로 올라가는 것은 땅을 파고 내려가는 것보다 힘들었다. 위에서부터 부서지는 흙들이 코와 입으로 떨어져 내렸다.

‘조금만 더!’

작은 구멍에 빛이 쏟아져 들어왔다. 비록 어둠을 머금은 달빛이었지만 일행에겐 환한 빛이었다.

제일 먼저 땅을 뚫고 위로 올라간 무인이 다른 무인을 끌어올렸다.

상쾌한 바람이 조양자의 콧속으로 스며들었다.

“어서 손을!”

조양자는 그들에게 사무량의 몸을 맡겼다.

그리고 즉시 움직임을 멈췄다. 가슴속에서 소도를 꺼내 든 그는 온몸의 감각을 극대로 끌어올렸다.

푸욱—!

‘옆!’

흙이 무너짐과 동시에 쇠가 번쩍였다. 조양자는 망설임 없이 소도를 쳐냈다.

쨍!

그를 공격하려던 쇠는 부딪침과 동시에 다시 모습을 감췄다. 하지만 이번엔 그의 뒤에서 위기가 다가왔다.

푸욱!

“끅!”

‘백운자!’

조양자의 뒤에 있던 백운자가 신음을 토해냈다. 다리를 찔린 백운자의 옆구리에 다시 쇠가 박혀들었다.

'저건!'

조양자는 백운자를 공격하던 무기를 똑똑히 보았다.

길고 뾰족한 날카로운 세 개의 쇠침.

'현음조(玄陰爪)!'

현음조는 백운자의 옆구리를 길게 베어내고 어둠 속으로 다시 사라졌다.

백운자의 눈동자가 죽음으로 퇴색되어 가고 있는 것을 보던 조양자는 할 말을 잃었다.

이럴 수는 없었다.

무당파가 이토록 나약했던가. 몇십 년 동안 무공밖에 모르던 사람들이 손도 제대로 써보지 못한 채 기습에 목숨을 잃어야 한다는 게 도대체 말이나 되는가.

슈악!

백운자의 목숨을 앗아간 현음조가 이번에는 조양자의 복부를 노렸다. 하지만 현음조는 허공만 움켜쥐었다.

위로 올라간 누군가가 조양자의 몸뚱이를 재빨리 들어 올렸다.

땅속의 무법자들은 밖으로 기어나오지 않았다.

그렇다고 해서 그들을 잡기 위해 다시 땅속으로 들어간다는 것은 어리석은 짓이다. 적어도 땅속에서의 승기는 그들이 잡고 있었다.

조양자는 정신적인 공황 상태에 빠졌다.

백운자를 죽인 현음조, 그리고 땅속. 두 가지를 연관시키면 떠오르는 집단은 하나밖에 없다.

'고언문……!'

사람들은 흔히들 하오문이 가장 밑바닥 인생을 사는 사람들이라고 한다.

그건 모르는 소리다. 적어도 하오문도는 일이라도 하면서 살지 않는가.

고언문은 세상에서 소외받은 사람들의 집단이다.

꼽추, 외다리, 난쟁이, 나병 환자들……. 기형적인 신체를 타고난 자들이 모여 만들어진 문파.

손가락질, 돌팔매질, 입에도 담기 힘든 욕설. 보통 사람과도 다를 바 없는 그들의 멀쩡한 정신마저 기형으로 만든 자들은 세상 사람들이다.

세상을 겨냥한 그들의 복수는 형용할 수 없을 정도로 잔인했다. 외부에 몸을 드러내기 꺼려 하는 성격 때문에 그들은 주로 땅속에서 움직였다.

고언문이 무림에서 멸문당한 이유는 죄 없는 일반인들을 도륙했기 때문이다.

'무림에서 영원히 사라졌다고 생각했는데…….'

낙뢰문에 이어 철궁방, 십오 년 만에 모습을 드러낸 고언문까지.

처음엔 그들이 노리는 것이 사무량인 줄로만 알았다. 한데 지금 생각해 보니 그것 외에도 목적은 따로 있었다.

'자신들의 재건이 무림에 알려지길 원하고 있다!'

푸드득!

다리에 전통을 매단 비둘기가 하늘에 띄워졌다.

"사무량의 호흡이 정상으로 되돌아왔습니다."

무인 하나가 초췌한 얼굴로 말했다.

모두들 처참한 몰골이었다. 반나절 동안이나 땅속에 있던 탓에 온몸은 흙으로 범벅이 되었고, 물 한 모금 마시지 못해 기운이 없어 보였다. 그러나 육신의 피로함보다도 동료들을 잃었다는 데서 오는 마음의 고통이 더욱 컸다.

"모두… 쉬지."

조양자는 무인들에게 위로의 말을 건넬 수가 없었다. 그 역시 눈앞에서 백운자가 죽어가던 모습이 자꾸만 떠올랐다. 무당파 장문인도 상대가 이렇게 강한 자들인 줄 아마 몰랐으리라. 미리 알았다면 만반의 준비를 한 후에 길을 나섰으련만.

조양자는 죽은 듯 누워 있는 사무량에게로 다가갔다.

사무량은 정상적으로 호흡을 하기 시작했고, 급격히 떨어지던 체온도 다시 올라갔다.

잠들어 있는 사무량의 얼굴은 편안해 보였다.

'네 부친의 피를 이어받은 너는 양날의 검 같은 존재. 무림에 복(福)이 될지 화(禍)가 될지 아무도 모른다. 내가 만약 소림 방장이었다면 사무량, 널 죽이라 명령을 내렸겠지. 너 하나 때문에 무림의 질서가 깨지는 것은 원하지 않는다.'

무엇이 옳고 무엇이 그른가.

굳이 목숨까지 걸면서 사무량을 부재도로 데려다 놔야 하는가. 그를 살려두어서 무엇을 하려는 것인가.

아무리 생각해 봐도 알 수 없는 일이었다.

무공도 익히지 않은 범인일 뿐인데, 잠자는 모습은 이토록 아기처럼 순수한데…….

무당은 어찌하여 이런 일을 떠맡게 되었는지, 사무량으로 인해 무당이 얻을 수 있는 것이 도대체 무엇이기에…….

'만약 놈들에게 태화궁 무인 모두가 당하고 나마저 죽게 된다면… 사무량, 넌 나와 함께 저승으로 간다. 반드시!'

조양자는 눈앞에서 죽어나간 백운자의 마지막 모습이 머릿속에서 떠나가지 않았다. 평생 잊혀지지 않을까 두렵기마저 했다.

2

사무량은 오랜 시간이 지나서야 깨어났다.

덜컹—! 덜컹!

천장이 보이는 좁은 공간은 쉼없이 흔들렸다. 그가 깨어난 곳은 마차 안이었다.

몸을 일으킨 사무량은 맞은편에 앉아 있는 조양자를 발견
했다.

"죽은 자들은 버리고 왔나 보군."

"……."

"만약 시신이라도 꺼낼 생각으로 들어갔다면 모두 죽었을
거야."

조양자는 말이 없었다.

팔짱을 끼고 고개를 수그린 그의 표정은 그 어느 때보다 침
중했다.

할 말이 무어가 있을까. 살 수 있는 방도를 알려줘서 고맙
다고 해야 하나, 아니면 무인들의 죽음을 막지 못한 데에 따
른 원망이라도 해야 할까.

"그나저나, 내 몸값이 이리도 비쌀 줄은 몰랐군."

사무량은 마차의 창밖을 바라보며 중얼거렸다.

"물어보면 답해주려나?"

조양자가 고개를 들며 사무량을 직시했다.

여태껏 조양자 일행의 일에 대해 그 어떤 것도 묻지 않은
그다. 질문을 해도 되겠냐는 뜻의 물음은 조양자가 이제껏 들
어왔던 사무량의 말투 중 가장 정중했다.

조양자는 무언의 허락을 했다.

"지금까지 당신들을 공격했던 자들, 널 노리고 있다면 그
이유가 뭐지?"

사무량의 질문에 놀란 사람은 다름 아닌 조양자였다.

"넌 설마 놈들이 널 원하는 이유를 모르고 있다는 말인가?"

"내 부친에 대한 복수는 아닌 것 같고, 날 데려가서 뭐에 쓰려는지 궁금해서 묻는 거야."

조양자는 말문이 막혔다.

'사무량이 이유를 모르고 있다는 소리는… 어쩌면 무당파도 이유를 모른다는 말. 뭔가, 이건?'

의문은 의문을 낳았다.

설마 소림과 무당은 부재도를 빌미로 놈들이 사무량을 원하는 이유가 무언지 알아내려는 것은 아닐까.

게다가 멸문한 문파들의 등장.

그들은 자신들이 세상에 나왔다는 것을 증명함과 동시에 사무량을 원하고 있다. 어디서부터 어떻게 분석하고 이해해야 할지 모르겠다.

"조금 이상하다 생각하지 않나?"

"……?"

"저들은 우리가 가는 길을 속속들이 알고 있어. 나는 그들의 계획을 조금 빗나가게 하는 재주밖에 없고."

조양자의 눈이 가늘어졌다.

그는 사무량의 입에서 다음에 쏟아질 말을 듣기 위해 귀를 기울였다.

“직감이 탁월한 자의 짓일지도.”

직감이 뛰어난 사람은 모래알처럼 수를 셀 수 없이 많다. 흔히들 여자의 직감이 무섭다고 하는 것처럼, 아주 조그마한 것에도 민감한 사람들이 많다.

하나, 사무량의 말뜻은 그런 사람들을 가리키는 게 아니다.

무격들보다 뛰어난, 천 리 밖에서도 무슨 일이 벌어질지 예상할 수 있는 것과 비슷한 능력을 지닌 사람들을 아우르는 말이다.

그런 사람들이 있다는 말을 조양자는 들어본 적이 없다.

“내 부친이 어떠한 사람인 줄 안다면 저들은 날 죽이든가, 물러서든가 둘 중 하나를 해야 해. 하지만 죽일 마음이 없고 물러설 마음 역시 없는 것 같군.”

“저들은 널 데려가려는 것 같다.”

“아마도. 아니면 자신들의 존재를 알려야 하는 특별한 이유가 있겠지.”

사무량도 조양자와 같은 생각을 하고 있었다.

하지만 조양자는 갈피를 잡지 못했다.

저들이 사무량을 데려가서 무얼 하려는지, 아니면 단지 자신들을 알리기 위한 위협에 지나지 않는 것인지……

“이대로 평징신까지 가나?”

조양사는 생각에 골몰하느라 그의 질문에 대답하지 못했다.

“그때까지 푹 쉬어야겠군.”

사무량은 다시 드러눕더니 금세 곯아떨어졌다.

*   *   *

“일이 틀어졌더군.”

수려한 용모의 중년인은 의자에 편안히 앉아 차를 들이켰다.

지극히 부드러운 음성이었다. 남자답지 않게 길고 짙은 속눈썹 아래에 자리한 눈동자는 차분히 가라앉아 있었다.

하지만 천기자는 중년인의 앞에서 바짝 긴장했다.

오신군 중 한 명인 초유신군(礎裕神君)은 겉모습과 다르게 냉정하고 잔인한 사람이다. 불필요한 자는 즉석에서 처단해 버리는 빠른 결단력도 지니고 있었다.

“어디… 이야기 좀 듣고 싶네만.”

천기자는 망설였다. 변명은 통하지 않는다. 엄청난 죄를 저질렀더라도 시인하는 편이 목숨을 부지하는 유일한 방법이다.

천기자에게 있어 초유신군은 오신군 중 가장 대하기 힘든 사람이다. 흑천주보다도 더하면 더했지 덜하지는 않다.

“모두 제 불찰입니다. 용서를……”

찻잔을 바라보던 초유신군의 두 눈동자가 천기자에게로

향했다.

"뇌성신군에게 들었지. 자네가 이번 일을 반드시 성공할 것이라고 장담했던가?"

"……."

뇌성신군을 요리하는 편은 쉽다. 불같은 성격을 가진 뇌성신군은 예리한 면도 있었지만 조금만 비위를 맞추어주면 여지없이 천기자의 꾀에 걸려들었다.

"전혀 예상치 못한 이변이 있을 줄은 미처 몰랐습니다."

"사무량 그자가 스스로 무당파를 도왔다는 소리?"

"그 누군들 부재도에 가고 싶어하겠습니까?"

"가고 싶어하는 사람은 없지. 예외가 있긴 해. 부재도에 대해 아무것도 모르는 자."

초유신군은 천기자가 이야기하고 싶은 말을 정확히 꼬집었다.

사무량은 부재도에 대해 아무것도 모르고 있다. 이는 하늘에 걸고 장담할 수 있다.

흑천이 그를 무당파로부터 납치하려는 목적은 알고 있을 게다. 세 번의 공격이 있었지만 사무량에게는 털끝만큼 손도 대지 않았으니까.

"어쩌면 우리가 무당파보다 위험한 존재라고 생각하는 것일 수도 있겠네만."

흑천에서 조사한 바에 따르면 사무량은 무당파에서 십 년을 살아오면서 인간다운 대접 한 번 받지 못한 것으로 알고 있다. 그는 무당파 도인들에게 중요한 인물이 되기는커녕 그 누구와도 어울리지 못하고 겉도는 존재이기만 했다. 말 그대로 있어도 그만, 없어도 그만인 존재.

"낙뢰문, 철궁방, 고언문… 이 정도면 이제 되었다 싶은데?"

비록 사무량을 데리고 오는 데는 실패하였지만 성공한 것은 있다. 오래전 구파일방으로부터 멸문당한 문파들이 아직도 남아 있다는 걸 세상에 알렸다.

이는 흑천주가 직접 허락한 계획이다.

흑천에서 천주의 얼굴을 아는 사람은 딱 열 명뿐이다. 오신군과 천기자, 그의 호위를 맡고 있는 네 명의 귀신같은 존재들.

천주는 정말 중요한 상황이 아니면 나서는 일이 거의 없다. 대부분의 명령은 그의 오른팔 격인 도화신군(桃花神君)을 통해 듣는다.

지난 십이 년 동안 사무량에게서 눈을 떼지 않던 사람이 도화신군이다. 흑천이 중원의 이목을 피해 지금까지 온전할 수 있던 것은 도화신군이 가진 정보력 때문이었다.

도화신군이 재건시킨 만영문(萬影門)의 실체는 다른 네 명의 신군이나 천기자조차도 정확히 알 수 없다. 단지 정보력이라면 중원에서 최고를 다투는 개방(丐幫)이나, 하오문과도 어깨를 나란히 할 수 있는 정도라는 것밖에.

도화신군이 가져온 사무량의 정보를 알았으니 흑천은 더 이상 머뭇거릴 필요가 없었다.

멸문한 문파들의 등장으로 하여금 중원에 경각심을 주는 것이 첫 번째 목표다. 두 번째가 사무량을 데려오는 것이다.

첫 번째는 반 정도 이루었다고 봐도 무방하다. 초유신군의 혈살문만 드러난다면 계획은 성립된다. 하나 만영문은 모습을 드러내서는 안 된다. 그들이 드러나는 순간, 정보력에 피해를 입는 것은 자명한 일.

"천주께선 만영문을 내세우진 않을 것 같고, 결국 나까지 나서야 하는 일인가?"

초유신군이 음성엔 짜증이 묻어 나왔다.

"혈살문은 흑천의 가장 큰 힘입니다. 부디 노여워 마시길."

"자네가 명을 단축시키고 싶은 모양이군."

초유신군의 눈이 매섭게 빛났다.

그는 입에 바른 소리는 용서할지언정, 아부는 용납하지 않는다. 천기자가 방금 꺼낸 말은 초유신군의 심기를 건드리기에 충분했다.

"자고로 빈 수레가 요란한 법. 낙뢰문, 철궁방, 고언문은 흔적을 남겼지만 사무량을 데려오지는 못했지요. 이번 일에 혈살문을 가장 마지막에 넣은 이유가 바로 그것입니다."

“후후후!”

천기자는 머리카락이 곤두서는 느낌을 받았다.

초유신군의 가벼운 웃음 속에서 감당할 수 없는 살기가 느껴졌다.

‘꿀 발린 말은 여기까지.’

이제부터 말 한마디라도 잘못한다면 한순간 목이 날아갈지도 모르는 일이다.

“일은 확실히 하고자 합니다.”

천기자는 마른침을 꿀꺽 삼킨 뒤 다시 말을 이었다.

“혈살문의 등장을 증명해 줄 사람 하나만 남겨둔 채 모두 없애는 것.”

“우습군, 무림에 대해 잘 알지도 못하는 자의 명령을 들어야 한다는 것이.”

“거기다 운이 좋아 사무량을 데리고 올 수 있다면 일거양득(一擧兩得)이지요.”

천기자는 일부러 기대하지 않는다는 투로 말했다.

보통은 조금만 띄워주면 하늘 높은 줄 모르고 착각하기 일쑤다. 하지만 진정한 강자들에게 칭찬은 오히려 독이 된다. 그들을 자극시킬 수 있는 방법은 딱 하나다. 지금처럼 실력을 의심하는 것.

천기자가 흑천에 들어와 터득한 강자를 다루는 방법이다.

이번에 그의 의도가 어느 정도 통한 듯싶었다.

금방이라도 죽일 듯 살기를 뿜어내던 초유신군이 기운을 모두 거뒀다. 대신 입을 꾹 다물고 천기자를 노려보기만 했다.

천기자는 그의 눈빛을 마주할 수는 없었지만 비굴한 행동을 하지도 않았다.

'흔들려선 안 돼. 지금은 엄연한 흑천의 머리. 권위를 잃는 행동을 하게 되면 즉시 제삿날이 될 터.'

초유신군이 입을 연 건 바로 그때였다.

"후후! 의외군. 날 자극시키는 방법도 알고 있어."

"……."

"천주께서 자넬 지낭(智囊)으로 거둬줬다고 오신군의 머리 끝까지 올라가선 안 되지. 아아, 하나 더 말해줄까? 놈들에게 우리가 재건했다는 흔적을 만들어두는 것은 후일 사무량이 천으로 들어왔을 때를 위함이 아닌가?"

"……."

"사무량에게 자네의 자리를 빼앗기고 싶지는 않을 게고……. 미리 흔적을 남겨 사무량을 거둬간 자들의 신분을 중원에 흘리겠다는 계획으로밖에 안 보이네만."

천기자는 아무런 대꾸도 하지 않았다. 초유신군을 속이지는 못하지만 헛소리를 지껄일 수도 없다.

다만 분명한 것은 초유신군이 천기자가 생각한 것보다 훨씬 머리가 좋은 인물이라는 점이다. 아니, 머리가 좋다기보다는 사람의 심리를 잘 안다. 다른 이의 마음을 꿰뚫어 보는 능력. 이는 사람을 많이 다루어본 자만이 지닐 수 있는 능력이다.

"제겐 이 자리가 과분하다 생각했으나, 몇 년 있다 보니 천직인 것 같습니다."

천기자는 부정하지 않았다.

다행히도 초유신군은 천기자의 대답을 만족스러워했다.

"좋아, 좋아. 오신군 전부의 눈을 가리지는 못하겠지. 하나 자네의 배짱 하나는 마음에 드는군. 그 정도는 되어야 흑천의 지낭이라 할 수 있지."

'휴!'

천기자는 속으로 안도의 한숨을 내쉬었다.

'만약 내가 없었다면 지금 내 자리에 있는 사람은 초유신군이 될지도 모르겠군.'

초유신군은 천기자의 자리를 탐내지 않았다. 그는 앉아서 머리를 굴리는 일보단 직접 나서는 일을 좋아했다. 사람을 많이 죽인 자일수록 살인을 할 때 느끼는 쾌감을 버리지 못하듯이 초유신군이 그러했다.

그는 흥미롭다는 듯 웃었다.

"당연히 화가 나야겠지만 오늘은 기분이 좋군. 별로 손에 피를 묻히고 싶지 않아."

초유신군의 말 한마디 한마디는 천기자를 삶과 죽음 사이에 오가게 했다.

"자네의 행동이 깜찍해서라도 내가 나서야겠군. 물론 사무량까지 데리고 오면 자네의 계획대로 되는 건가? 하지만 자네의 계획대로 될지 안 될지는 아직 몰라. 사무량이 정말 비급의 열쇠를 쥐고 있는지는 내가 먼저 알아볼 생각이야."

초유신군은 기분 좋게 웃었다. 그러나 천기자는 끝까지 긴장을 풀지 않았다. 긴장이 풀리는 순간, 바로 죽음과 연관된다는 사실을 느낌으로 알고 있었기 때문이다.

차를 단숨에 후루룩 마신 초유신군은 자리에서 일어섰다. 온통 검은색의 복장은 그의 온화한 얼굴과 조금도 어울리지 않았다.

하지만 천기자는 알고 있었다. 온화한 얼굴을 가진 사람 중에 가장 무서운 자가 초유신군이라는 것을.

*　　　*　　　*

"등봉현에 도착할 때까지 네 머리를 빌려야겠다."

사무량은 걸음을 뚝 멈추고 조양자를 바라봤다. 조양자의 입에서 이런 말이 나올 것이라곤 전혀 생각지 못했다. 애초부터 자존심이 무척 강해 도움을 청할 사람도 아니고.

"이미 태을 진인의 요구를 들어줬어. 난 당신에게 빚을 진게 없으니 당신의 청을 들어줄 이유가 없지. 오히려 당신들이 내게 빚진 것 아닌가?"

"우리의 목숨, 아니, 어쩌면 네 녀석의 목숨이 걸려 있는 일이다."

"위협은 통하지 않아. 놈들은 분명 날 생포하려 했지. 나도 그만한 눈치는 있어."

"만약 그들이 널 생포한다 하더라도 나중에 가서 죽이지 않으리라는 보장은 없다."

"어차피 부재도에 처박히러 가는 몸. 이미 몸의 자유를 잃었어. 그런 내가 목숨 따위에 연연할 것 같은가?"

조양자와 사무량의 두 눈이 허공에서 부딪치며 불똥을 튀겼다.

"살 길을 알려줬다고 해서 착각하나 보군. 엄연히 말하면 우린 동지가 아니야. 내가 당신들을 죽도록 원망해야 하는 입장이지."

"어쩔 수 없군."

조양자는 재차 부탁하지 않았다. 사무량이 거절했다고 해서 침울해하지도 않았다.

단지 사무량의 빠른 판단력이 앞길을 가는 데 조금이나마 도움이 될까 해서 물어본 말이었다.

기실 사무량이 없어도 아무런 문제될 건 없었다.

싸움은 조양자를 비롯한 태화궁 무인들이 한다. 절반이나 죽어 열 명밖에 남지 않았지만 충분히 싸울 수 있는 인원이다.

세 번이나 기습을 당했으니 더 이상의 희생은 용납하지 않는다. 평정산을 넘는 내내 팽팽한 긴장감을 유지시키는 일은 조양자에겐 일도 아니었다.

'단순한 착각이었군.'

조양자는 사무량에 대해 조금이나마 이해할 수 있으리라 생각한 자신이 부끄러웠다.

꼼짝없이 당할 뻔했을 때 도와준 사무량 덕분에 그가 무당파에 커다란 원한은 없는 것이라 느꼈다. 그런데 아닌 것 같다. 오직 태을 진인의 부탁만을 들어주었을 뿐, 그 이상도 이하도 아닌 것.

사무량은 여전히 속내를 알 수 없는 인간이다.

평정산은 산세가 험하기로 유명하다.

큰 성(省)의 중앙에 위치한 산이건만 무척 가파라 찾는 이가 드물었다.

조양자 일행은 마차와 말을 버렸다.

꼭 가져가야 할 짐만을 추려 행낭(行囊)에 넣어 멨다. 몸은 최대한 가볍게, 언제든지 편인히 싸울 수 있도록 최상의 상태를 유지해야 한다.

조양자는 사무량이 한 말을 머릿속에 담아두었다. 어쩌면 조양자의 인생에 있어 최고의 고비가 될지도 모르는 여행이다.

과연 이번엔 어떠한 함정이 기다리고 있을까.

'만약 나에게 일이 생기면 사무량 널 저승길의 동무로 삼 겠다.'

조양자는 일전의 다짐을 다시 머릿속에 떠올리며 사무량 과 함께 천천히 소로를 걸었다.

아홉 명의 태화궁 무인들은 두 사람과 동행하지 않았다. 그 들은 호흡을 죽이고 만약에 있을 기습에 대비하며 뿔뿔이 흩 어져 은밀하게 조양자를 따라갔다.

그들은 결코 서둘지 않았다. 서두는 것이 다가 아니라는 건 며칠 동안의 일이 증명해 주었다.

그늘이 보이면 앉아서 쉬고, 끼니때가 되면 자리에 눌러앉 아 식사를 했다. 저녁에는 교대로 경계를 서며 편안히 잠을 자기도 했다.

"이해할 수 없을 정도로 밝아 보이는군."

계곡 물에 몸을 담근 사무량은 어린아이처럼 물장난을 하 며 조양자에게 말했다.

"무인들이 열한 명이나 죽었으니 최소한 복수는 생각할 줄 알았는데……."

"상관하지 마라. 언젠가는 복수할 터."

"하하하!"

"왜 웃나?"

"역시 난 사람을 잘못 보지 않아. 당신은 도인이 될 사람이 아니야. 도인의 입에서 복수라니 가당치도 않은 소리."

"도인이기 이전에 무인이다. 마도는 척결해야 할 상대. 명분이 있는 복수다."

"아아, 내가 말을 잘못했군. 도인들이라고 해서 복수하지 말라는 법은 없지. 아무런 죄도 없는 사람을 외딴 섬에 가둬 두려 하는 게 당신들이니까."

조양자는 침묵했다.

사무량과 괜한 말다툼을 할 생각은 없었다. 처음부터 말투가 그랬으니 이제는 그러려니 한다. 어차피 싸워봤자 득도 보지 못할 것은 뻔한 일. 만약 사무량이 무인이었다면 몇 차례 손속이 오갔을지도 몰랐다.

"상대할 가치도 느끼지 못하겠다는 건가?"

사무량은 조양자의 의도를 알겠다는 듯 물었다.

여전히 대답이 없자 사무량은 물 안으로 손을 넣어 가볍게 움직였다.

"무공을 배우려면 무엇을 먼저 해야 하지?"

조양자의 고개가 휙 돌아갔다. 지나가는 말로 무공에 대한 이야기를 꺼낸다는 사체가 우습기만 했다.

"정신이 나갔군. 감히 나에게 무공을 물어볼 생각을 하다니. 무공은 꿈도 꾸지 마라."

"기본공(基本功)은 우선이겠고, 역시 심법부터 익혀야 하나?"

조양자는 사무량을 가느다란 눈으로 노려보았다.

그의 사정이 딱하다고 생각해 본 적도 있다.

무공을 배우고 싶어하는 의지와 열정이 넘치지만 무공을 익혀선 안 되는 몸이다.

'모두 사무량 네놈을 위한 일.'

아니다. 조양자는 생각을 수정했다.

사무량을 위해서라면 무공을 가르쳐 주어야 한다. 언제 광기에 지배당해 버릴지 모르는 인간이기에 심법으로 다스려야만 한다.

하나, 사무량에게 무공을 가르치지 않는 이유는 그의 아버지가 행했던 것처럼 무림에 막대한 피해를 입힐까 우려되기 때문이다.

누구를 위한 일인가. 개인의 희생으로 여러 사람 편히 살자고 하는 일이던가. 굳이 사무량이 아니더라도 항상 피가 튀고 살점이 뜯겨 나가는 게 무림의 일상인 것을…….

"심법을 모르니 할 수 없군. 심법 없이 펼치는 무공은 어린아이 장난이라고 하던데……."

"만약 네가 심법을 안다 해도 지금 익히기에는 무리다. 심법은 어렸을 때부터 꾸준히 익혀야 하는 것이지."

조양자는 애써 타당한 이유를 만들어냈다.

"심법을 익히면 무인이 될 수 있는 건가?"

동문서답이 따로 없었다.

조양자는 대답하지 않았다. 무공도 모르는 사람에게 무엇을 더 설명하겠는가. 어차피 소 귀에 경 읽기밖에 더하겠나.

그는 계곡 물에서 몸을 일으켜 옆에 가지런히 놓은 옷가지들을 입었다.

"그만 일어나라. 해가 지기 전에 고개를 넘어야 하니까."

조양자는 아직도 물속에서 중얼거리고 있는 사무량을 재촉했다.

"부재도라는 곳, 어떤 곳인가?"

순수한 의도에서 나오는 두 번째 질문이었다.

본디 이 질문을 먼저 했어야 옳았다. 무당파에서 떠난 지 이십여 일 만에야 부재도에 대해 묻다니…….

"나도 모른다."

조양자는 간단한 말로 일축시켰다.

사실이었다.

부재도에 대해서 알고 있는 자는 중원에서도 몇 되지 않았다.

강소성 외곽의 외딴 섬이 하나 있고, 이름을 부재도라 지었다. 사람이 실 수 있는 곳인지 아닌지는 이번에 가서 보면 알게 되겠지만.

그 외에 조양자가 알고 있는 것은 위험한 인물들이 부재도에 갇혀 있다는 것이다. 위험하지만 죄를 짓지 않은 자들, 또는 죄를 지었으나 죽일 수 없는 자들. 즉, 사무량과 같은 종류의 사람들은 운이 없게도 부재도로 옮겨졌다.

조양자 역시 그들이 어떤 사람들인지 궁금했다. 세상에 얼마나 위해를 끼칠 인물들이기에 부재도에 들어갔는지…….

사무량을 흘끔 바라본 조양자는 입가에 실소를 머금었다.

원하는 답을 얻지 못한 탓인지 사무량은 잔뜩 얼굴을 일그러뜨렸다. 그에게서 관심을 접은 채 다시 걸어가던 조양자는 문득 이상한 기분이 들어 다시 사무량을 바라봤다.

‘……!’

사무량은 조양자를 보고 있지 않았다. 그는 가늘게 눈을 뜨고는 전방을 주시하고 있었다.

第五章
바흔 (瘢痕)

'설마!'

조양자는 급히 고개를 돌렸다. 그는 예리한 눈으로 사방 곳곳을 누볐다. 나무며 바위며 풀이며… 사소한 것은 하나라도 놓치지 않겠다는 심정으로 주위를 관찰했다.

낮은 절벽 두 개를 끼고 자리한 좁은 길. 길 끝은 바위를 중심으로 굽이졌고, 빛이 잘 들지 않아 대낮인데도 어둡게 느껴진다.

은신하기에는 최적의 장소.

조양자가 한 손을 살며시 들어 올렸다.

바람은 한 점의 일렁거림도 없었다. 그러나 태화궁 무인들은 조양자의 신호를 보고 움직임을 멈추었다.

"……."

묘한 긴장감이 흘렀다.

조양자는 전신의 감각을 활짝 열었지만 아무것도 느끼지 못했다. 긴장감은 사무량의 표정에서부터 우러나왔다.

이런 순간은 당혹스럽기 그지없었다. 무인인 자신들은 아무런 기척도 느끼지 못하는데 무공도 익히지 않은 자가 오직 지리의 생김새만을 보며 긴장감을 불러일으킨다.

조양자의 손이 다시 한 번 들어 올려졌다.

스스스!

우측 풀잎이 바람결에 출렁이는 듯싶었다. 그리고선 다시 정적이 흘렀다.

일각여쯤 지났을 때, 굽이진 길에서 태화궁 무인이 모습을 드러냈다.

"아무도 없습니다."

조양자는 다시 신호를 보내고 걸음을 떼었다.

"사무량?"

사무량은 그 자리에서 꼼짝도 하지 않았다.

"이 길 말고 다른 길은 없나?"

사무량의 음성은 가늘게 떨리고 있었다.

"고개를 넘으려면 이 길밖에 없다."

"다른 길을……."

조양자는 예기치 않은 느낌을 받았다.

그는 한달음에 사무량의 앞까지 달려가 그의 어깨를 잡았
다.

"무슨 일이냐?"

사무량의 눈길이 조양자의 얼굴로 향했다. 지극히 깊고 퇴
폐적인 눈동자는 불길한 느낌을 증폭시켰다.

"어서 말하지 못해!"

조양자는 사무량의 멱살을 움켜쥐었다. 곧 사무량의 입술
이 비틀리듯 열렸다.

"난 무격이 아냐. 어떠한 일이 벌어질지 몰라. 다만 이 숲
에서 시기(屍氣)가 느껴져."

사무량이 손을 들어 가리킨 곳은 태화궁 무인들이 은신해
있는 숲이었다.

조양자는 등줄기를 타고 오르는 소름을 애써 무시하며 말
했다.

"이 길만 벗어나면 괜찮다는 말인가?"

사무량은 고개를 끄덕이지도 젓지도 않았다.

"……"

사무량의 멱살을 움켜쥔 조양자는 두 손에 힘이 쭉 빠졌
다.

도대체 어디서 시기가 느껴진다는 말인가. 아무리 눈을 뜨
고 돌아봐도 멀쩡한 숲일 뿐인데……,

‘무공을 익힌 자들도 어느 정도 직감이라는 걸 가지고 있어. 아니지. 직감이 아니라 기운이야. 기운을 읽는다는 것, 설마 상단전이 열려 있기 때문인가?

“네 말대로라면 이곳에서 곧 혈전이 벌어질 것.”

“꼼짝없이 죽기엔 그만인 장소.”

사무량의 음성은 그리 크지 않았지만 어딘가에 있을 태화궁 무인들이 듣고도 남을 크기였다.

피할 길은 없다. 왔던 길로 되돌아간다 하여도 기습까지는 막아낼 수가 없다.

선택할 수 있는 것은 전면전.

그러나 조양자는 잘못 생각하고 있었다. 전면전을 하기엔 상대의 수가 너무 많다. 게다가 사무량은 무공도 익히지 않은 몸. 제 몸 하나 건사하기도 힘든 그를 조양자는 무조건적으로 보호해야만 한다.

조양자는 움켜쥐었던 사무량의 멱살을 천천히 놓았다.

“위험하다는 건 알지만 되돌아갈 수는 없다. 내게 업혀라. 이곳에서 최대한 빨리 빠져나갈 테니.”

조양자는 사무량을 업으려 했다.

그때, 수풀 속에 몸을 감추었던 태화궁 무인들이 모습을 드러냈다.

조양자는 차마 그들을 쳐다볼 수가 없었다.

무인 하나가 입을 열었다.

"평정산을 넘으려면 반드시 이 길을 지나쳐야 합니다. 놈들이 미리 매복해 있다면 어쩔 수 없지만… 걱정 마시고 앞으로 가시지요. 뒤는 저희가 맡겠습니다."

"말도 안 되는 소리! 이건 나에게만 주어진 임무가 아니다! 우리 모두가 책임져야 할 일이란 말이다!"

조양자는 무인의 말이 하나도 고맙지 않았다. 이건 도와주는 게 아니다. 마음의 짐을 안고 가라는 이야기이지 않나.

"모두 원위치로 가! 당장!"

조양자는 태화궁에 소속되어 있지 않지만 이번 일의 지휘를 맡은 자다. 나이를 막론하고 책임자로 정해진 인물의 명령을 들어야 하는 것은 당연지사.

하나 무인들은 꿈쩍하지 않았다. 조양자의 얼굴이 미미하게 일그러졌다.

"명을 안 듣겠다는 건가?!"

태화궁 무인들은 대답 대신 잠시 동안 서로 눈빛을 교환한 뒤 입을 열었다.

"죄송… 명을 받지 않겠습니다."

"뭐, 뭣?"

조양자는 자신의 귀가 어떻게 된 줄 알았다. 하지만 이어지는 무인들의 말은 놀람의 수준을 빗이니 조양자를 경악하게 만들었다.

"저희들은 조양자의 명보다 장문의 명이 우선입니다. 부디 이해하시길.”

“그게… 그게 무슨 소리인가? 장문의 명이라니?”

“자세한 건 말씀드릴 수 없습니다. 다만 이럴 때를 위해 저희가 있다는 것만 기억해 주십시오.”

조양자는 머리가 멍해지는 기분이 들었다.

기가 막혔다. 태화궁 무인들은 이런 일이 벌어질 줄 애초부터 알고 있기라도 했다는 소리가 아닌가. 아니, 하는 말투로 보아 무당산에서 떠나올 때부터 목숨을 포기했다는 말 같기도 하다.

‘음?’

무인들을 둘러보던 조양자는 믿을 수 없는 표정을 지었다.

자세히 보니 태화궁 무인들이 입고 있는 도복의 가슴에 송문이 없다. 무당파 무인이라는 것을 증명시켜 주는 소나무 문양이.

이 의미는 크게 두 가지로 나뉜다.

파문(破門)당했거나, 아니면 목숨을 포기한 자들.

‘도대체 장문이 어떤 명을 내렸기에……!’

조양자는 머릿속이 복잡해졌다.

자신만 모르는 무언가를 이들은 알고 있다. 장문인도 알고, 아마 태을 진인도 알고 있을 게다.

세상에… 어떻게 사람을 이리 바보로 만들 수가 있단 말인가.

무인은 더욱더 이해할 수 없는 말을 했다.

"이 고개를 넘으면 협곡이 나옵니다. 거기까지만 무사히 가시면 됩니다. 그 후의 일은……."

"그만!"

조양자는 무인의 말을 잘랐다.

그는 검을 빼내어 바닥에 꽂았다. 이글거리는 눈에선 여태껏 속아온 것에 대한 분노가 터져 나왔다.

"나는 무당의 사람이다! 설령 내가 모르는 무언가가 있다고 해도 난 적어도 수하들을 남겨두고 갈 정도로 몰지각한 사람은 아냐!"

하나 무인들은 여전히 흔들림이 없었다.

"자신의 임무가 무엇인지 안다면 이러시면 안 됩니다. 조양자께선 사무량을 보호해야 하지 않습니까?"

"저 녀석 때문에 죽은 무인이 몇인가! 난 가지 않겠다! 너희와 함께 싸우겠다!"

무인들은 작게 한숨을 내쉬었다. 조양자가 이렇게 나올 줄 예상하지 못한 것은 아니다.

"가지 않으신다면… 어차피 전멸이라면 사무량, 저자를 지금 베겠습니다."

스릉―!

아홉 자루의 검이 일제히 사무량에게 겨눠졌다.

조양자는 반사적으로 그들의 검으로부터 사무량을 보호했

다.

"이게 무슨 짓들인가!"

"죽는 한이 있더라도 저들에게 사무량을 넘겨선 안 되는 일. 피하지 못한다면 조양자께서 사무량의 목숨을 직접 거두실 생각이 아니십니까?"

무인들의 눈은 무섭도록 빛났다.

조양자가 생각한 절망 따위는 그들의 눈빛에서 찾아볼 수 없었다. 지금은 도인이 아닌 무인으로서 검을 든 자들이다. 목숨에 연연하는 나약한 자들이 아닌, 죽는 한이 있더라도 위험을 감수하겠다는 무인의 의지가 뿜어져 나왔다.

처음부터 자신들이 죽을 줄을 알면서 무당산에서 나선 자들이니…….

조양자는 외딴 곳에 혼자 서 있는 기분이 들었다. 다들 미끼 노릇을 하는 데 가장 무거운 책임을 진 사람은 다름 아닌 자신이었다.

사무량을 보호해야 하는 이유. 유일하게 그가 할 수 있는 일이지 않은가.

"마지막으로 말씀드리지요. 여기는 저희가 맡겠습니다."

"자네들, 정말!"

조양자가 목청을 높였지만 태화궁 무인들의 고집도 완강했다.

"벌써 열한 명이 죽었습니다. 그들의 희생을 헛되이 보낼

작정이십니까?"

"……!"

"협곡까지만 가시면 됩니다. 그리고 저희는 죽지 않습니다. 곧 따라가도록 하지요."

조양자는 더 이상 말을 잇지 못했다.

의심할 여지는 없다. 이들은 사무량을 죽이려는 마음이 없으며, 이들이 진심으로 원하는 것은 조양자가 사무량을 부재도로 데려가는 것.

"만약… 아무도 뒤따라오지 않는다면 죽어서도 용서하지 않을 게야! 타앗!"

조양자는 사무량을 데리고 소로로 치달렸다.

"헉! 헉!"

이미 숨이 턱에까지 차오른 사무량은 금방이라도 쓰러질 것 같았다.

조양자는 그런 그를 안중에도 두지 않은 채 앞만 보고 달려나갔다.

차라리 사무량을 태화궁 무인들의 손에 죽도록 하고, 미지의 적을 상대로 같이 싸웠다면 이토록 가슴이 무너지지는 않있을 게다.

자소궁 무인 삼십 명, 태화궁 무인 열한 명. 도합 마흔한 명이 이번 여정에서 명을 달리했다. 이는 무당파에 막대한 손실이라면 손실이랄 수 있다.

무당파는 가만히 있지 않을 게다.

미지의 적이 낙뢰문, 철궁방, 고언문이라는 게 확정 지어졌으니 그에 적절한 대비를 강구할 게다. 무공을 은폐시키든 뿌리를 뽑든, 아니면 무림의 공적으로 만들어 하늘 아래 발붙일 곳이 없게 하든지 간에.

조양자는 사무량이 원망스러웠다. 이런 일을 시킨 소림도 싫었다.

이번 임무는 득보다 실이 많다. 아니, 얻은 게 있긴 하다. 조양자 자신도 눈치 채지 못하게 가슴 밑바닥에 잠들어 있던 독기가 본색을 드러냈으니.

어쩌면 정말 자신은 사무량의 말처럼 도인의 기질이 없는지도 모른다. 수련을 많이 했다고 생각했지만 지금처럼 끓어오르는 분노를 쉽게 삭일 수가 없었다.

"헉! 허억!"

사무량은 점점 속도를 늦추더니 종래에는 아예 걷기 시작했다. 그러다 더는 못 버티겠는지 바닥에 털썩 주저앉고 말았다.

조양자는 걸음을 멈추고 그를 돌아봤다.

사무량은 하늘을 향해 대(大) 자로 누웠다.

"마지막 불씨마저 사그라졌겠군."

조양자는 사무량의 말이 무슨 뜻인지 단박에 알아챘다. 뒤를 맡겠다는 태화궁 무인들이 전멸했다는 소리다.

그는 두 주먹을 굳게 말아 쥐고 누워 있는 사무량을 향해 성큼성큼 걸어갔다.

휘익- 퍽!

허공에 작은 포물선을 그린 조양자의 발끝이 사무량의 옆구리에 틀어박혔다

"커헉!"

진기가 실려 있지 않은 발차기였지만 사무량에게는 쇳덩이로 맞는 것처럼 충격이 컸다. 그는 단 한 번의 발차기에 일장이나 밀려 나갔다.

조양자는 굴러가는 사무량의 신형을 따라가 다시 발을 놀렸다.

퍽! 퍼억!

"크윽!"

발이 허공을 가를 때마다 사무량은 고통에 찬 비명을 내지르며 바닥을 굴렀다.

조양자는 그의 비명 따위는 귀에 들어오지도, 괴로워하는 얼굴 또한 보이지도 않았다.

이성을 잃기 일보 직전의, 전혀 도인이라고 볼 수 없는 행동이었다.

잊으련다. 잠시만 도인인 것을 잊으련다.

자신만 모르게 비밀을 만든 장문인을 원망해야 하고, 태화

궁 무인들의 죽음을 통탄해야 하며, 일을 이렇게까지 만든 사무량을 향해 분노를 표출해야 했다.

하지만 여러 번의 발차기가 끝이 날 무렵, 조양자는 세상의 악귀보다 더욱 무섭고 소름 끼치는 소리를 들어야 했다.

"크크크!"

사무량은 고통에 찬 비명 대신 귀기스러운 웃음을 흘렸다.

"언젠가 세상에 나가면 당신이 나에게 했던 일들을 죄다 퍼뜨릴 거야. 도인이 민간인을 개 패듯 패다니… 있을 수 없는 일."

장정 두 명이 간신히 들어갈 법한 작은 동굴은 어두웠다.

어둠은 곧 침묵을 이끌어왔다.

조양자는 행낭 속에 들어 있는 벽곡단(辟穀丹) 하나를 꺼내 입 안에 넣고 천천히 씹었다.

아무런 맛을 느끼지 못했다. 맛을 느낄 여유도 사치로만 느껴졌다.

사무량의 말이 맞았다.

맨 처음 그가 조양자를 보며 피비린내가 난다고 했던 말은 그냥 흘려낸 말이 아니었다.

조양자는 삼십여 년을 살아오면서 자신이 도인이 아니라는 생각은 단 한 번도 해본 적이 없었다. 그런데 이제야 알았다.

자신은 도인이 해서는 안 되는 일을 저질렀다. 하지만 더욱 그를 자괴감에 빠뜨린 것은 사무량을 때린 데에 대한 죄책감이 전혀 느껴지지 않는다는 것이었다.

여태 도인인 척 고고하게 굴었던 자신이 부끄러웠다. 어쩌면 모두가 속으로 그를 비웃었을지도 모른다 생각하니 더욱 괴로웠다. 여태 혼자만의 착각에 빠져 살아온 것은 아니었을까.

장문인은 이런 자신에게 왜 이번 임무를 맡겼을까.

곰곰이 생각한 결과 답이 나왔다.

장문인은 이번 일에 도인의 자질보다 무인의 자질에 더 가까운 사람을 원했다. 무공에도 특출난 재능이 있기에 그를 보호할 사람으로도 적격이었다.

혹여 살아 무당파에 돌아간다 해도 낯 뜨거워 얼굴을 들 수 있을지나 모르겠다.

사무량은 부스럭거리더니 바지춤에서 무언가를 꺼냈다. 잠시 후, 코를 찌르는 독한 향기가 동굴에 퍼졌다.

"술 마시겠나?"

"웬 술이냐?"

"예전에 태을 진인께서 갖다 주신 걸 조금씩 모았지."

사무량은 호리병째 입에 대고 꿀꺽꿀꺽 술을 들이켰다.

"이 상황에 잔도 술이 입으로 들어가는군."

"어차피 죽을 사람들이었어. 더는 생각하지 말도록 해. 앞으로의 일은 살아남은 사람들의 몫이니까."

"혹시… 태화궁 무인들을 공격한 자들이 누구인지 알고 있
나?"

조양자는 사무량이 어쩌면 알고 있을지도 모른다고 생각
했다.

"말해주면 이번에도 때릴 건가?"

"……"

"상황을 봐서 때리겠다는 것이군."

"낮의 일은… 미안하게 됐다."

"진심에서 우러나온 말이 아니니 듣지 않은 걸로 하겠어."

사무량은 가볍게 코웃음을 쳤다.

그는 혼절할 정도로 심하게 맞았다. 귀기스러운 웃음이 아
니었다면 갈비뼈가 부러져 나갔을지도 모른다. 무공을 익히
지 않은 자가 무인에게 그렇게 맞고도 멀쩡한 것을 보면 타고
난 근골(筋骨)이라고 해도 좋았다.

하나 조양자는 기대한 답을 얻지 못했다.

"그건 당신이 더 잘 알 것 같은데? 난 무림의 일엔 문외한
이라서."

"도저히 그냥 넘어갈 수가 없군. 숲에서 시기가 느껴졌다
는 말을 어떻게 믿으라는 소리냐?"

어둠 속이지만 사무량의 눈이 반짝이고 있다는 것을 조양
자는 알 수 있었다.

"내가 느낀 시기는 태화궁 무인들을 가리킨 게 아니었어. 정말 모르고 있었나, 그 숲에는 우리만 있던 게 아니라는 걸?"

"뭐?"

"정말 모르고 있었군. 내가 가리킨 숲엔 이미 다른 자들이 있었지. 무인이라면서 그들의 기운을 느끼지 못했나?"

조양자는 망치로 머리를 맞은 듯한 충격을 받았다.

그곳엔 자신 말고도 태화궁 무인들이 아홉 명이나 더 있었다. 하나같이 녹록지 않은 무공을 지닌 태화궁 무인 아홉 명이……

그런 사람들이 근처에 적이 있었다는 것을 전혀 모르고 있었을까? 말이 되지 않는다. 설혹 말이 된다 해도 믿을 수 없었다. 정말 세상을 놀라게 할 정도의 은신술을 지니고 있는 자들이 아니고선 답이 나오지 않는다.

'낙뢰문, 철궁방에 고언문까지. 모두들 십이 년 전에 그자로 하여금 멸문한 문파들.'

조양자는 또 멸문한 문파가 있는지 곰곰이 생각하다 두 눈을 부릅뜨고 석상처럼 굳어졌다.

"혈… 살… 문……!"

신음 섞인 목소리가 입에서 간신히 튀어나왔다.

혈살문. 그들 역시 십이 년 전 멸문한 살수 집단이다. 청부금을 받기 위해 살행을 하는 여타 살수들과 다른 점이 있다면, 그들은 진정으로 살인을 즐기는 자들이었다.

청부도 약한 자는 받지 않는다. 무공이 고강한 자만을 노린다. 살행도 한 번에 여러 명이 나간다. 강자들을 누르고 그들의 고통을 보며 서서히 죽어가는 모습을 즐긴다.

겨우 살수 집단 하나가 무림의 경계를 살 수나 있을까.

혈살문이 주목을 받은 이유는 고도의 은신술 때문이다. 세상에 한 번도 모습을 보인 적이 없다는 은신술. 상대가 바로 코앞에 있어도 절정고수들조차 나무토막에 불과해진다는 그 은신술.

'설마 혈살문이? 아니다. 태화궁 무인들의 이목까지 속일 정도라면 가능한 일이다.'

그런 자들이 태화궁 무인들을 도륙했다면…….

조양자는 갑자기 마음이 다급해졌다. 그들이 자신과 사무량을 발견한다면, 만약 그들과 맞부딪치기라도 한다면 도저히 살아나갈 수 없다.

조양자는 급히 품 안에서 종이 하나를 꺼내 적어 내려가기 시작했다. 어쩌면 곧 죽을지도 모르는 운명. 혈살문의 존재역시 무당에 알려야 했다.

글자를 써 내려가는 조양자의 손은 가늘게 떨리고 있었다.

동이 터왔다.

어둡기만 하던 동굴 안에 빛이 쏟아져 들어왔다.

조양자는 뜬눈으로 밤을 지새웠다. 복잡한 생각들이 실타래처럼 엮여 머릿속에서 떠나가질 않았다.

그래도 움직일 방향은 정해졌다.

태화궁 무인이 마지막으로 했던 말은 잊지 않고 있다.

'협곡까지만 들어서라 했다. 동굴을 나간 뒤 산을 내려가면 바로 협곡. 그때까지만 아무 일 없기를 바라는 수밖에.'

조양자는 등 돌려 자고 있는 사무량을 깨우기 위해 가까이 다가갔다. 한데, 무언가가 눈에 들어왔다.

'응?'

사무량의 허리에 붉은색으로 무언가가 적혀 있었다. 조양자는 좀 더 자세히 보기 위해 사무량의 웃옷을 조금 더 들췄다.

'이것은……?'

그림이었다. 너무 흐려 무슨 모양인지 알 수 없지만 분명 그림이었다.

'살갗에 새겨진 그림. 문신인가?'

여태껏 사무량에게 문신이 새겨져 있다는 말은 들어보지 못했다. 조양자는 무슨 그림인지 보기 위해 얼굴을 가까이 갖다 댔다.

"으음!"

그때 사무량이 몸을 뒤척이며 잠에서 깼다.

"벌써 아침인가?"

사무량의 입에선 혹하고 주향이 퍼져 나왔다.

"일어나. 출발해야 한다."

조양자는 일부러 허리에 새겨진 그림에 대한 이야기를 꺼내지 않았다.

'기회가 되면 자세히 봐야겠어.'

조양자는 사무량이 정신을 차릴 때까지 기다렸다.

2

하늘은 조양자를 철저히 외면했다. 하늘마저 버린 사무량과 함께해서인지도 모른다.

동굴 밖으로 빠져나온 조양자와 사무량은 입구에서 한 발자국도 움직일 수 없었다.

동굴 입구를 둘러싸고 있는 흑의인의 수는 족히 오십은 되어 보였다.

검신이 가늘고 짧은 기형적인 반월도(半月刀)를 양손에 들고 있는 자들. 조양자는 그 모습만으로도 이들이 누구인지 충분히 짐작할 수 있었다.

'혈살문!'

말로만 들었던 혈살문의 실체를 오늘에서야 보게 되었다. 그들이 조양자 자신을 죽이기 위해 나타났다는 것이 심히 유감스럽지만.

이들의 살인 수법은 알고 있다.

맨 처음 아혈(啞穴)을 제압당할 게다. 비명을 지르지 못하게 한 뒤, 사지육신을 걸레처럼 찢어버린다.

아혈을 막아놓았지만 표정은 숨길 수 없다. 마지막에 가서 살려달라고 말하는 표정을 보며 쾌락을 느끼는 자들로, 세상에 존재해선 안 되는 절대 악인들이다.

태화궁 무인들이 이자들에게 개만도 못한 죽음을 맞이했을 걸 생각하니 울화가 치민다.

조양자의 가슴은 쿵쾅거리며 뛰기 시작했다.

도주로도 용이치 않다.

절벽의 오른편은 밑을 알 수 없는 천길 낭떠러지였고, 도주를 하기 위해선 왼편을 꽉 메우고 있는 혈살문 살수 오십여 명을 쓰러뜨려야 한다.

하지만 불가능하다. 일 대 일의 싸움이라면 몇 명쯤은 쉽게 베어 넘기겠지만 이들에게선 무인의 예(禮) 따위는 기대하기 힘들다. 일검을 떨치기 전에 사방에서 휘둘러지는 수십 자루의 도에 난자당하지 않으면 다행이련만.

조양자는 의식적으로 사무량을 동굴 안쪽으로 밀어 넣었다.

동굴에 길이 있는 것은 아니었지만 우선은 사무량을 보호해야 한다는 생각이 앞섰다. 그러나 사무량은 몸을 채 들여넣기도 전에 다시 걸어나와 조양자의 옆에 바짝 붙어 섰다.

“달릴 수 있겠나?”

사무량은 대답하지 않고 무심한 눈길로 조양자를 바라봤다.

“내가 길을 열어줄 테니 뒤도 돌아보지 말고 무조건 협곡을 향해서 달려라. 절대 저들에게 잡히면 안 된다. 절대!”

사무량에게 한 말이었지만 일면 조양자 자신에게 한 말이기도 했다.

살 수 있는 희망은 보이지 않는다. 사무량에게 도주할 수 있는 길을 열어주기 위해 혈살문 살수와 싸운다 하여도 얼마나 버틸지 장담할 수 없다.

조양자는 죽고, 사무량은 저들에게 끌려가고.

이것이야말로 상상조차 하기 싫은 최악의 상황이 아니고 무엇이겠는가.

“저들은 강한가? 무인들 같지가 않은데…….”

사무량의 말은 아무것도 모르는 천진난만한 어린아이의 그것처럼 들렸다.

“넌 저들을 모른다.”

조양자는 천천히 혈살문 살수들을 둘러보았다.

사무량의 말처럼 살기는 전혀 없었다.

애당초 혈살문에게서 살기를 느꼈다는 사람은 없었다. 기본적으로 그들은 살기를 숨기는 것이 아니라, 정말로 사람을 죽이는 마지막 순간에서야 살기를 드러내기 때문이다.

"이자들이었군, 숲에 숨어 있던 자들이."

사무량의 말이 떨어지자마자 길게 늘어서 있던 혈살문 살수들이 한곳을 향해 길을 열었다. 그리고 열린 길에서 인자하게 생긴 중년인 하나가 천천히 걸어나왔다.

'고수!'

조양자는 온몸이 경직되는 듯했다.

사뿐사뿐 내딛는 발걸음에서 보이는 움직임이 예사롭지 않다. 마치 거대한 산 하나가 다가오는 것 같았다.

인자한 얼굴 뒤로 보이는 태산과도 같은 기운을 조양자는 감히 감당할 자신이 없었다. 무당파의 원로 중에서도 가장 무공이 뛰어나다는 태허 진인도 이 사람보다는 못할 듯싶었다.

중년인은 조양자의 코앞까지 와서야 걸음을 멈추었다.

"조양자, 무당에 전서를 날렸더군. 아쉽게 되었어. 이거야 원, 체면이 서질 않으니."

중년인은 마치 오랜만에 만난 지기를 대하듯 온후한 음성으로 말했다.

'언중유골(言中有骨)……!'

조양자는 중년인의 말속에 가시가 박혀 있음을 알았다.

이자가 누구인지는 궁금하지 않았다. 아니, 새롭게 태어난 혈살문의 문주라는 사실을 짐작할 수 있었다.

어젯밤에 날린 전서는 이들이 먼저 가로챘다. 그리고 내용을 확인한 후 다시 무당으로 날려 보냈을 게다.

　조양자가 빠른 상황 파악으로 전서를 날렸으니 이들의 수고를 덜어준 셈이다. 만약 전서를 날리지 않았다면 갖은 고문을 당하면서 억지로 전서를 써야 할지도 몰랐다.

　중년인이 말한 체면이란 그것을 말하는 것이다.

　"혈살문이 건재하고 있었다는 사실이 놀랍군."

　조양자는 주위를 경계하며 입을 열었다.

　"아무리 밟아도 끈질기게 자라는 것이 바로 잡초지."

　"낙뢰문, 철궁방, 고언문, 그리고 혈살문. 만영문까지 나타나면 십이 년 전에 멸문한 문파들이 모두 나타나는 건가?"

　"허허허!"

　중년인 초유신군은 허허롭게 웃었다.

　조양자는 말을 하는 내내 초유신군을 위아래로 빠르게 훑었다. 편안하게 늘어뜨린 팔과 가벼워 보이는 다리. 하지만 공격할 수 있는 틈은 전혀 없다.

　검집에 얹은 손이 부들부들 떨렸다. 이런 적은 처음이다. 상대를 보고 싸울 의지를 잃어버린 적은.

　"저 아이가 혈광검(血狂劍)의 자식인가?"

　초유신군은 조양자의 옆에 있는 사무량을 가리키며 물었다.

　그는 사무량의 위아래를 천천히 살폈다.

　특이한 점은 없을 게다.

　무공을 익힌 흔적도 전혀 없고, 뼈만 남은 앙상한 몰골에

쭉정이처럼 큰 키밖에 안 보일 테니까.

"심안(心眼)이군. 정상적이지 않은 눈동자. 그자의 아들이 확실해."

초유신군의 고요한 눈빛은 사무량을 보는 순간 탐욕으로 물들었다. 그냥 보아도 한눈에 보이니 사무량 역시 초유신군의 의도를 쉽게 알 수 있으리라.

한데, 무슨 말이든 툭툭 내뱉던 사무량은 어쩐 일인지 한마디도 꺼내지 않고 잠잠하기만 했다.

조양자는 곁에 있는 사무량을 의식하지 않을 수 없었다.

아니나 다를까, 사무량은 이상한 행동을 보이기 시작했다.

금방이라도 터질 것 같은 눈의 혈관들. 쥐눈 굴러가듯 사방으로 뒤룩뒤룩 굴리는 눈동자 역시 정상적이지 않았다.

자신을 눈여겨보고 있는 초유신군의 시선을 의식할 만도 한데 도대체 무슨 생각을 하고 있는 것인지, 그것도 아니면 초유신군의 기에 질려 버리기라도 한 것인가.

"조양자, 별로 긴 말은 필요없을 것 같군. 우리의 요구를 들어주면 최대한 고통스럽지 않게 죽여주지."

"후후! 만약 들어주지 않는다면?"

"난 말장난 따윈 별로 좋아하지 않는 사람일세."

"……"

초유신군의 부관심한 듯한 말투 속엔 진심이 담겨 있다. 요구를 들어주지 않으면 조양자는 혈살문으로부터 가장 처참하게 죽는 인물이 될 게다.

"어차피 자네에게 희망적인 선택권은 없지. 사무량을 넘기고 편히 죽느냐, 아니면 고통스럽게 죽은 후 사무량을 빼앗기느냐."

조양자는 뒤로 두 걸음을 물리며 옆으로 비스듬히 섰다. 검병(劍柄)을 틀어쥔 손은 이미 싸울 준비를 마쳤다.

그는 사무량을 순순히 넘길 생각도 없고, 쉽게 죽을 생각도 절대 없다.

"삶에 집착하는 자인 줄은 알았지만… 어쩔 수 없군."

초유신군의 음성도 담담했다.

스스스!

혈살문 살수들이 서서히 거리를 좁혀왔다.

조양자는 검을 쥔 손에 힘을 가하며 동굴 입구 쪽으로 바짝 물러섰다. 혈전은 피할 수 없다. 무리를 해서라도 빠져나갈 길을 뚫어야 한다.

'협곡까지만이라도 가면……'

철컹!

날이 시퍼런 반월도가 사방에서 번쩍였다. 조양자 역시 만반의 준비를 끝냈다.

한데, 뒤로 물러섰던 사무량이 조양자의 귀에 입을 바짝 갖다 대며 소곤거렸다.

"빠져나갈 수 있는 길이 있어."

“……!”

조양자는 흠칫 놀랐다.

사무량의 넋이 반쯤은 빠져나간 것이라 생각했건만, 그의 목소리는 너무나도 멀쩡했다. 하지만 그의 정상적인 음성보다 말의 내용에 귀가 번쩍였다.

“뭐?”

조양자 역시 입술을 가능한 움직이지 않으며 되물었다.

“이곳에서 빠져나갈 수 있는 길이 있다고.”

“어디냐?”

“호호호!”

사무량은 대답 대신 두 눈을 가늘게 좁히며 웃었다.

“시간이 없다. 어서 말해!”

“맨입으로는 안 되지. 심법을 줘.”

“뭣?!”

조양자는 깜짝 놀랐다. 자신의 귀가 잘못되지 않았다면 사무량이 말한 것은 분명…….

“심법을 줘. 그럼 당신과 나, 이곳에서 둘 다 빠져나갈 수 있는 길을 알려주지.”

사무량은 입을 꾹 디물었다. 조양자가 요구에 응해주기 전까지는 입을 열지 않겠다는 의지가 굳건했다.

“절대 안 돼. 내 목에 칼이 들어와도 그것만은 절대 안 돼.”

“그럼 여기서 죽는 사람은 당신이야. 난 저들의 요구를 들어주는 조건으로 무공을 얻을 셈이니까.”

조양자는 기가 막혀 대답하지 못했다.

말도 안 되는 거래다.

‘심법을 가르쳐 주면 녀석의 몸 안에 잠재된 기운들이 요동칠 테고.’

하지만 생각해 볼 가치는 있었다.

‘심법을 가르쳐 준다 해도 어차피 부재도에 갈 몸. 그곳에서 빠져나올 길은 없으니……’

조양자는 누구보다 예리한 눈썰미를 지녔다. 이곳에서 빠져나갈 수 있는 길은 발견하지 못했다. 지난번처럼 땅을 파고 들어갈 시간적인 여유도 없다.

‘무공을 익히고 싶어 안달하는 녀석이 거짓을 말할 리 없다. 이 녀석이 확신할 정도라면 분명 길은 있다.’

“데려와.”

초유신군의 나직한 명령이 떨어지자 혈살문 살수들이 반월도를 휘두르며 득달같이 달려들기 시작했다.

순간, 조양자는 눈앞에 죽음이 보이는 듯했다.

가망이 없는 싸움.

그는 더 이상 머뭇거릴 여유가 없었다.

“사무량! 요구에 응한다! 어서!”

사무량의 두 눈은 초승달처럼 구부러지고 있었다.

“어서 빠져나갈 곳을… 어, 헉!”

조양자는 비명을 마저 다 지르지도 못했다. 사무량이 자신의 옆구리를 잡아 확 끌어당기는 것 같았는데 몸은 이미 허공에 붕 떠 있었다.

사무량이 말한 빠져나갈 구멍이란 동굴 옆의 깎아지른 천 길 낭떠러지.

"이런!"

중력의 힘에 못 이긴 조양자의 몸뚱이가 빠른 속도로 떨어져 내렸다. 하지만 두 사람이 뛰어내린 낭떠러지도 완전히 빠져나갈 수 있는 길은 아니었다.

타닷!

혈살문 살수 세 명이 두 사람을 따라 낭떠러지로 몸을 던졌다. 조양자는 위에서 떨어지는 세 명을 보며 치를 떨었다.

그들의 얼굴에선 두려움이란 존재하지 않는 듯했다. 막연히 먹잇감을 잡기 위해 거친 물살도 마다하지 않는 승냥이 같았다.

조양자는 재빨리 몸을 뒤집었다.

슈아악!

"흡!"

거센 바람 때문에 몸의 중심을 잡는 것은 고사하고 눈 뜨기조차 곤욕스러웠다.

조양자는 왼팔을 쭉 뻗어 사무량의 발목을 힘껏 움켜쥐었다. 그 자신은 떨어지다가도 절벽 틈에 솟아난 나무나 돌을 움켜쥘 수 있지만 사무량은 그럴 능력이 없었다.

조양자는 오른손으로 송문검을 빼내어 들었다.

쉬싱!

"헛!"

다급히 몸을 비튼 조양자의 머리 위로 반월도 두 자루가 섬뜩한 쇳소리를 내며 교차했다.

두터운 절벽을 디딤돌 삼아 뛰어내린 살수들은 어느새 조양자와 근접한 거리까지 도달했다.

하나 몸을 겨우 비틀기도 잠시, 이번엔 우측에서 도풍(刀風)이 몰아닥쳤다.

"으하앗!"

조양자는 온몸에 있는 진기란 진기는 모두 끌어올렸다.

자소궁, 태화궁……. 미처 방어를 할 새도 없이 참 많이 죽어갔다. 여기서 자신마저 죽게 된다면 이번 길에 나선 무당파 사람들 모두 전멸.

무당파 무인들이 한낱 멸문한 문파들의 공격에 몰살했다는 소리는 들을 수 없다. 만약 그렇게 된다면 죽어서도 한이 맺힐 게다.

이것이 조양자가 반드시 살아나야 할 이유였다.

그의 검은 바람을 저항하지 않으며 스르르 움직였다.

스겅!

반월도가 부러져 나가자 혈살문 살수의 눈이 휘둥그레졌

다. 설마하니 검 따위가 두께가 두 배가 넘는 도를 베리라곤
생각지 못한 듯했다.

그리고 곧 살수가 방심하는 찰나는 죽음과도 직결된다는
말이 증명되었다.

"크읍!"

조양자의 검은 살수의 심장 부분을 정확히 훑고 지나갔다.
반월도도 부러뜨리는 검인데 심장이라고 무사할 리 있겠는
가.

검을 맞은 살수는 아까보다 더욱 빠른 속도로 떨어져 내렸
다.

조양자의 검은 소리가 나지 않았다. 바람의 저항을 받지 않
기 때문이다.

자연의 순리를 거스르지 않는다는 무위자연(無爲自然). 무
당파 비전인 태극혜검(太極慧劍)의 절초들이 그의 검에서 터
져 나왔다.

"커억!"

다른 살수는 두 다리가 정강이에서부터 잘려 나갔다. 그들
은 끝까지 도를 휘두르려 애썼지만, 지혈할 새도 없이 철철
흘러내리는 피와 급속하게 탈색되는 안색은 죽어가고 있다는
걸 알게 해줬다.

조양지는 떨어지면서 끊임없이 벽과 부딪쳤다. 조그마한
틈이라도 있다면 살 수 있는 희망도 있겠지만 절벽은 인위적

으로 다듬어놓은 듯 흠집 하나 없었다. 결국 벽에 부딪치면서 떨어지는 속도를 늦춰야만 했다.

괴로운 모양인지 갑자기 사무량이 심하게 비틀었다.

"혼절해선 안 돼!"

조양자는 사무량의 정신을 자극하기 위해 등 뒤의 혈을 더 듬었다. 동시에 뒤에서 날카로운 예기가 몰아닥쳤다.

그는 사무량에게 온통 신경을 쓰는 터라 미처 피할 수가 없었다.

서걱!

"……!"

옆구리가 불에 데인 듯 화끈거렸다.

마지막 남은 혈살문 살수의 반월도 두 자루는 사이좋게 조양자의 양쪽 옆구리를 훑고 지나갔다.

조양자도 당하고만 있지 않았다. 어느새 송문검은 그의 팔과 옆구리 사이를 지나 거의 등 뒤에 밀착한 살수의 목젖 부분을 정확히 강타했다.

"커어어……!"

피가 가래처럼 끓는 소리가 났다. 더 이상의 공격은 없을 것이다. 그 소리는 죽음의 소리이기도 하니까.

조양자는 가까스로 검을 검집에 넣었다. 하지만 혼미해져 가는 정신은 붙잡기엔 너무도 힘이 들었다.

온몸에 힘이 쭉 빠져나가는 것을 보니 옆구리의 상처가 꽤나 깊은 모양이다. 한데 엎친 데 덮친 격으로 사무량을 잡은 그의 손마저 힘이 풀리고 있었다.

"아, 안 돼!"

자신의 손에서 벗어나 빠른 속도로 떨어져 내리는 사무량을 보며 조양자는 기겁했다.

그러나 그것도 잠시, 그의 눈에 보이는 절벽 아래의 광경은 척박한 땅이 아닌 하늘만큼이나 푸른 물이었다.

'물이라면… 다행……'

조양자는 정신을 놓았다.

"놓친 것 같습니다."

절벽 아래를 내려다보던 혈살문 살수가 초유신군에게 말했다.

"하하! 무공을 조건으로 빠져나갈 길을 열어주다니, 정말 뜻밖이야, 정말. 하하하!"

초유신군은 천진난만한 아이처럼 크게 웃었다.

사무량의 얼굴을 보는 순간 십이 년 전의 일이 떠올랐다.

혈광검, 그는 결코 잊을 수 없는 자다.

혈혈단신의 몸으로 나섯 개의 분파를 몰살 지진까지 몰아 간 사람이다. 초유신군은 광기에 사로잡혀 있던 혈광검의 얼굴을 잊을 수가 없었다.

지옥의 야차가 있다면 바로 그런 모습이 아닐까 싶다.

혈광검은 이미 죽고 없다. 아군인지 적군인지 구분하지도 못하며 검을 휘두르던 그를 구파일방에서 목숨까지 걸고 합공하여 죽였다. 만약 그를 살려두었다면 세상은 분명 피바다가 되고 말았을 것이다.

사무량은 그자와 정말 많이 닮았다. 한편으로 욕심나는 자이기도 했다. 흑천에서 잘만 다룬다면 훌륭한 무인으로 성장해 줄 것 같은 그런 자.

솔직히 조양자는 안중에도 두지 않았다. 제법 무공을 익힌 듯했으나 혈살문 살수들의 상대는 되지 못했다.

거기다 사무량은 싸움 대신 낭떠러지에서 뛰어드는 과감한 행동을 보였다.

'무공도 모르는 자가 배짱 하나만은 천하제일이군.'

초유신군은 오래간만에 솟구치는 호기심을 좋은 마음으로 받아들였다.

두 사람을 놓친 데 대한 일은 연연하지 않는다. 평정산에서 반드시 사무량을 잡기로 마음먹은 이상 빠져나갈 수 있는 길은 열어주지 않을 것이다.

"폭포와 이어지는 곳입니다. 먼저 산을 내려가겠습니다."

살수는 초유신군의 명령을 기다리지 않았다.

명령은 그가 웃음을 터뜨리는 순간 이미 나왔다. 분노하지 않음은 곧 다시 잡을 수 있다는 자신감이기도 했다.

혈살문 살수들은 초유신군을 향해 허리를 깊숙이 숙인 뒤,
그늘에 동화된 듯 스르르 물러섰다.

첨벙!
몸은 천길 나락으로 떨어진 듯 물속으로 깊이 깊이 침잠해
들어갔다.
조양자는 찬물이 몸에 닿자마자 퍼뜩 정신을 차렸다.
몸이 나른해져 온다고 해서 마냥 정신을 놓을 수는 없었다.
옆구리의 상처가 워낙 크기 때문에 자칫하다간 물귀신이 될
가능성도 있었다.
물속에서 가늘게 실눈을 뜬 조양자는 사방을 둘러본 끝에
야 겨우 사무량을 찾을 수 있었다. 사무량 역시 혼절하기 일
보 직전에 물에 빠졌기 때문에 겨우 정신을 차린 듯했다.
제멋대로 움직이는 그의 팔다리는 무척 고통스러워 보였
다.
조양자는 사무량의 머리카락을 손가락으로 붙들고 물 밖
을 향해 헤엄쳤다.
"푸하!"
"푸악! 컥! 커억!"
두 사람은 거친 숨을 몰아쉬었다.
사무량은 아직도 팔을 미친 듯이 지었다.
"이봐! 정신 차려!"

짝짝!

조양자는 사무량의 뺨을 두어 차례 때렸다.

사무량은 그제야 팔 젓는 것을 멈추었다. 그는 조양자의 몸에 의지해 물 위에 둥둥 떠올랐다.

"수영할 줄 모르나?"

이런 우문이 또 어디 있을까.

"젠장!"

조양자는 옆구리가 찢어지는 고통에 이를 악물었다. 그는 한 손을 놀려 간신히 지혈을 시켰다.

조양자의 팔과 다리는 부지런히 움직였다.

정신을 차렸으니 일단은 물 밖으로 헤엄쳐 가야 하는데 물살이 너무 거셌다. 흐르는 물에 몸을 맡긴 채 둥둥 떠 있는 것 외엔 할 수 있는 게 아무것도 없었다.

'상처만 없었어도……'

문득, 이번에도 사무량의 도움으로 목숨을 건졌다는 사실을 깨달았다.

사무량이 빠져나갈 길이 있다고 했을 때는 귀가 솔깃했다. 희망을 안겨준 순간 삶에 연연하게 된 사실도 부정할 수 없다. 다만 그 유일한 탈출로가 절벽이라는 것은 정말 상상 밖이었지만.

조양자는 왜 사무량이 혈살문주의 앞에서 이상한 행동을 보였는지 이제야 이해가 갔다.

조양자가 혈살문주에게 모든 촉각을 곤두세우고 있을 때, 사무량은 혈살문주는 안중에도 두지 않았다.

뒤룩뒤룩 굴리던 두 눈동자는 빠져나갈 길을 찾고 있었다. 조양자가 갈 수 없다고 판단한 낭떠러지를 사무량은 간과하지 않았다.

그렇다면 절벽에서 떨어진 후, 조양자와 자신이 무사하리라고 장담할 수 있었겠는가.

이번에도 목숨을 건 도박을 한 게다.

죽기 아니면 까무러치기. 배짱 하나만큼은 그 누구도 사무량을 따라갈 수 없을 것이다.

"……?"

물살의 속도가 갑자기 빨라진 것은 정말 순식간이었다. 조양자의 몸뚱이도 급한 물살을 견디지 못하고 허우적거렸다.

'어딘가로 빨려 들어가고 있다. 서, 설마… 폭포?

조양자의 예상은 맞았다.

이십 장 밖에서 엄청난 낙수(落水) 소리와 함께 희뿌연 물안개가 전방에 자욱했다.

조양자는 혼신의 힘을 다해 헤엄치려 노력했으나 역부족이었다. 두 사람의 몸은 빠른 속도로 폭포를 향해 떠내려갔다.

'산 너머 산이라더니…….'

조양자는 마음을 비웠다. 한 손으로는 사무량과 떨어지지 않게 그의 몸을 꽉 잡았다.

'이번에도 운을 바라는 수밖에.'

조양자는 눈을 질끈 감았다.

촤아아아—!

폭포의 위력은 감히 상상도 하지 못할 정도였다.

오감이 일시에 마비된 몸뚱어리는 자연이 만들어낸 힘을 이기지 못했다.

무언가 밑에서 거세게 잡아당기며 몸이 훅하고 떨어져 내렸다.

조양자는 물살을 낮으며 혼절했고, 폭포는 끝내 두 사람을 집어삼켰다.

3

짹짹……!

산새들의 지저귐이 귓가를 간질였다. 시냇물 흐르는 소리는 더러운 기분을 씻겨주는 듯 한결 청량하게 들려왔다.

조양자가 깨어났을 땐, 장대한 폭포는 온데간데없이 사라지고 작은 개울가만 자리했다. 폭포에 휩쓸린 뒤 얼마나 떠내려 왔는지 모르겠다.

머리는 깨어질 듯 아파왔고, 온몸은 흠씬 두들겨 맞은 듯 뼈 마디마디가 쑤셨다.

“사무… 엇!”

조양자는 사무량을 찾기 위해 고개를 돌리다가 당황해서 몸을 벌떡 일으켰다.

분명 사무량이 있어야 할 곳이다. 똑같이 폭포 속으로 빨려 들어갔는데 조양자는 이곳에 있고, 사무량은… 없고.

순간 최악의 상황들이 머릿속에 그려졌다.

폭포에서 흘러내리는 물이 두 군데로 갈라졌던 것인가, 아니면 혈살문 살수들이 그를 데려간 것인가.

하나 가장 최악의 경우인 후자는 아닐 게다. 그렇다면 조양자도 이미 저세상 사람이 되어 있을 테니까.

급한 마음에 조양자는 어디로든 걸음을 옮기려 했다.

그때였다.

“이제야 깨어났나?”

조양자의 고개가 빛처럼 빠른 속도로 돌아갔다.

목소리의 주인공을 두 눈으로 확인하는 순간 온몸을 감싸던 긴장감과 불안감이 일시에 썰물처럼 빠져나갔다.

사무량은 양손 가득 흙이 잔뜩 묻은 칡뿌리를 들고 나타났다.

“뭐 좀 먹어야 할 것 같아서…….”

“어디 다친 데는 없나?”

“보시다시피. 지금은 나 말고 당신 자신이나 걱정해야 할 것 같은데?”

조양자는 그제야 자신의 양 옆구리를 내려다봤다.

날카로운 반월도에 참 심하게도 베였다. 지혈시킨 덕분에 피는 더 이상 나오지 않았지만 조금만 몸을 비틀어도 허연 뼈가 드러날 지경이었다.

"상처를 치료하는 법은 배우지 않아서……."

사무량은 물가로 걸어가 칡뿌리를 헹군 뒤 조양자에게 건넸다.

"우선 배나 채워두지. 일어설 수 있으면 나를 따라오고. 잠시나마 몸을 숨길 장소를 봐두었으니까."

사무량이 말에시 조양자는 안도와 함께 앞으로 불어닥칠 미래에 대한 불안감이 동시에 밀려들었다.

"언제 깨어났나?"

"좀 전에. 깨우려다가 더 자라고 내버려 뒀지. 상처는 깊어 보여도 죽을 것 같진 않았으니까."

조양자는 사무량을 따라 걸음을 옮기며 칡뿌리를 씹었다. 입 안에 쓴 맛이 가득 퍼졌다.

"절벽 위에 있던 중년인, 느낌이 좋지 않아."

사무량은 머릿속에 초유신군의 얼굴을 떠올렸는지 갑자기 인상을 확 찌푸렸다.

"내가 상대하지 못할 고수다."

"그럴 것 같더군. 당신은 잔뜩 긴장하고 있었으니까."

사무량은 뒤 한 번 돌아보지 않고 천천히 걸어나갔다.

"내 부친이 혈광검이라 불렸다는 걸 오늘 처음 알았어."

사무량의 음성엔 감정이라고는 한 올 배어 있지 않았다.

조양자는 아무런 말도 해줄 수 없었다. 굳이 사무량에게 혈광검이 저지른 일들을 이야기해 주고 싶지 않았다.

"그런 고수들이 득실거리고 있었다는 걸 무당파가 모르고 있었을까?"

"알았더라면 이렇게 당하고 있지는 않았을 게다."

"모를 리가 없겠지. 모른다 해도 어딘지 미심쩍은 부분은 있어. 처음 공격을 받은 게 열흘 전. 보낸 전서를 받았을 테고, 구파일방은 아니더라도 가까운 중소 문파의 지원은 보냈어야 옳아."

사무량의 말에도 일리는 있다.

조양자 일행이 평정산으로 가는 것을 안다면 소림에서라도 지원이 나와야 한다. 태화궁 무인들이 하나둘 쓰러져 갈 때 일이 이렇게 커질 걸 모를 무당파가 아닐 진대.

조양자가 이런저런 생각을 하고 있을 즈음, 어느덧 사무량은 허름한 절간 앞에서 걸음을 멈췄다.

"이곳이야. 잠시 쉬기에는 그만일 것 같아서."

사무량은 부서지기 일보 직전인 절간의 문을 밀치며 안으로 들어갔다.

너무 낡아 금방이라도 허물어질 것 같은 절간이었으나 어두컴컴한 동굴보다는 백배 나았다.

사실 절간에 머물 시간적인 여유는 없었다. 혈살문은 두 사람이 절벽에서 떨어진 것을 보았으니 만약 죽더라도 시신 확인을 하려 내려올 게다.

한시가 급하다. 조양자는 또다시 혈살문주를 만나게 되면 이번에는 검을 들 수 있을지 자신이 서지 않았다.

하지만 사무량을 따라 절간으로 들어갔다. 무엇보다 옆구리의 상처가 너무도 위중했기에 출발할 수 있는 여력이 없었다. 무공을 모르는 사무량을 데리고 신법을 전개하려면 상처를 응급처치하고 운기조식을 할 필요가 있었다.

조양자는 행낭에서 금창약(金瘡藥)을 꺼내 상처에 대충 바른 뒤, 바닥에 앉아 즉시 가부좌(跏趺坐)를 틀었다.

"일다경… 딱 일다경 동안만 운기할 시간을……."

사무량은 듣는 둥 마는 둥 절간 구석에 주저앉아 칡뿌리를 씹었다.

조양자는 불안한 마음을 비우고 운기에 몰입했다.

일다경 동안의 짧은 운기조식이었지만 몸은 좀 전보다 훨씬 가벼워졌다. 무당의 금창약은 효력이 좋아 금세 상처 부위에 스며들었다.

"이제 그만 가지."

조양자는 먼지를 툭툭 털며 자리에서 일어섰다.

사무량은 여전히 자리에 앉은 채 조양자의 얼굴을 빤히 들여다봤다.

"어딜 가?"

"뭐?"

"약속 잊었나?"

"무슨……?"

"도인 양반, 정말 사람이 안 되겠네. 급히 사정할 때는 언제고 살아남으니까 기억이 나질 않나 보군. 사람 기분, 측간 가기 전하고 나온 후하고 다르다더니."

'아, 심법!'

조양자는 멈칫했다.

절벽 위에서 사무량의 요구를 들어주겠다고 말한 기억이 떠올랐다. 살아남겠다는 목적으로 아무 생각 없이 요구를 응해준 것은 아니었다.

사무량은 무공을 배우면 안 되는 인간이다. 그가 무림에 발을 들여놓게 해서는 안 된다는 말을 누누이 들은 조양자였다.

하지만 어차피 부재도에 가면 빠져나오지 못할 운명. 심법의 요결을 가르쳐 준다 해도 사무량의 나이가 있으니 운기는 힘들 게다.

방법은 가르쳐 주되 이무도 모르게.

혹시 나중에 사무량이 무공을 익혔다는 소문이 퍼져 나온다 하더라도 조양자기 가르쳐 줬다는 것을 누가 알겠는가. 그가 부재도에서 무공을 익혔는지, 어디서 익혔는지 알 수 있는 사람은 없다.

하나, 나중에 가르쳐 주어도 되는데 왜 하필 지금…….

"부재도에 가기까지 우리가 함께할 시간은 얼마든지 있다. 우선은 산을 빠져나간 뒤에 가르쳐 주어도……."

"이 문을 나서는 순간 당신과 나, 어떻게 될지는 아무도 몰라. 동굴에서 빠져나갔을 때처럼 만약 놈들이 절간 앞에 진을 치고 있다면 당신은 죽게 될 거야. 그럼 나와의 약속은 자연스럽게 무산되고. 그렇지 않나?"

"……."

"기회는 지금뿐인 거 같은데, 어때? 난 당신이 약속을 잘 지키는 사람이었으면 좋겠어."

조양자는 조용히 사무량을 응시했다.

그가 심법을 가르쳐 달라는 것은 단순한 호기심이 아니다.

오래전부터 무공을 갈망하던 자다. 때문에 심법에 대한 그의 관심은 사뭇 진지했다.

"무당파의 심법은 가르쳐 줄 수 없다."

결국 조양자는 한숨을 내쉬며 입을 열었다.

"나도 무당의 심법은 배우고 싶은 마음이 추호도 없어."

"심법까지만이다. 나머지는 네 몫이겠지만… 태을 진인께 들어서 잘 알고 있으리라 생각한다. 네가 무공을 익히면 우리는 널 반드시 죽여야 한다. 알겠나?"

"단정 짓지 마. 당신들이 날 죽일 수 있는가 없는가는 그때

가서 봐야 알 일이지.”

조양자는 고개를 설레설레 저었다.

“좋다. 시간이 없으니 혈을 짚어주면서 설명하마.”

그는 사무량의 옆에 다가 앉아 가장 기본적인 심법을 설명하기 시작했다.

태어날 때부터 무인인 사람은 없다지만, 조양자는 그 말을 믿지 않았다. 무인은 태어날 때부터 무인이 될 운명을 짊어진다.

그것이 자의든 타의든 간에 무인이 될 재목들은 반드시 무인이 되고 만다.

어렸을 때부터 하는 심법 수련이 그렇다. 무가에서 태어난 자식들은 자연스레 심법을 익히지만, 그렇지 않은 자들 중에서도 자신이 무에 조금이라도 재능이 있다고 생각하는 녀석들은 어떻게 해서든 무공을 배운다.

세상은 달라졌다. 무공을 배울 수 있는 기회가 흔해졌다.

널려 있는 게 무관이고, 실력이 있거나 조금 산다는 집 자식들은 중소 문파에 입문했다. 고아, 또는 형편이 여의치 않은 자들에게는 개방이라는 무공을 배울 수 있는 낙원이 존재했다.

무슨 이유로 무공을 배우는가.

자기 수련을 위해서? 아니면 누구를 죽이기 위해? 또는 죽지 않기 위해?

세인들에게 있어 무인은 두려움의 대상인 한편 경의의 대상이기도 하다.

한 번 살고 마는 인생, 무인으로 살다가 죽고 싶은 사람도 많을 게다. 몸엔 무기를 소지하고, 갈고닦은 무예를 펼치고…

보라, 얼마나 멋스러운 인간들인가!

세상물정을 몰라서 하는 소리다.

세상은 넓고 무인의 수는 백사장의 모래알처럼 많다지만 진정한 무인은 찾기 힘들다.

살얼음판 위를 걷는 것처럼 보보마다 긴장감 서린 경험을 한 자가 과연 얼마나 될까. 언제 어디서 날아올지 모를 검을 막기 위해 온몸의 촉각을 곤두세우며 살아본 인간들이 대체 얼마나 되겠는가.

검으로 일어선 자 검으로 망한다 했다.

무공은 어린아이 장난이 아니다. 무인이 된 이상 목숨을 걸고 항상 조마조마하며 살아야 하는 운명을 쉽게 받아들여선 안 된다.

무공에 입문하는 것이 지옥의 불구덩이 속으로 들어가는 걸 깨닫게 될 때는 이미 늦는다. 그때서야 후회를 한다 해도 시간은 되돌릴 수 없는 것을.

조양자는 아무것도 모른 채 무인을 동경하는 자들을 볼 때마다 한숨이 새어 나왔다.

"단전(丹田)에서 만들어진 기는 회음(會陰)으로 시작해 명문(命門), 천주(天柱), 백회(百會)를 거슬러 올라간 후, 태양(太陽), 기문(其門)을 타고 내려와 다시 단전으로 돌아간다."

조양자는 혈도를 하나씩 짚어주며 그의 몸을 살폈다.

'백날 외워봐야 소용없지. 단전에서 기운을 만들어내는 것도 쉬운 일은 아닐 터. 게다가 경혈이 뚫리지 않은 상태라면 더더욱.'

너무 특별한 인간이기 때문에 기대를 했던 것일까. 결과는 대실망이었다. 왜 심법을 전수해 주어야 하는지 신세가 한탄스러워 웃음이 새어 나올 지경이었다.

사무량은 기본적으로 무공을 익히지 않은 일반인들과 똑같은 수준의 몸이었다.

금 그릇에 담긴 보리 알갱이란 표현이 적합하다.

근골은 조양자도 감탄할 정도로 뛰어났지만 기대에 미치지 못할 만큼 나약한 속.

경혈은 대부분이 굳어가는 상태고, 체력을 단련한 적이 없어 기의 활동도 원활하지 않았다.

사무량은 우선적으로 체력부터 단련시켜야 한다. 그리고서 노력 끝에 단전에 한 줌의 진기가 모여진다 하더라도 경혈을 뚫는 데는 그의 몇 배에 달하는 시간이 필요할 게다.

사무량이 운기조식을 일주천(一周天)하는 덴 적어도 최소한 오 년의 시간을 투자해야 할 게다.

웃통을 벗은 사무량의 상체를 짚어 나가던 조양자는 문득 무언가 허전한 느낌이 들었다.

있어야 할 것이 없는 것 같은 느낌. 그게 무엇인지 곰곰이 생각하던 조양자는 사무량의 허리 부근에 시선을 고정시켰다.

'…없다, 동굴에서 보았던 붉은 문신이!'

조양자는 분명 잘못 보지 않았다. 희미했지만 그림이 분명했다. 그것이 문신일 것이라 믿어 의심치 않았는데…….

사무량의 살갗은 무슨 일이 있었냐는 듯 새하얗다. 그 어디에도 그림을 그려놓은 흔적은 보이지 않았다.

'귀신이 곡할 노릇이군.'

정말 무엇에라도 홀려 잘못 본 것이라면 그러려니 하겠다.

"끝났으면 그만 가지."

사무량은 조양자의 기분 따윈 전혀 눈치 채지 못한 채 자리에서 일어섰다.

지난 며칠간 사무량이라는 인간에 대해 조금은 알게 되었다.

열여덟 살의 나이.

여타의 청년들이 그러하듯 사무량도 제 나이에 맞게 평범한 인간이었다. 조금은 건방진 면이 없잖아 있는, 많은 사람들 속에 넣어둬도 눈에 띄지 않는 지극히 평범한 자라고 할 수 있다.

하늘이 어떠한 인간에게 특별한 자질을 주는 기준이 무엇일까 곰곰이 생각하게 되었다.

개중엔 사무량처럼 평범한 자도 있을 테고, 그렇지 않은 자도 있을 게다.

자질을 가진 사람들 대부분이 잠재되어 있는 자신의 능력이 발견되는 순간부터 갈고닦아 더욱 발전시키려 한다. 무공에 특별한 자질을 갖는 것도 하나의 능력이라면 능력이랄 수 있다.

다듬어지지 않은 원석이 아름다운 보석으로 둔갑하는 것처럼 조양자가 알고 있는 인정받는 실력자들의 대부분이 모두 피나는 노력에서 비롯되었다는 것을 알고 있다.

그러나 무슨 일에든 예외는 있는 법.

사무량은 좀 특별한 경우다.

똑같이 주어진 자질이되, 아무런 노력 없이 스스로 발전할 가능성이 있는 자질을 무슨 말로 설명할 수 있을까. 단순히 인간의 범주를 벗어나는 초능력이라고밖에 말할 수 없다.

이런 자들은 가만히 있어도 낭중지추(囊中之錐)라. 뾰족한 송곳은 주머니도 뚫고 나온다 하지 않는가.

이번 일의 전개를 놓고 보아도 사무량이 저지른 일은 아무것도 없다. 정작 본인은 방구석에 틀어박혀 무의미한 시간을 보내고 있었는데 주변 사람들이 그를 가만히 두지 않는다.

조양자는 도인이 된 이래로 운명이라는 것에 대해 깊이 생각해 본 적은 없었다.

자연의 섭리를 거스르지 마라. 세상 이치를 따르라는 틀에 박힌 말은 귀에 못이 박히도록 들었다. 그렇게 따지면 사무량은 자연의 섭리도 거스르고, 세상의 이치와도 어긋나는 사람인 셈이다.

문득 조양자는 자신이 한없이 작게 느껴졌다.

세상사 숨겨진 기인(奇人)이 많다고 하지만 사무량처럼 아무런 노력 없이 기인이 된 자.

그래도 하늘은 모든 인간에게 공평하다고 여기며 자신을 위로했다.

특별한 자질을 타고 났지만 저항도 못하고 단칼에 죽을 만큼 약한 인간이다. 평범하기 짝이 없으며 뛰어난 근골을 빼놓고는 보잘것없는 그런 인간.

"조양자, 만들어진 진기를 움직이게 하는 덴 오랜 시간이 걸리나?"

조양자는 눈살을 찌푸리더니 이내 사무량의 질문에 대답했다.

"우선 진기가 모아진다면 운기하는 덴 그다지 어렵지 않을 게다."

조금이나마 희망을 주기 위해 거짓말도 포함했다.

"그런가? 그것참, 생각보다 어렵군."

조양자는 자신의 귀를 의심했다.

"방금… 뭐라고 했나?"

"운기라는 것, 생각보다 어려운데?"

조양자는 어이가 없어 웃었다. 웬만해선 웃음을 참으려 했는데 이번만큼은 도저히 참을 수가 없었다. 사무량의 말엔 이미 운기를 시작해도 될 만큼 진기가 모였다는 의미가 담겨 있었으니 웃음이 나올 만도 했다.

"일단 계속 시도는 해봐야겠지. 무인이라는 사람들, 새삼 존경스러워지는군."

사무량은 다시 생각에 골몰하며 앞장서 걷기 시작했다.

第六章
협곡

스스슥! 슥!

한여름 산의 풍경과는 전혀 어울리지 않는 검은 복장의 무인들은 다람쥐처럼 나무와 나무 사이를 뛰어다녔다.

"협곡 쪽으로 가고 있습니다. 지금 포위할까요?"

혈살문의 총 지휘를 맡고 있는 야뇌(夜雷)가 초유신군에게 말했다.

"나는 이상하게 뛰어다니는 쥐보다 궁지에 몰린 쥐를 가지고 노는 것이 재미있어. 몸이 자유로우면 마음 한구석에 희망을 안고 있지만, 갇히면 희망 따위는 찾을 수 없지."

"협곡으로 유인하겠습니다."

야뇌는 하나를 말하면 열을 이해하는 자였고, 초유신군이 가장 총애하는 자이기도 했다.

초유신군은 사람을 잘 의심하는 편이라 세상에서 믿는 사람도 단둘뿐이다. 혹천주, 그리고 야뇌.

그에게 있어 야뇌의 배신이란 있을 수 없다. 사정이야 모르겠지만 어릴 적 사람들에게 몰매를 맞고 버려져 죽기 일보 직전까지 갔던 야뇌를 거둔 사람이 초유신군이다.

초유신군은 야뇌에게 생명이 은인이자 아버지이며, 스승이었다. 삼십 년 넘게 살아온 지금까지 야뇌는 초유신군에게 절대 복종했으며, 그를 위해 목숨까지 바칠 수 있도록 교육받아 왔다.

"아홉 수에 끝내."

야뇌는 양손에 쥐고 있던 반월도를 옆구리에 꽂았다.

"다섯 수 안에 끝내겠습니다."

"쯧!"

초유신군이 혀를 차며 야뇌에게 눈을 흘겼다.

"그렇게 봤으면서도 모르나? 떨어지면서 휘두르는 검에 문도 셋이 죽었어. 조양자는 무당의 기재. 지금은 사무량 때문에 몸을 사리고 있지만 쉽게 상대할 수 있는 자는 아니야. 잘해야 평수를 이루겠지."

"일곱 수에 끝내겠습니다."

"다섯 더 데려가."

"……."

"자네가 무공에서만큼은 누구에게도 지기 싫어한다는 걸 알아. 하지만 지금은 참을 때야. 흑천이 중원으로 나오면 그 땐 실력을 감추고 싶어도 드러내야 할 게야."

야뇌는 초유신군에게 정중히 인사를 한 뒤 자리에서 물러났다.

"급한 성격만 빼면 후임자로 제격일 텐데… 쯧!"

초유신군은 높게 솟아난 바위 위에 앉아서 눈 아래로 내려다보이는 절경을 감상했다.

푹푹 찌는 한여름 날씨가 시작되었다. 요 며칠은 계속 끈적임을 동반한 더위가 기승을 부렸는데 오늘은 바람도 불고 선선한 편이었다.

장마가 오려는지 하늘은 흐린 구름을 서서히 몰고 왔다.

'내년 이맘때면 바빠질지도.'

흑천이 중원으로 나올 예상 시기는 일 년 후로 잡고 있었다.

좀 더 기반을 확고히 다져 적어도 오 년 후에는 활동을 할 줄 알았다.

초유신군이 느끼는 것이지만 천주는 굉장히 서두르고 있다. 천주가 서두르기 시작한 시기는 사무량이 열여덟 살이 되던 올해 초부터였다.

천주는 사무량을 주시했다.

소림과 무당이 그를 죽이려 한다는 사실을 알고 있었기에 일부러 무당산 근처에 사람을 풀었다. 사무량을 주목하고 있는 자들이 있다는 사실을 알리기 위해서였다.

계획은 성공적이었고, 소림과 무당은 사무량을 죽이는 대신 부재도를 선택했다. 그들도 궁금한 게다. 누가 사무량을 노리고 있는지, 무엇 때문에 그를 원하는 것인지.

흑천에게 있어 사무량은 반드시 필요한 존재다.

다섯 문파가 단 한 사람, 혈광검에 의해 몰살 직전까지 치달았다.

혈광검의 무공은 독보적이다. 인간의 상상력을 초월하는 빠르기는 물론 공격과 방어, 흐름 그 어느 한쪽도 부족한 점이 없는 무공은 그를 천하제일인으로 만들었다.

날고 기는 초절정고수라도 그의 상대는 되지 못했다. 만약 그가 미치지만 않았더라면 구파일방 장문인 열 명이 합공을 하는 사태까지는 벌어지지 않았을 게다.

구파일방은 혈광검과 그를 천하제일로 만들어준 무공마저 세상에서 지웠다.

하지만 흑천은 알고 있다. 혈광검은 비록 세상에서 사라졌더라도 그의 무공은 어딘가에 남아 있다는 사실을.

사무량은 혈광검의 유일한 혈육이며 그 무공을 찾을 수 있는 열쇠다. 흑천주는 망설임없이 사무량을 생포하라는 명을 내렸다.

'추진력 하나는 뛰어난 분이시지.'

천주는 지휘 능력이 탁월하다. 개별적으로 싹을 틔우던 멸문한 다섯 문파를 하나로 규합시키는 것이야말로 최고의 지도자만이 가질 수 있는 능력이 아니고 무언가.

그런 면에서 따져 보면 구파일방의 머리는 천주에게 한 발 뒤진 셈이다.

그들도 눈치 채지 못한 다섯 문파의 성장을 천주는 오래전부터 눈여겨봐 왔다는 말이다. 뛰어난 관찰력과 정보 수집이 아니면 불가능한 이야기다.

그는 각 문파의 우두머리들을 오신군으로 임명하고, 은밀하게 세력을 넓혀왔다.

의외인 것은 천기자가 이번 일로 하여금 흑천의 존재를 중원에 조금씩 드러내자고 했을 때 보인 천주의 반응이었다.

그는 무언의 승낙을 했다. 결단력과 추진력에서도 단연 독보적인 천주의 승낙이니 이의를 제기할 수는 없었다.

사무량이 자신의 자리를 빼앗을지도 모르기에 그런 의견을 낸 천기자의 얄팍한 수라는 걸 초유신군은 알고 있었다.

천주는 모르고 있었을까? 아니다. 그도 알고 있다.

천기자가 아무리 뛰어난 지모를 가졌다 해도 결국 천주의 손바닥에서 벗어날 수는 없다. 그럼에도 불구하고 승낙을 했다는 것은 흑천이 중원에서 활동을 시작할 시기가 얼마 남지 않았다는 걸 증명한다.

사무량을 잡거나 혹은 잡지 못하거나 둘 중에 하나라도 혹천이 움직이고 있다는 사실은 변함이 없다.

초유신군은 사무량을 잡을 자신이 있었다.

조양자가 뛰어난 기재라고 하지만 혈살문 전체가 덤벼들면 무슨 수로 버티겠는가.

마음에 걸리는 것이 있다면 다른 신군들과 천기자의 생각이다.

'모두들 자존심이 강한 집단. 사무량을 놓치고도 그냥 물러설 리가 없는데……'

협곡 쪽을 바라보던 초유신군의 눈이 번뜩인 건 그 순간이었다.

"엇, 저건!"

너무 놀라 음성이 입 밖으로 튀어나왔다.

숲에서 반짝인 것은 태양에 반사된 무기에서 나오는 빛이었다. 초유신군은 안력을 돋우며 사방을 살폈다.

'철궁방의 사갑전……'

철궁방뿐만이 아니다. 언뜻언뜻 보이는 가늘고 긴 병기는 낙뢰문의 검이다.

'땅속에는 고언문이 있겠군. 후후! 천기자 네놈이 나를 믿지 못해서……'

초유신군은 천기자가 괘씸하다기보다 설마 자신이 사무량을 잡지 못하는 것이 아닌가를 생각하게 되었다. 그렇지 않고서야 천기자가 이들을 평정산으로 보낼 이유는 없다.

반짝이는 병기들은 서서히 협곡 쪽으로 움직이기 시작했다.

"일살(一殺)!"

움푹 꺼진 땅에서 흑의인 하나가 모습을 드러냈다.

"하명하십시오."

"저들과 면담을 좀 해야 할 것 같군."

"존명(尊命)!"

흑의인은 나타날 때와 마찬가지로 순식간에 모습을 감췄다.

초유신군 역시 찬바람이 일도록 옷을 휘날리며 걸음을 옮겼다.

높은 절벽을 양옆에 둔 협곡은 햇볕이 들지 않아 스산한 분위기를 절로 자아냈다.

조양자는 협곡 입구에 들어서자마자 온몸의 솜털이 곤두서는 듯했다.

'불길하다.'

손은 자연스럽게 송문검으로 향했다. 깊게 파인 상처가 채 아물지도 않았는데 또다시 싸워야 한다는 예감은 그에게 부담을 안겨주었다.

사무량은 몸을 흐느적거리며 웃고 있었다. 그도 조양자처럼 협곡에서 흘러나오는 불길한 기운을 느낀 모양이다.

"방법은 없나?"

사무량은 어깨를 으쓱했다.

"큰일이군."

조양자는 실로 난감했다.

절벽은 몸을 숨길 곳은커녕 작은 틈도 찾아볼 수 없었다.

협곡 안으로 발을 들여놓는다는 건 죽음의 길에 들어서는 것과도 같다.

"사무량, 내게서 죽음의 기운이 느껴지나?"

"후후! 당신 속셈은 뻔히 보여. 당신이 만약 죽음에 놓이게 된다면 날 먼저 죽이겠지. 그런데도 내가 말해줄 것 같나?"

같이 살자고 한 말이었다. 하나 돌아오는 대답은 냉정하기 짝이 없었다.

"됐다."

조양자는 사무량이 아군인지 적군인지 분간이 가질 않았다. 그는 사무량 앞으로 뚜벅뚜벅 걸어가 등을 보이며 몸을 낮췄다.

"업혀라."

"무모한 짓이야."

"네 걸음으로 이곳을 빠져나가려면 하루도 모자랄 게다."

조양자는 나는 새도 따라잡는다는 육지비행술을 전개할 작정이었다. 육지비행술이라면 어느 곳에서 무기가 날아든

대도 피할 수 있다. 다만 상처가 깊고 체력의 소모가 심해 얼마만큼이나 버틸 수 있을지 장담할 순 없다.

처음의 말과는 다르게 사무량은 그의 등에 순순히 업혔다. 뼈마디가 앙상한 사무량은 상당히 가벼웠다.

"검법을 펼쳐야 할지도 모르니 꽉 잡아라. 웬만하면 내 옆구리의 상처는 건드리지 말고."

"아무리 봐도 당신은 도인과는 거리가 먼 사람이야."

"허튼소리."

조양자는 진기를 끌어올렸다.

어쩌면 마지막 고비가 될 수 있는 길이다. 사무량을 빼앗기는 일은 없을 게다. 둘 다 죽건, 아니면 둘 다 살 건 분명 둘 중에 하나다.

"타앗!"

조양자는 빗살처럼 신형을 쏘아냈다.

타다닥!

푸슉! 푹!

발을 땅에 디딜 수가 없었다. 발끝이 땅에 닿는 즉시 허공으로 몸을 띄웠고, 디딘 자리에는 어김없이 현음조가 튀어나왔다.

땅속에 굴이라도 만들어져 있는지 가는 길목마다 고언문 무인들이 공격을 해왔다.

그들은 직접 잡을 수 있는 기회를 가졌을 때도 절대 밖으로 나오지 않았다. 땅속에서 움직이는 게 밖에서 움직일 때보다 편한 사람들이다.

조양자는 한 호흡 들여마시는 시간 동안 오 장씩 쭉쭉 뻗어 나갔다.

하지만 고언문의 땅속 움직임은 지상 위에서 이동하는 빠르기를 능가했다.

푸욱! 푹! 푹!

한 손에 달려 있는 현음조의 뾰족한 날은 모두 네 개.

현음조는 단순히 날카로운 것만은 아니었다. 태화궁 일행이 땅속에서 속수무책으로 당한 것은 무공이 고언문에 뒤져서가 절대 아니다.

'현음조 끝에는 극독이 묻어 있다. 살에 닿는 즉시 불귀의 객이 될 터!'

조양자는 허공으로 높이 뛰어올랐다.

멀리서 보면 발이 땅에 닿지 않고 미끄러지듯 허공을 날아다니는 것 같다.

하지만 신법이 뛰어나다고 해서 방심할 수는 없었다.

쒜에엑!

엄청난 파공음은 하늘에서 들려왔다.

날아온 것은 철궁방의 사갑전이다.

"고언문, 철궁방까지!"

땅은 가시밭이요, 하늘에선 화살이 소나기처럼 떨어져 내렸다.

화살은 참으로 아슬아슬하게 조양자를 비껴 나갔다. 철궁방의 실수가 아니다. 조양자의 등 뒤에 사무량이 업혀 있기에 정확히 조준을 한 것이 아니었다.

사갑전은 위협용이다. 조양자의 신법을 늦출 수 있는 도구에 불과하다.

신법을 늦추게 되면 땅바닥에서 현음조가 튀어나온다.

고언문 무인들은 자유롭게 현음조를 밖으로 찔러넬 수 있다. 그들에겐 조양자의 다리만 찌르면 그뿐.

공기를 찢어발기며 날아드는 사갑전은 충분히 위협적이지만 조양자는 한시도 주춤하지 않고 앞으로 달려나갔다. 그런데,

"헉!"

조양자는 짧은 경악성과 함께 몸을 높이 띄우며 허공에서 팽이처럼 회전했다.

땅바닥엔 고언문이, 절벽 위엔 철궁방, 그리고 앞길을 가로막고 있는 자들은 가느다란 검을 들고 있었다.

'낙뢰문!'

얼핏 보이도 스무 명이 넘는 낙뢰문 무인들은 검을 대각선으로 비스듬히 치켜세우고 일렬로 늘어서 있었다.

도저히 빠져나갈 구멍이 없다.

사무량을 등에 지고 있는 상태. 검을 들어 반격한다 해도 움직이는 데 무리가 따를 것이며, 옆구리의 상처도 몸의 자유로움을 구속했다.

조양자는 오던 길로 되돌아가려 급히 몸을 비틀었지만 돌연 아연실색하고 말았다. 협곡 입구마저도 낙뢰문 무인들에게 의해 막혀 있다.

위, 아래, 앞, 뒤 사방은 적에게 막혀 있는 상태. 더 이상 앞으로 나아갈 수가 없었다.

타닥!

조양자는 두 발로 땅을 짚었다. 현음조는 땅속에서 튀어나오지 않았고, 철궁방도 사갑전을 쏘아내지 않았다.

협곡엔 개미 숨소리도 들리지 않을 만큼 깊은 정적이 맴돌았다.

누구 하나라도 움직이는 날엔 돌이킬 수 없는 싸움이 일어날 게다. 물론 표적은 조양자에게로 집중되겠지만.

조양자는 불처럼 활활 타오르는 눈으로 사방을 천천히 둘러보았다.

이마에선 굵은 땀방울들이 쉼없이 흐른다. 옆구리는 욱신욱신 쑤셔왔고, 가볍다고 여겼던 사무량의 몸무게가 천근 거암처럼 느껴졌다.

빠져나갈 길은 없다. 그렇다고 목숨을 걸고 싸울 수도 없다.

자유의 몸이라면 얼마든지 목숨을 내놓는다. 하지만 절

대 내어줄 수 없는 사람이 등 뒤에 있기에 싸움을 피하고 싶다.

'결국 이렇게…….'

사무량의 호송을 부탁하던 장문인이 원망스럽지는 않았다. 오히려 이런 일을 맡겨준 것이 고마웠다. 다른 사람 같았더라면 벌써 사무량을 뺏기고도 남았겠지만 조양자에게는 지금 할 수 있는 마지막 방법이 있다.

조양자는 사무량의 몸을 받치고 있던 손을 풀었다. 자신의 목을 꽉 잡고 있는 사무량의 팔 힘이 느껴졌다.

그는 비장한 마음으로 송문검을 바라봤다. 이곳에서 처참하게 죽을 일은 없을 것이다.

질기디질긴 목숨은 바로 지금, 그 스스로 끊을 테니까.

조양자는 검병을 양손으로 움켜쥐고 검을 거꾸로 들어 자신의 심장을 겨누었다.

등 뒤에는 사무량이 있다. 검을 심장에 깊숙이 찔러 넣으면 사무량의 심장도 산산조각이 날 게다.

결국 이렇게 살다가 죽을 운명. 자신은 무인으로 살다 죽지만 사무량의 덧없는 삶은 안타까웠다. 하나, 사정을 봐줄 수는 없다. 그를 살리느니 차라리 죽이고 중원을 구하는 편이 옳지 않겠는가.

'미안하다. 내세(來世)엔 벌주(罰酒) 석 잔을 마시리.'

조양자의 손에 힘이 들어가려는 찰나였다.

“아까 보아둔 길이 하나 있는데…….”

“……!”

귓가에 속삭이는 사무량의 음성은 고조되었던 감정을 일시에 무너뜨렸다. 동시에 가슴 밑바닥에서부터 솟아오르는 긴장감이 심장을 절로 뛰게 했다.

“확실한가?”

“몸은 숨길 수 있을 것 같던데…….”

“진작 말했어야지!”

조양자는 거꾸로 쥔 검을 고쳐 잡아 검집에 넣었다. 그리고 팔로 다시 사무량의 엉덩이를 받쳤다.

“길 안내를!”

“또다시 공격해 올 텐데?”

“상관없다!”

“화살을 쏘아대는 놈들은 몰라도 땅속이나 검을 든 놈들은 당신을 기필코 죽이려 들 거야.”

“잔말 말고 길 안내나 해!”

조양자는 몸을 살그머니 돌렸다. 아주 느린 움직임인데도 땅 밑의 두더지들은 소리를 재빨리 알아차렸다.

“지금!”

파앗!

사무량의 고함과 함께 땅속에서 현음조가 튀어나왔다. 조양자는 여태까지 왔던 방향을 향해 몸을 솟구쳤다.

철궁방은 움직이지 않았다. 대신 앞길을 막아섰던 낙뢰문 무인들이 조양자를 따라오기 시작했다.

삐이익!

어디선가 기다란 호각음이 들려왔다.

땅 밑에서의 공격은 더 이상 없었다. 대신 방금 전까지 현음조가 튀어나왔던 땅바닥은 낙뢰문 무인들이 달려와 디뎠다.

사무량에게 해를 입히지 않고 무사히 탈취할 수 있는 데는 전면전이 필요하다. 낙뢰문은 전면전을 맡았다.

땅속에선 고언문이 대기 중이니 염려 말라. 여차하면 철궁방이 사갑전을 쏘아내니 무어가 걱정이겠는가.

이것이 끝이 아니다. 절벽에서 뒤따라올 혈살문을 생각하면 차라리 이곳에서 죽는 게 나을지도 모른다.

'사무량을 원한다 한들 멸문한 네 문파가 각기 무당을 상대로 덤벼들 리 없다. 그래, 이건… 이들이 하나로 뭉쳤어! 확실하다. 중원이 경계해야 할 또 다른 세력!'

쉬익—!

낙뢰문은 무서운 속도로 달려왔다.

하지만 더욱 무서운 것은 그들이 다가오는 속도보다 뇌성무류검법의 빠르기다.

실제로 본 적은 없다. 객잔에서 증거만 보았다. 도저히 육안으로 구별할 수 없는 섬전 같은 빠르기의 검법. 무려 이십여 명이나 되는 강자들이 조양자 자신을 향해 일시에 달려들고 있다.

어지럽지만 질서가 있는 움직임이다.

낙뢰문은 혈살문처럼 한꺼번에 검법을 쏘아낼 수 없기 때문이다. 정말 눈 깜짝할 사이에 훑고 지나가는 뇌성무류검법은 동료의 합공을 허용하지 않는다.

상상을 초월하는 빠르기를 가졌음에도 불구하고 동료가 펼치는 뇌성무류검법을 받아내기엔 몸이 따라주지 않는다.

우습지 않은가, 검은 날개가 달린 듯 살아 움직이는데, 그 검법을 통달한 인물들이 동료가 떨치는 검의 움직임을 포착하지 못한다는 것이.

조양자는 죽음을 예감했다.

절벽에서의 절망은 지금에 비하면 아무것도 아니었다. 젖먹던 힘까지 짜내어 경공을 펼치려 했지만 체력의 소모가 너무 심했다.

낙뢰문 무인은 조양자의 지척까지 다가왔다. 조양자는 이미 늦었다는 것을 알면서도 검을 뽑으려 했다.

"좌로!"

그보다 빨리 지겨운 음성이 귓가를 세게 때렸다.

조양자는 무의식적으로 좌측으로 몸을 틀었다. 순간,

피잉!

한줄기 예리한 검광(劍光)이 방금까지 조양자가 있던 곳을 훑고 지나갔다.

급히 고개를 돌린 조양자의 눈이 검을 날린 무인의 눈과 부딪쳤다.

무인의 눈가에 놀람이 서렸다. 빠르기로 단연 으뜸인 뇌성무류검법을 피한 자가 있다는 사실에 놀라는 듯했다.

"아래!"

조양자는 오른발로 땅을 차고 뛰어올랐다.

슈아악!

뒤늦은 파공성이 아랫부분에서 회오리쳤다. 조금만 늦었어도 그의 두 다리는 무릎부터 절단이 났을 게다.

"사무량, 너!"

조양자는 윽박을 지를 틈도 없었다. 사무량의 음성은 또 한 번 터져 나왔다.

"위!"

고개를 뒤로 크게 젖혔다. 날카로운 검날이 아슬아슬하게 면전 위를 훑고 지나갔다.

'난 분명 검이 움직이는 기척도 잡아내지 못했는데……!'

조양자는 당혹스러웠다.

너무 빨라 기척조차 잡을 수 없는 검법이다. 그런데 무공도 익히지 않은 사무량은 검이 날아올 방향을 말해주고 있다.

도대체 어떻게 된 일인가.

"우측 허리!"

사무량의 외침은 끊임이 없었다.

"좀 더 빨리 말해줄 수 없나!"

"십 장만 더 가!"

"귀청 떨어지겠다! 좀 조용히 말햇!"

"하하하!"

사무량은 조양자의 등에 업힌 채 박장대소를 터뜨렸다.

웃음이 나오나? 지금 이 상황에 정녕 웃음이 나오는가!

사무량이 말한 십 장 밖, 우측 절벽 사이로 작은 틈이 보일 때까지 조양자는 혼신의 힘을 다해 달렸다.

틈에 도달한 조양자는 등에 업고 있던 사무량을 던지듯 안으로 밀어 넣었다. 그리고 검을 빼 들었다.

따당! 땅!

한 번의 충돌이 일며 병기에서 불똥이 튀겨졌다.

상대가 뒤로 물러선 사이, 조양자는 틈 안으로 몸을 깊숙이 들이밀었다.

파바바밧!

틈 입구에서 한바탕 검 놀림이 일어난 뒤, 낙뢰문의 검은 다시 보이지 않았다.

"헉! 허억!"

조양자는 가쁜 숨을 토해냈다.

긴장이 풀리자 옆구리의 상처가 더욱 아파왔다. 그는 호흡을 조절하며 주위를 살폈다.

“이런……!”

간신히 목숨을 건졌다고 생각했건만 두 사람이 있는 곳의 사정은 그리 좋지 못했다.

틈은 딱 두 사람만 들어갈 정도로 비좁았다. 반대편은 막다른 길이니 다른 곳으로 도주할 수도 없다.

그뿐만이 아니다. 고개를 들어 하늘을 바라봤을 때, 조양자는 화살로 자신들을 겨냥하고 있는 철궁방 무인들을 볼 수 있었다.

낙뢰문이 공격하지 못해서 물러섰는가? 아니다. 그들은 조양자가 순순히 나오기를 기다리고 있다. 철궁방과 고언문도 마찬가지일 테고.

곳간에 갇힌 쥐 신세였는데, 이젠 독 안에 든 쥐가 되어버렸다.

“완전히 포위당했는데?”

사무량은 박장대소를 터뜨린 걸로도 모자라 무척 여유로운 음성으로 중얼거렸다.

벽에 등을 밀착시킨 조양자는 무서운 눈길로 사무량을 응시했다.

무엇보다 궁금한 점이 많았다.

낙뢰문의 검의 기적을 어떻게 알아냈는지부터…….

2

"허허허!"

초유신군은 기가 막혀 말이 나오지 않았다.

그의 예상은 정확히 맞아들었다.

뒤로 물러난 줄 알았던 낙뢰문, 철궁방, 고언문 모두 천기자가 다시 불러들였다.

다른 신군들의 모습은 보이지 않았다.

"혈살문이 이번 일을 맡았다는 것을 모르고 있지는 않을 텐데?"

"저희는 천기자의 명을 받았을 뿐입니다."

얼굴이 갸름하고 턱의 근육이 볼록 튀어나온 자가 고개를 숙이며 한 발 앞으로 나섰다.

본래는 낙뢰문 수령단주(收靈團主)였던 자, 흑천의 인룡대(刃龍隊) 부대주 강균(强龜)이다.

강균의 말투는 고분고분했지만 얼굴에 숨겨져 있는 불만을 눈치 채지 못할 초유신군이 아니었다.

철궁방을 이끌고 온 영화대주(永和隊主) 독고성(獨孤星)도, 고언문의 꼽추 난쟁이 가노귀(嘉鷺鬼)의 표정도 별반 다르지 않았다.

이들에겐 사무량을 생포해야 하는 의무가 있다. 천기자의 직접적인 명 때문이 아니다.

천기자는 다른 신군들에게 넌지시 이야기를 꺼냈을 게다.

이들은 각기 자신들 문주의 명을 좇고 있다.

"천기자의 명령이 아니겠지."

지위만으로 놓고 보자면 초유신군의 지위는 이들이 충성을 바치는 다른 신군들보다 높으면 높았지 낮지는 않다.

지금 이 자리에서 명령을 할 수 있는 사람은 오직 초유신군뿐이며, 나머지 사람들은 절대적으로 그의 명령을 받아들여야 한다.

그러나 모두는 절대적이라는 말을 가슴에서부터 받아들이지 않았다.

'체계가 제대로 갖춰지지 않았어.'

이런 상태라면 아무리 흑천주의 명이라도 자신들의 문주가 원치 않는다면 따르지 않을 자들이다.

'흑천이 중원에 나오려면 아직도 멀었군. 사무량이 우선은 아니지. 내부부터 다스리지 않고서야 무슨 대업을 벌일꼬.'

초유신군은 즉시 결단을 내리기로 마음먹었다.

"자네들은 이곳에서 물러나게. 혈살문이 맡았으니 끝까지 책임져야지."

세 사람은 서로의 눈치를 살폈다.

"송구하오나 천기자의 명인지라……."

"말귀를 못 알아듣는군. 이것 하나는 알려주지. 천기자가 감히 오신군과 비견되는 지위를 가졌다 생각하는가?"

초유신군은 뒷말에 더욱 무게를 실었다. 더는 천기자의 명이라 변명을 하지 말라는 경고이기도 했다.

"그것이 아니오라……."

"강균이라 했나? 뇌성신군이 사람 하나는 잘못 거둔 듯싶어. 윗사람의 명령을 듣지 않는 것은 문제가 있다는 소리지. 정녕 흑천이라는 이름에 먹칠을 하고 싶은 것인가?"

"사무량을 잡아야 합니다."

"버릇없군. 감히 내 앞에서 의심의 말을 꺼내다니."

강균을 포함한 세 명의 사람은 잠시 머뭇거렸다.

초유신군의 무공은 세 명이 합공을 한다 해도 승산을 장담할 수 없을 정도로 고강하다. 그런 그의 몸에서 서서히 살기가 피어오르고 있었다.

그리고 그들은 초유신군의 결단력이 흑천 제일이라는 점도 알고 있었다.

한마디만 더 대꾸를 하다가는 이 자리에서 목이 날아갈지도 모를 판이다. 다른 신군들의 눈치를 보지 않는 자. 초유신군이 바로 그런 자였다.

"송구합니다. 오해 없으시길."

세 사람은 정중히 머리를 조아렸다.

"알아들었으면 그만 가보시게."

초유신군은 냉정하게 몸을 돌렸다.

그는 협곡 아래를 말없이 내려다보며 두 눈을 가늘게 좁혔다.

천운이 따랐는지 몰라도 지금까지는 목숨을 건졌지만, 혈살문이라면 조양자도 이곳에서 생을 마감하게 될 것이다.

사무량을 만나야 한다. 그가 어떤 인물인지 직접 알아봐야 한다. 무공이 있는 위치의 단서를 쥐고 있는지, 아니면 아무것도 모르는 천둥벌거숭이인지. 만약 후자라면 그에게 남는 것은 죽음뿐이다.

"소리."

"소리?"

"당신 등에 업혀 있을 때 뒤에서 검이 날아드는 소리를 들었지. 난 당신이 움직일 거라 생각했는데 전혀 움직일 생각을 않더군. 그래서 말해준 거고."

조양자는 사무량의 말을 믿을 수가 없었다.

그는 소리를 전혀 듣지 못했다. 검이 훑고 간 자리에 남겨진 잔영을 보는 것이 전부였다.

사무량을 등에 업었어도, 도주하느라 정신이 없었어도 살을 노리고 날아드는 검의 소리를 듣지 못할 리가 없다.

하지만 사무량은 들었단다. 예감이 아니고 소리를 직접 들었다고 한다. 믿을 수 없다. 사무량은 분명 거짓을 말하고 있다.

'아니야⋯⋯.'

조양자는 혼란스러웠다.

만약 그가 거짓을 말했다면, 피할 위치를 가르쳐 준 것 모두가 거짓이 되는가.

한 가지 확신할 수 있는 것은 사무량이 들은 게 소리가 아니라는 점이다.

어떠한 물건이든 움직이기 직전에 소리를 내는 것은 없다. 손도 박수를 쳐야 소리가 나듯 귀로 들을 수 있는 모든 것은 움직임과 동시에 소리를 낸다.

검 역시 소리를 낸다. 아주 빨라 육안으로 움직임을 잡아낼 수 없는 속도의 검이라도 공기와 부딪치면 파공성을 자아낸다.

하나, 예외는 있다.

뇌성무류검법은 검이 움직이고 나서야 소리를 터뜨린다. 그만큼 빠른 검법이라는 소리다. 사무량이 소리를 들었을 때는 이미 검은 살갗을 찢어발기고 있을 게다.

그는 소리를 들은 게 아니다. 직감, 또는 상대의 움직임을 잡아내고 피할 자리를 알려주었다는 게 옳은 소리다.

하면, 조양자가 느끼지 못한 상대의 기척을 사무량이 느꼈다는 것인데…….

'말도 안 돼. 무공도 익히지 않은 자가 기척을 잡아낼 리는 만무한 일. 이것은 필시 직감이다. 앞을 내다보는 예견. 그도 아니라면… 설마……?'

순간이었지만 조양자는 사무량이 진기 운행을 시작했을지

도 모른다는 터무니없는 생각을 했다. 아니다. 혹시 모른다. 사무량의 능력은 조양자가 알고 있는 것이 전부가 아니다.

상단전이 열려 있는 자.

심법의 가장 높은 경지는 상단전을 뚫는 것.

확실한 것은 아니지만 사무량처럼 상단전이 발달한 사람은 하단전을 수련하는 것은 일도 아닐지도 모른다.

시험해 볼 수 있는 단 한 번의 기회.

조양자는 주먹을 불끈 쥐었다. 그리곤 사무량의 안면을 향해 빠르게 뻗어냈다.

슈아악―!

"……!"

위력이 실린 주먹은 사무량의 얼굴 앞에서 종이 한 장 차이로 멈췄다.

"피하지 않는군."

괜한 우려였나 보다. 미리 기척을 느끼고 위험을 감지했더라면 얼굴을 피했을 것을.

"주먹이 참 빨라."

사무량은 자신의 얼굴 앞에 멈춰 있는 조양자의 주먹을 지그시 바라봤다.

조양자는 즉시 주먹을 거뒀다.

"뇌성무류검보다는 느리다. 후… 사실대로 이야기하지. 너의 말을 어디까지 믿어야 할지 모르겠다. 무공도 익히지 않은 자가 뇌성무류검법은 피하면서 내 주먹 하나 피하지 못하다니……."

"당신의 주먹에선 살기가 느껴지지 않았으니까."

'역시!'

조양자의 예상대로 사무량은 소리를 들은 게 아니라 기운을 미리 감지한 것이다.

아! 정녕 이럴 수는 없는 것이다. 무인인 조양자가 느끼지 못한 기운을 직감으로 맞히는 자가 있다니……. 그것도 바로 눈앞에!

모든 무인이 사무량과 같은 재능을 가졌더라면 아무리 빠른 뇌성무류검법도 세상에서 사라져 버릴 게다.

반대로 사무량이 무공을 익혀 무인이 되어버린다면…….
뒷일은 생각하기도 싫었다.

조양자는 곧 생각을 접었다. 그리고 빠져나갈 수 있는 길을 생각했다.

반 각, 일각……. 시간이 유수처럼 흘러갔다. 그러나 빠져나갈 방법은 그 어디에도 없었다.

"아무래도 이곳에서 뼈를 묻어야 할지도 모르겠다."

조양자는 굳은 다짐을 한 듯 검에 손을 가져갔다.

"날 죽일 작정이군."

사무량의 눈빛은 한 치의 떨림도 없었다.

조양자는 이런 그의 눈빛이 싫었다.

두려움이라도 보였으면 좋겠다. 위기가 닥쳐 올 때는 위기를 느끼고, 가까스로 목숨을 건졌을 때는 희열을 느끼는 그런 눈빛.

하나 사무량은 시종일관 담담한 눈빛을 건네왔다. 그래서 싫었다. 그의 눈빛을 보면 왠지 모르게 살아 나갈 수 있다는 희망이 생기곤 했다. 정말 살아서는 빠져나갈 수 없는 상황인데도 불구하고.

기적은 그때 일어났다.

사무량이 고개를 까닥이며 하늘을 가리켰다.

"……?"

금방이라도 사갑전을 쏘아낼 것처럼 시위를 팽팽하게 당기던 철궁방 무인들이 허공으로 증발이라도 한 듯 감쪽같이 사라졌다.

땅속 두더지들의 현음조는 모습을 감춘 지 오래다. 그러고 보니 방금까지도 틈 밖에서 느껴지던 낙뢰문 무인들의 살기도 더는 느낄 수 없었다.

'이게 어떻게 된 일……?'

조양자는 방심하지 않았다.

무당산에서 떠나와 이곳으로 올 때까지 행운의 신은 그의 편이 아니었다. 움직이는 곳마다 함정이 자리했고, 어쩌면 지금 이것도 빠져나갈 수 있는 기회가 아니라 또 다른 함정일 것이라 확신했다.

"나가도 될 것 같지 않나?"

조양자는 대답 대신 손을 뻗어 사무량의 팔을 잡아끌었다. 그리곤 천천히 틈 밖으로 이동했다.

주위는 조용했다.

놈들이 물러가기라도 한 것인가. 그럴 리 없다. 여태까지 죽이기 위해 덤벼들던 자들이 독 안에 든 쥐를 잡지 않고 마당에 풀어줄 리가 만무하다.

틈 밖으로 빠져나온 조양자의 행동은 무척 빨랐다.

그는 봇짐 짊어 메듯 사무량을 등에 업고 빗살처럼 내달리기 시작했다.

삼십여 장쯤 뛰어왔을 때, 흙바닥에서 뿌연 먼지가 일어났다. 땅이 들썩인다 싶었는데 어느새 반월도 두 자루가 곡선을 그리며 날아들었다.

슈아악!

조양자는 용천혈(湧泉穴)에 진기를 주입시키면서 뒤로 성큼 물러섰다. 동작은 끊어지지 않았다. 왼발로 땅을 디딘 조양자는 조금 전보다 더욱 빠른 속도로 앞으로 튕겨졌다.

반월도가 채 거두어지기 전에 벌어진 일이니 상당한 속도의 신법이었다.

'이럴 줄 알았지. 마지막은 혈살문이란 말인가!'

혈살문에게 있어 주위의 모든 사물은 몸을 숨길 만한 은신장소다. 땅이며 벽이며 바위며…….

그들의 위의(僞衣)는 대단히 정교하여 주위의 사물과 구별이 되지 않는다.

벽이나 바위는 피하면 그만이지만 땅에 바짝 달라붙어 은신한 자들은 상대하기가 여간 곤욕스러운 게 아니다.

고언문의 현음조는 몸을 띄워 피하기라도 하지, 이들의 반월도는 사력을 다해야만 피할 수 있다.

조금 전처럼 사무량이 도와주면 오죽 좋겠는가. 사무량은 죽은 듯 조양자의 등에 매달려 있었다.

은신해 있는 자가 몇인지 알 수 없다. 단 한 번이라도 실수를 하는 날에는 육신은 걸레처럼 찢겨지고 토막이 날 게다.

파밧!

땅이 들썩일 때마다 여지없이 반월도가 모습을 드러냈고, 조양자는 정말 간발의 차이라 할 만큼 아슬아슬하게 몸을 피했다.

"크윽!"

고통에 겨운 신음 소리가 조양자의 입에서 흘러나왔다. 무리하게 펼친 신법 때문에 옆구리 상처가 또다시 벌어졌다.

조양자는 더는 뛰어나갈 여력이 없었다.

'이렇게 된 이상!'

대신 그는 보다 효율적인 방법을 선택했다.

등에 업혔던 사무량을 강제로 내린 조양자는 그를 자신의 앞에 세우고 송문검으로 목을 겨눴다.

땅은 더 이상 들썩이지 않았다.

"오늘 여러 번 죽이려 드는구먼, 이 가짜 도인."

"농담할 생각 없다. 어차피 승산이 없는 싸움. 어쩌면 널 정말로 찌르게 될지도 모른다."

말을 하면서도 조양자의 두 눈동자는 빠르게 이곳저곳을 누볐다. 여차하면 정말 사무량의 목을 베어낼 생각이었다.

사무량을 인질 삼아 조심스럽게 움직이던 조양자는 얼마 못 가 걸음을 멈출 수밖에 없었다.

반월도를 교차시켜 가슴에 움켜쥐고 있는 사내. 살수라기 보다 정종무공을 익힌 무인의 기도가 뿜어져 나오는 흑의사 내가 조양자의 앞으로 천천히 걸어왔다.

"야뇌라고 한다."

갈가마귀가 울어대는 듯한 음성이었다.

조양자는 여태까지 네 문파를 상대하는 동안 처음으로 상 대의 이름을 듣게 되었다.

야뇌는 범상치 않은 기도를 풍겼다. 굳게 다문 입술과 활활 타오르는 눈에선 조양자를 반드시 죽이겠다는 의지가 엿보였 다.

"혈살문 야뇌, 후후! 이름을 기억해 두지."

"넌 어차피 빠져나갈 수 없다. 사무량을 넘겨라."

"이 녀석을 넘기느니 차라리 죽이는 편을 택하겠다."

조양자는 검에 힘을 주었다. 검날이 살을 천천히 저미며 사무량의 목에 혈흔을 만들어냈다.

"이봐, 야뇌. 이 도인, 정말 나를 죽일 셈인가 본데, 웬만하면 그냥 물러서지? 난 별로 죽고 싶은 마음이 없어."

야뇌는 사무량의 말을 듣지 않았다.

그는 가슴에 안고 있던 반월도를 펼쳐 공격할 자세를 취했다.

"내 도에는 눈이 없지. 부디 원망하지 마라."

조양자의 눈에 독기가 서렸다. 그는 몸속에 남아 있는 진기한 방울마저 검을 들고 있는 손에 주입시켰다.

이제 마지막이다. 야뇌가 자신을 향해 몸을 날리는 순간, 사무량의 목에 검을 박아 넣을 것이다.

조양자와 야뇌, 두 사람 사이에 머물던 팽팽한 긴장감이 마침내 폭발하려는 찰나였다.

"쯧쯧! 다섯 더 데려가라고 그렇게 일렀거늘!"

야뇌를 꾸짖는 음성이 귓가에 울려 퍼졌다.

자신들을 향해 걸어오는 중년인을 보는 순간, 조양자는 온몸이 급속도로 얼어붙는 듯했다.

다시는 만나지 않기를 간절히 바랐던 중년인. 절벽에서 조양자에게 투지를 잃게 만들었던 사람.

"야뇌, 자네가 내 명을 어길 줄은 몰랐군. 저자가 정말로 사무량을 죽이기라도 하면 어쩌려고."

"저자를 죽이고도 사무량을 데려올 자신이 있습니다."

“아니, 됐어. 조양자와 겨뤄보고 싶어한다는 건 알아. 하나 이 일에 흑천의 존망이 걸려 있다는 걸 모르나? 경솔해도 너무 경솔하군.”

“송구합니다.”

야뇌는 깊숙이 숙인 허리를 펴지 않았다.

조양자는 두 가지를 알았다. 하나는 야뇌라는 인물이 사무량을 노리고 온 것이 아니라 자신과 싸우고 싶어한다는 것. 그리고 다른 하나는 이들이 만든 세력이 흑천이라는 것.

“지겹군. 조양자, 이쯤에서 그만 하지.”

초유신군이 조양자를 보며 입을 열었다.

“장문인은 내게 이번 여정에서 사무량을 노리는 자들이 누구인지 알아내라는 명을 내렸소. 기껏해야 중소 문파일 줄 알았지. 그 누가 되었건, 무당파 무인들을 상대로 공격을 펼치리라고는 생각도 못했는데… 후후! 당신들, 오래전 멸문한 문파가 맞다면 정말 무섭도록 성장했군.”

초유신군은 조양자의 말을 들으며 가소로운 듯 입술을 뒤틀었다.

“무섭도록 성장했다? 말버릇이 지나쳐. 우리가 중원무림으로 하여금 멸문당한 것은 조양자 자네가 약관도 넘기 전의 일이지. 방금 것은 오만이 지나친 발언이야.”

“멸문을 당했을 때는 그만한 이유가 있을 터. 당신들이 저지른 일들은 모두 무당으로 들어갔다. 후후! 다시 중원에 나온다 하여도 재멸문은 시간문제.”

일부러 신경을 자극한 말임에도 초유신군은 눈썹 한 올 까 닥하지 않았다.

조양자는 식은땀을 흘렸다.

이래서는 가망이 없다. 살아나는 것은 고사하고 시신이나 제대로 보존할 수 있을지 미지수다. 그가 알고 있는 혈살문은 그 어떤 문파보다도 지독하게 사람을 죽인다.

그 혈살문의 문주가 눈앞에 있는 중년인이니 지금 이 자리 에서 죽는다고 봐야 한다.

“독설을 내뱉을 정도라면 아직도 기운이 남아 있는 모양이 군. 하지만 지금은 시간이 없어. 대충 끝내도록 하지.”

초유신군은 뒷짐을 지었던 팔을 자연스럽게 풀었다. 바람 은 한 점 불지 않는데도 소매가 나풀거린다.

조양자는 사무량의 목에 검을 더욱 바짝 갖다 댔다.

“쓸데없는 짓은 하지 말게.”

초유신군은 짜증 섞인 말투로 작게 말했다. 그리고,

펄럭……!

소매가 심하게 펄럭인다 싶었다.

파앗! 퍽!

‘헉!’

조양자는 옆구리에 강한 충격을 받고 비명을 질렀다. 아니 다. 비명은 입 밖으로 새어 나오지 않았다.

그는 급히 검으로 사무량을 찌르려 했다. 하지만 이번에는 팔이 움직여 주질 않았다. 팔뿐만이 아니다. 온몸이 석상처럼 꿈쩍도 하지 않았다.

조양자는 너무도 어처구니없이 중년인에게 아혈과 마혈(麻穴)을 제압당했다.

'이, 이럴 수가!'

이런 무공은 본 적이 없다. 혈살문에 이러한 무공이 있다는 소리도 들어본 적이 없다. 몸에서 뿜어낸 기운만으로 사람의 혈을 정확하게 타격하다니!

초유신군은 조양자의 앞으로 뚜벅뚜벅 걸어왔다. 조양자는 그의 온후한 얼굴이 저승사자보다 더 무섭게 느껴졌다. 그때였다.

"그자는 제게 넘겨주십시오."

야뇌라 불린 자의 음성이 작게 들렸다.

초유신군의 얼굴이 천천히 그에게로 돌아갔다.

"야뇌, 자네가 내게 부탁을 한 게 이번이 처음인 것 같군. 조양자가 딱 자네에게 적합한 상대라 생각하나?"

"겨뤄보고 싶은 자입니다."

야뇌의 눈에선 투지가 일렁였다.

초유신군은 야뇌의 심정을 이해한다.

혈살문은 목표물을 하나 잡기 위해 여러 명이 합공을 펼친다. 때문에 무공을 익혔음에도 불구하고 비무 한 번 제대로 해보지 못하는 게 그들의 운명이다.

야뇌 역시 자신의 실력이 정확히 입증되지 않으니 답답한 찰나에 조양자를 만났고, 절벽에서 그의 무위를 보았다.

"좋아, 자네에게 넘겨주지."

"감사합니다."

야뇌는 조용히 한쪽으로 물러섰다.

초유신군의 두 눈이 다시 조양자 쪽으로 향했다. 정확히는 조양자의 곁에 있는 사무량에게로 향했다.

"두 번째 만남이군."

마치 조부가 손자에게 하는 말처럼 나긋나긋한 음성이었다.

초유신군은 다시금 사무량의 위아래를 훑었다.

사무량은 지극히 태연했다. 눈빛에도 한 점 흔들림이 없었다. 겁을 먹은 표정이 아니다. 사람이 물건을 대하듯 초연한 얼굴이었다.

'처음 보았을 때와는 다른 분위기.'

초유신군은 펄럭이는 소매를 모아 다시 뒷짐을 지었다.

"우리가 자네를 찾아온 목적은 이미 알 테고……."

"몰라."

사무량은 낮게 그르릉거렸다.

"난 거짓말을 좋아하지 않네."

"내 부친 때문이라면 잘못 짚었어. 난 당신들이 생각하는 것만큼 대단한 재주를 지닌 사람이 아냐. 애꿎은 사람 괴롭히지 말고 그만 돌아가.”

초유신군의 얼굴에 의아함이 떠올랐다.

“재주? 재주라니, 무슨 소리인가? 우리가 겨우 자네의 재주 때문에 이곳까지 온 줄 아나?”

“……..”

“비급이 있는 장소를 알고 있는가를 묻고 있다.”

‘비급?!’

가장 놀란 사람은 다름 아닌 조양자였다.

그는 말을 할 수도, 몸을 움직일 수도 없지만 귀는 활짝 열려 있다. 중년인에게서 나온 말은 분명 비급이었다. 하지만 무슨 비급을 말하는 것인지 도통 알 수 없었다.

조양자는 재빨리 눈동자를 돌려 사무량을 바라봤다. 그런데 놀랍게도 사무량은 미리 알고 있었다는 듯 아무런 표정의 변화가 없었다. 아니, 오히려 한쪽 입술을 말아가며 웃고 있었다.

“알고 있다면?”

초유신군이 가느다란 눈으로 사무량을 바라봤다.

“내가 만약 비급의 위치를 알고 있다면 날 강제로 데려갈 생각인가?”

초유신군의 입가에 실웃음이 걸렸다.

사무량이 비급의 위치를 알고 있다고 말해서가 아니라 너무도 당당한 그의 태도 때문이었다. 고개를 빳빳이 세우고 내뱉는 말에는 존칭 또한 전혀 들어가 있지 않았다.

여태껏 살면서 초유신군 자신을 이렇게 대한 사람은 없었다. 누리는 위치에서 언제나 수하들의 존경을 당연한 듯 받아 왔다. 한데 무공도 익히지 않은 자가 고수들에게 포위된 상황에서 고개까지 빳빳이 세우며 건방진 말투를 내뱉고 있다.

사무량은 초유신군으로 하여금 흥미를 유발시켰다.

"좋아, 강제적인 게 싫다면 선택해 보게. 부재도냐, 아니면 흑천이냐."

"……."

"부재도에 들어가면 자네는 꼼짝도 할 수 없이 그곳에서 평생을 살아야만 해. 늙어 죽을 때까지 산다는 보장도 할 수 없지. 어쩌면 들어가자마자 죽을 수도 있고."

"만약 내가 흑천으로 간다면?"

"천주 다음으로 최고의 지위를 갖게 되지. 평생 호의호식하며 지내는 건 기본. 원한다면 그 무엇이든 가질 수 있네. 또한 몇천 명의 수하를 거느릴 수 있다는 점에선 망설일 이유가 없다고 보네만."

"크크크!"

사무량은 두 눈을 가늘게 만들며 벌어진 입술 틈새로 소리 내어 웃었다.

초유신군의 제안은 충분히 유혹적이었다.

더는 바랄 것 없이 좋은 조건이다. 한 번도 사람 대접을 받지 못하고 살아온 사무량에게 귀가 솔깃할 정도의 제안이다. 무당파 사람들이 목숨 걸고 지켜온 게 헛것이 될 정도로.

초유신군은 한술 더 떴다.

"원한다면 무공도 가르쳐 줄 수 있지."

사무량의 웃음이 뚝 끊겼다. 가늘던 눈이 점점 커지며 초유신군을 뚫어져라 바라봤다.

무공에 대한 열의가 담긴 눈빛이다. 비웃던 얼굴이 무공이라는 말이 나오자 호기심을 발했다.

그렇다. 초유신군은 사무량이 가장 원하고 있는 것을 알고 있다. 절벽에서만 보아도 그렇지 않은가. 목숨을 담보로 무공을 거래할 자가 세상에 몇이나 되려고.

권력도 가져 본 자가 알고 돈도 만져 본 자가 안다. 다른 조건은 별 감흥이 가지 않으리라. 그러나 무공만큼은 다르다.

그자의 피를 물려받았으니 무공을 배우고 싶은 것은 당연한 일.

"마음에 드는가?"

"후후후!"

사무량의 입은 웃고 있었지만 얼굴은 웃지 않았다. 좀 전에 보이던 욕망의 눈빛도 거두어졌다.

"그런 느낌을 아나? 독사를 피해 숲으로 달아난 토끼가 호랑이를 만난 느낌. 무당파에서도 좋은 기분은 아니지만 당신들에게선 그보다 더 더러운 냄새가 나. 무공은 당신에게서만 배울 수 있는 게 아냐. 무공 따위로 날 어찌해 보려 하다니… 후후! 제안은 거절하겠어.”

“…….”

초유신군의 얼굴에 처음으로 변화가 일었다.

냉정하기로는 둘째가라면 서러운 초유신군이다. 흑천의 인물 모두가 이번 일에 적극적으로 나설 때도 사무량이 혈광검의 아들이 맞는지 냉철하게 봐야 한다고 생각하던 그다. 혹시 아는가. 무당파에서 사무량의 대역으로 다른 사람을 밖으로 내보냈을지.

직접 눈으로 확인한 결과 사무량은 혈광검의 아들이 맞다. 게다가 비급의 열쇠마저 쥐고 있으니 더는 망설일 이유가 없다.

하지만 그것 외에도 초유신군은 개인적으로 사무량이 무척이나 탐이 났다.

외골수적인 성격 때문은 아니었다. 약관도 넘지 않은 어린 나이지만 사내다움이 물씬 풍겨났다.

자신의 의지를 버리지 않겠다는 말은 누구든지 할 수 있다. 하나, 막상 위기에 접어들면 그런 의지 따위는 금세 허물어져 버린다.

사무량은 무인이 아니기에 더욱 그럴 가능성이 많았다. 자고로 범인들은 무인을 두려워하기 마련.

사무량을 데려가 잘 키우기만 한다면 흑천에 다시없을 무재가 될 게다.

"마지막으로 묻지. 정녕 제안을 거절하겠는가?"

"거절한다."

사무량은 들어볼 가치도 없다는 듯 바로 대답했다.

초유신군도 물러설 수 없었다.

"역시 강제로 데려가야겠군."

타앗!

뿌연 먼지가 피어나더니 사무량의 눈앞에 서 있던 초유신군의 신형이 사라졌다.

"흡!"

사무량은 갑자기 왼손에 감겨오는 완강한 힘에 깜짝 놀랐다.

어느새 초유신군은 사무량의 곁으로 다가와 그의 손목을 세게 움켜쥐었다. 한데,

"……!"

무언가 다시 사라진다 싶었다. 사무량이 정신을 차렸을 때 초유신군은 원래 서 있던 자리에 있었다.

그의 눈에는 놀람이 서렸다.

"무공을… 익혔나?"

의외의 질문이었다.

사무량은 아무런 대답도 하지 않았다.

“역시… 무공을 익혔군. 그래서 제안을 쉽게 거절한 것!”

이번에도 놀란 사람은 조양자였다.

사무량의 상태는 조양자가 가장 잘 알고 있다. 그는 단연코 무공을 익힌 적이 없다. 심법조차 몰라 자신에게 물어본 게 몇 시진 전이지 않은가.

초유신군이나 되는 고수가 그런 점을 모를 리가 있을까? 그럴 리 없다. 무언가 잘못되어 가고 있다.

“어찌 되었든 상관없다. 넌 우리에게 필요한 인물.”

초유신군은 작심을 한 듯 천천히 사무량에게로 다가왔다.

사무량을 소유하지 않으면 안 된다. 그에게서 혈광검의 무공을 받아내야 한다.

“걱정은 당신들이 해야 할 일.”

사무량의 입에서 묘한 말이 튀어나옴과 동시에,

삐이익—!

어디에선가 긴 호각음이 들렸다.

초유신군은 걸음을 뚝 멈췄다.

“문주님!”

곁에 있던 야뇌가 재빨리 외쳤다.

“지금 가서야 합니다. 어서!”

야뇌의 표정은 다급했다. 초유신군 역시 안면이 딱딱하게 경직되었다.

‘천기자……. 이런 일이 있을 줄 알고선 다른 녀석들을 보

낸 것이로군. 내가 사무량을 데리고 오지 못할 걸 미리 알고 선.'

초유신군은 분기가 치밀었다.

호각음을 알고 있다. 즉각 후퇴하라는 신호.

이곳이 하남성이고, 등봉현이 코앞에 있다는 사실을 간과했다. 적어도 이곳은 소림의 영역이다.

야뇌는 다급한 눈길을 보내왔다. 가만히 서 있는 초유신군을 보던 그가 막 사무량에게로 달려들던 찰나였다.

"놔둬. 녀석을 데려가면 흔적을 없앨 시간이 없어."

"하지만……!"

초유신군은 저벅저벅 걸어가 조양자의 머리를 세게 갈겼다.

퍼억! 쿵!

조양자는 비명도 지르지 못하고 바닥으로 쓰러졌다. 그가 혼절한 것을 확인한 초유신군은 사무량을 보며 또박또박 말했다.

"내가 초유신군이다. 기억하고 있어라. 네가 부재도로 들어가도 널 지켜보겠다. 만약 살아남는다 하더라도 네 발로 직접 들어오지 않겠다면, 그땐 널 반드시 강제로라도 데려가겠다."

"후후! 기대해 보지."

초유신군은 사무량을 차가운 눈으로 흘겼다.

그것이 마지막이었다.

다시 흙먼지가 이는 듯싶더니 초유신군과 야뇌의 신형은 점이 되어 멀어져 갔다. 그리고 협곡에 얼핏 보아도 오십 명이 넘는 승복(僧服) 차림의 사람들이 들어섰다.

"헉!"

사무량은 다리에 힘이 풀려 풀썩 주저앉았다.

초유신군이 뿜어내는 기운을 받아들일 능력이 없었다. 이를 악물고 다리에 있는 힘을 주며 참았지만 금방이라도 오물을 쏟아낼 것만 같았다.

정신력이 너무 소모되어 눈앞이 가물가물해 왔다.

"쿨럭!"

사무량은 기어이 피 한 바가지를 토해내고서야 물 먹은 솜처럼 축 늘어졌다.

3

퍼억!

"컥!"

조양자는 뼈를 부수는 고통에 비명을 지르며 혼절에서 깨어났다.

그가 있는 곳은 마차 안. 소림승 하나가 조양자의 마혈을 풀었다.

"깨어나셨소?"

"사무량은?"

조양자는 깨어나자마자 사무량부터 찾았다. 소림승의 손 짓에 고개를 돌리던 조양자는 한쪽에서 자고 있는 사무량을 발견하고 안도의 한숨을 내쉬었다.

'휴우! 꼼짝없이 끌려가는 줄 알았는데…….'

중년인이 자신에게 걸어왔을 땐 아무 생각도 나지 않았다. 분명 무언가에 맞고선 정신을 잃었는데 손이 움직이는 모습을 보지 못했다.

'다시는 만나고 싶지 않은 상대…….'

조양자는 중년인을 떠올리며 부르르 몸서리를 쳤다.

어디서 그런 자들이 나타난 것인지 모르겠다. 다시 생각해도 치가 떨린다. 미치도록 강한 상대였다. 중년인은 자신의 무공을 일 푼도 보이지 않았다. 그럼에도 조양자는 목숨의 위기까지 느꼈다.

조양자가 기절하기 직전의 기억은 긴 호각 소리가 들려왔고, 중년인과 야뇌라는 자의 표정이 딱딱하게 굳어진 것이 다였다. 그 소리가 대체 무엇일까 고민했는데 소림이 나타날 줄이야.

조양자는 그제야 자신이 이들과 인사조차 나누지 않았다는 사실을 깨달았다.

"조양자라 합니다. 법명(法名)이……?"

고개를 들고 자신의 옆에 앉아 있는 승려는 보는 순간 조양자는 놀라 황급히 자세를 바로잡았다.

"후, 후배가 선배님을 뵙습니다."

"그냥 앉아 계시오. 상처가 심하오."

승려는 인자한 얼굴로 조양자를 대했지만 그는 놀람을 감출 수 없었다.

소림에는 방장보다도 배분이 높은 원로들이 스무 명이나 있다. 가히 소림의 기둥이라고 할 수 있을 정도로 스무 명의 원로는 소림 내에서도 막강한 영향력을 행사할 수 있는 자들이다.

조양자의 곁에 앉은 승려가 바로 그 스무 명 중에 한 명인 보월 대사(普月大師).

조양자는 무척이나 놀랐다.

자신들을 마중 나온 사람치고는 너무 직위가 높은 인물이 아닌가.

이것으로 두 가지 사실을 알게 되었다.

보월 대사가 직접 나올 정도로 이번 일이 결코 가볍지 않다는 것, 다른 하나는 소림에서 사무량을 얼마나 중요시하는가.

또한 조양자는 왜 태화궁 무인이 협곡까지만 무사히 가라고 했는지를 이제야 알았다. 협곡으로 마중 나온 소림이 아니었다면 정말이지 자신은 끝난 목숨이고, 사무량은 그들에게 빼앗겼을 게다.

"놈들은 어떻게 되었습니까?"

"안타깝게도 놓치고 말았소."

조양자는 보월 대사의 너무도 의외의 대답에 미간을 찌푸렸다.

"놓치셨다는… 말씀이십니까?"

"그렇소."

"……."

흥분으로 뒤덮였던 기분이 일시에 썰물처럼 밀려 나갔다. 무엇보다 보월 대사의 말을 믿을 수가 없었다.

호각이 들려왔고, 중년인에게 일격을 맞고선 정신을 잃었다. 분명 사무량을 데려가고도 남을 충분한 시간이었다.

하지만 그들은 사무량을 데려가지 않았다. 이는 다른 말로 중년인과 야뇌라는 자에게 사무량을 데려갈 여유가 없었다는 말이다.

흔적을 지울 수 없을 정도로 촉박한 시간.

머릿속에 그림이 그려졌다.

그들은 소림승들을 보았고, 도주했다. 소림승들 역시 도주하는 그들을 보았을 게다. 그럼에도 쫓지 않았다. 마음만 먹으면 얼마든지 잡을 수 있었을 텐데 그러지 않았다는 말이다.

'이 사람들은… 미리 협곡에 와 있었어!'

조양자는 표정을 관리하기 힘들어 보월 대사의 시선을 외면하며 고개를 돌렸다.

과연 소림은 무얼 하고 있었나. 보지 않아도 알 수 있다.

적들의 진위를 파악하고 있었을 게다. 그들이 사무량을 데려가려 하자 나타난 것이다. 조양자가 죽을 위기에 처했어도 나타나지 않던 사람들이…….

조양자는 씁쓸한 마음을 가눌 길이 없었다.

이 여행의 의문이 조금은 풀렸다.

자신은 사무량을 보호하는 일을 맡았고, 죽은 태화궁과 자소궁 무인들은 적들을 끌어내는 미끼 역할을 했다는 것.

무당에서도 이 일을 알고 있을까?

아마 알고 있을 것이다.

장문인과 태을 진인은 태화궁, 자소궁 무인들은 물론 자신마저도 버릴 각오를 했다. 단지 적이 누구인지를 알아내려고, 그들이 사무량을 원하는 목적이 무언지 알아내려고.

장문인은 몰라도 태을 진인은 그럴 사람이 아니다. 분명 소림에서 강요한 일이다.

만약 태을 진인의 명을 거절하고 부재도로 갔다면 상황이 어떻게 변했을까.

"적들이 누구인지 알아내셨습니까?"

보월 대사의 고요한 눈길이 조양자에게로 향했다.

"조양자께서 더 잘 알고 계실 거라 생각되오만……."

조양자는 터져 나오려는 헛웃음을 속으로 꾹 눌러 참았다.

무당의 전서를 받지 않았었나? 직접 보고도 모르겠다는 말이 나오나? 삼척동자도 알 수 있는 것을 모른다고 하다니…….

"우선 소림으로 가서 상처부터 치료하고 장문인을 뵐 것이오. 그때까지 안정을 취해야 하오."

"사무량의 상태는 어떠합니까?"

"다행히 다친 곳은 없는 것 같소."

"다행이군요."

"장문인을 뵌 후 조양자께선 무당으로 돌아가셔도 좋다는 명이 떨어졌소."

"무슨 말씀이십니까?"

"사무량의 호송은 소림에서 맡기로 했소."

조양자는 침묵했다.

이건 아니라고 본다. 죽을 고비를 여러 차례 넘기며 기껏 사무량을 데려왔더니 이제는 손놓고 그만 물러가라?

이것은 과연 누구의 머리에서 나온 생각인가. 소림? 무당?

조양자는 무당을 떠나기 전, 태을 진인이 했던 말을 뇌리에 떠올렸다.

"난 개인적인 욕심을 부리고 싶군. 자네에게 부탁하네. 무슨 일이 있어도 사무량을 부재도에 데려다 놔야 하네."

태을 진인은 진정으로 사무량을 아끼던 사람이다. 그의 재능 때문이 아니라 어렸을 때부터 사무량을 보살피며 친자식처럼 대해주었던 사람.

그는 조양자가 직접 사무량을 부재도로 데려다 놓기를 바란다. 조양자에게 개인적인 부탁이라 하지 않았는가.

'태을 진인이라면 내가 여기서 물러서는 것을 원치 않으시겠지. 소림… 너무 큰 욕심을 부려선 안 되는데……'

"전 괜찮습니다. 부재도까지 사무량과 동행하게 해주십시오."

"하나, 위에서 명이 떨어진지라……."

"본 문엔 제가 허락을 받겠습니다. 전 사무량과 각별한 사이입니다. 그가 부재도로 들어가는 마지막 모습을 보게 해주십시오."

보월 대사는 가만히 조양자를 응시했다.

설마 이렇게까지 말했는데 돌아가라 하지는 않겠지.

"…아미타불!"

보월 대사는 한숨 섞인 불호를 토해냈다.

마차 안의 분위기는 묘했다. 보월 대사는 조양자의 옆에 앉았고, 조양자는 사무량과 마주했다.

사무량은 가만히 앉아 죽은 듯 눈을 감고 있었다. 그의 안색은 초췌했다. 한 바가지 피를 토했다고 하더니 기력이 떨어진 모양이다.

조양자 자신조차도 중년인에게서 풍겨지는 기운에 투지를 잃었는데 사무량이라고 오죽했으랴. 그럼에도 꿋꿋이 버틴 것은 칭찬해 줘야 마땅했다.

'눈을 떠!'

조양자는 사무량의 눈이 뜨이기를 바랐다.

소림에 도착하기까지 얼마 남지 않았다. 소림에 도착하면 사무량과 자신은 떨어져 있을 게 분명하다. 두 사람이 소림 방장을 만나는 시간도 각기 다를 것이고.

도착하기 전에 물어보고 싶은 말이 많다. 하나 옆에 앉은 보월 대사 때문에 직접적으로 사무량에게 말을 건넬 수가 없었다.

전음(傳音)을 보낼까도 생각해 보았지만 보월 대사를 옆에 두고는 너무 위험한 방법이다.

하는 수 없이 사무량이 눈이 뜨이기를 바랐지만 그는 팔짱을 끼고 죽은 듯 미동도 하지 않았다.

덜컹!

쉬지 않고 달리던 마차는 등봉현에 다다라서야 멈췄다.

그때, 곁을 떠나지 않을 것 같던 보월 대사가 자리에서 일어났다.

조양자에게 주어진 마지막 기회.

보월 대사가 마차 밖으로 나가고 나서도 창문으로 재차 확인한 조양자는 사무량의 곁으로 다가갔다.

"사무량, 일어나!"

조양자의 예상과는 달리 사무량의 눈은 의외로 쉽게 뜨였다. 그의 섬뜩한 눈동자는 조양자에게 고정되었다.

"놈들이 말한 비급이라는 게 무어냐?"

사무량에게선 대답이 없었다.

마음이 다급한 조양자는 다시 한 번 창문 밖의 동정을 살폈다.

"내 말 잘 들어. 소림으로 가면 장문인을 만나게 될 것이다. 놈들이 말한 비급이 무언지는 모르겠지만 소림도 알고 있을 게다. 그들 역시 놈들이 원하는 것을 원한다. 만약 네게 무엇을 물어보더라도 모른다고 해라."

"명령하는 건가?"

"부탁이다."

"누구를 위해서? 분명 나는 아닐 테고, 당신을 위해서? 아니면 무림의 평화를 위해서?"

조양자는 쉽게 대답하지 못했다.

엄밀히 말하자면 후자가 맞다.

이제 소림에서 사무량을 보자던 이유를 알게 되었다. 비급 운운하던 흑천. 그것이 무슨 비급인지는 모르겠지만 소림도 알고 있는 것이 분명하다.

또한 비급에 대해서 무당은 모르고 있다. 알았다면 사무량을 떠나보내기 전에 먼저 알아내려 했을 게다.

흑천에게 사무량을 넘길 수 없듯 소림에게도 넘길 수 없다.

사무량은 그 어느 누구도 소유해선 안 된다.

조양자가 바라는 것은 오직 사무량을 부재도로 데려가는 것이다. 현재로선 그 방법이 사무량을 위해서도 가장 좋다는 걸 알고 있다.

"조양자, 아직도 모르겠나? 무당은 이미 당신을 버렸어. 그런데도 지금 무당을 걱정할 땐가? 나라면 화가 나서 참지 못할 것 같군. 당신, 이번 일이 끝나면 아무 일 없다는 듯 무당으로 돌아갈 수 있을지 아주 궁금해."

사무량은 서슴없이 조양자의 정곡을 찔렀다.

무당에서 버려졌다는 것. 제삼자인 사무량마저 느낄 정도라면 사실에 가까운 일일 텐데, 사실로 밝혀진 것이 아니기에 아직은 믿고 싶지 않은 심정이다.

하나 사무량의 마지막 말은 조양자를 다시금 생각하게 만들었다.

'그렇다. 떳떳해지려면 그 방법밖엔.'

"일어나. 이곳을 빠져나가자."

"…뭐?"

"내가 너를 직접 부재도로 데려다주마."

조양자는 무척이나 진지했다.

"쓸데없는 짓 하지 마. 당신과 함께 있으면 충분히 위험하다는 걸 몸소 겪었어. 두 번 다시 그러고 싶지 않아."

"세상 그 어디에도 네가 안전히 있을 곳은 없다. 지금밖에 시간이 없으니 어서……."

탁!

사무량은 조양자의 손길을 거부했다.

그때, 마차의 문이 다시 열렸다.

마차 안으로 들어서려던 보월 대사는 급격하게 가라앉은 분위기에 이상한 눈으로 두 사람을 바라봤다.

"내 말 똑똑히 들어. 조양자 당신은 도인이 될 재목이 아냐."

사무량의 입에선 여전히 시리디시린 음성이 흘러나왔다.

조양자는 하는 수 없이 자리에 앉았다.

第七章
필연적인 기연

숭산은 무척이나 고요했다.

일행이 소림으로 들어서고 사무량이 객방으로 안내받을 때까지 만난 승려는 단 한 명도 없었다.

소림 안에서도 사무량의 존재는 철저히 비밀에 붙여졌다.

사무량은 침상에 누워 꼼짝도 하지 않았다.

누군가가 들어와 무려 세 번에 걸친 식사를 가져왔지만 한 젓가락도 입에 대지 않았다.

배고픔을 잊었다. 사무량의 머릿속에는 온통 초유신군의 얼굴만이 떠올랐다. 눈 깜짝할 사이에 조양자를 꼼짝할 수 없도록 만든 그의 신위는 진정 놀라웠다.

의식으로 단전에 진기를 만드는 것은 생각보다 쉬웠다. 너무 쉬워 무공이 이 정도라면 나도 할 수 있겠다는 생각을 한 건 사실이었다.

그런 생각은 초유신군을 보면서 산산이 무너졌다.

그를 보는 순간 태산을 마주한 것 같았다. 절벽에서 보았을 때는 그런 느낌은 들지 않았다. 하지만 심법을 배우고 다시 협곡에서 부딪쳤을 때는 자신도 모르게 진땀이 흘렀다.

보월 대사라고 했던가?

그를 만났을 때도 거대한 산 앞에 놓인 것 같았다. 초유신군을 보았을 땐 무섭도록 치가 떨리던 반면, 보월 대사에게선 깊이를 알 수 없는 호수처럼 잔잔한 기운을 느낄 수 있었다.

아마 태을 진인도 마찬가지였겠지.

많은 생각을 하게 되었다.

일초지적거리도 되지 않는 자신이 멋모르고 그 앞에서 얼마나 버릇없이 굴었던가. 만약 지금 다시 태을 진인을 본다면 예전처럼 막대하지는 못할 것 같다.

하지만 무공이라는 것을 알고선 무인들의 기세에 주눅이 든 것은 아니다.

알 수 없는 승부욕.

언젠가 자신도 그들처럼 될 수 있다는 상상은 사무량을 들뜨게 했다. 무공은 사무량에게 새로운 인생을 줄 수 있는 계기라는 걸 확신할 수 있었다.

"후우, 후우!"

사무량은 천천히 호흡했다.

예전엔 아무렇게나 쉬던 숨이었다. 살아 있는 한, 숨 따위야 저절로 쉬어지기 마련. 한 번도 중히 여긴 적이 없었다.

지금은 다르다. 조양자에게서 배운 심법은 숨 한 올도 보물처럼 소중하게 다뤄야 한다.

가슴이 아닌 배로 숨을 쉬되 호흡은 가늘고 길게.

한 숨, 한 숨이 모여 진기를 이뤄낸다는 생각만으로도 벌써 아랫배가 묵직해져 오는 것 같다.

사무량은 침상에서 상체를 일으켜 가부좌를 틀었다. 살짝 현기증이 치밀었지만 곧바로 눈을 반개했다.

눈으로 볼 수 있는 것은 코끝뿐이지만 마음으로 볼 수 있는 것은 무궁무진하다.

마음은 눈으로 볼 수 없는 진기를 만들어낸다.

호흡이 편안하다. 불편하던 숨소리가 차분히 잦아들었다. 굳이 의식하지 않아도 몸은 외부의 공기를 받아들인다.

숨을 쉬면 쉴수록 묵직한 아랫배에서 따뜻한 기운이 느껴졌다. 영혼이 허공에 둥실 떠 있는 것처럼 몽롱하다.

진기가 모아졌으니 기혈을 따라 운기하는 일만 남았다. 하나, 쉽지 않다. 어렸을 때부터 심법을 익히지 않은 관계로 기혈에 탁기가 쌓여 있다던 조양자의 말이 처음에는 이해되지 않았지만 이제는 알 수 있을 것 같다.

불가능하지는 않다고 했다. 진기도 만들어졌는데 운공이라고 못할 리 있겠는가.

결국엔 노력만이 길이라는 소리다.

사무량은 다른 것에 집중했다.

인체 오감(五感)으로 느낄 수 있는 모든 것. 흐릿한 시각을 통해 코끝을 바라보고, 후각과 미각을 통해 공기의 냄새와 맛을 느끼려 했다. 창문에서 불어오는 따뜻한 여름의 바람은 살갗에 부드럽게 닿았으며, 귀로는 소리를 들었다.

뚜벅… 뚜벅!

누군가의 발걸음 소리가 생생하게 들려왔다. 멀리에서 들리는 발걸음 소리가 점점 가까이 들려오고 있었다.

끼익!

방문이 열렸다. 동시에 사무량의 감겨 있던 두 눈도 서서히 뜨였다.

두 눈을 동그랗게 뜬 채 문가에 서 있는 노승의 얼굴이 보인다.

사무량과 노승은 한동안 말없이 서로를 바라봤다.

"시주, 몸은 좀 괜찮으신지?"

경직되어 있던 안색을 풀며 노승이 다가와 물었다.

사무량은 고개를 돌렸다. 자신을 바라보는 노승의 눈빛이 예사롭지 않게 빛나고 있는 걸 사무량은 보지 못했다.

그는 다시 눈을 반개하며 내면에 집중했다. 누군가가 곁에 있지만 운기를 하는 데 방해되지 않는다.

꿈틀거리는 진기가 갈 곳을 잃고 단전에서 머물렀다. 손으로 잡으면 만져질 것만 같다. 진기의 운용에 대해 조양자에게 더 많은 말을 들었을 걸 하며 후회가 치밀었다.

심법이란 심취하면 심취할수록 더욱 빠져든다. 마치 술을 마실 때의 느낌과 같다. 다른 점이 있다면 심법은 정신을 맑게 해준다는 것.

그때였다.

"……!"

사무량은 등 뒤에 닿는 승려의 손길에 흠칫 놀랐다. 언제 이렇게 등 뒤까지 왔는지는 알 수 없었다.

손이 닿는 순간 깜짝 놀랐지만 곧 마음을 진정시켰다.

노승의 손길은 따스했다. 누군가의 품에 안겨 있는 듯 편안했다. 하지만 그것도 잠깐.

"흡!"

입을 꾹 다문 사무량에게서 신음과 같은 소리가 흘러나왔다.

등 뒤에 얹은 노승의 손에서 뜨거운 기운이 몸 안으로 흘러들어 왔다. 이런 경험은 난생처음이다.

노승의 의도가 무엇인지 궁금했다. 하지만 나쁜 목적을 가진 자 같진 않았다. 그에게선 처음부터 선한 기운이 느껴졌다.

　노승에게서 흘러들어 온 진기는 천천히 사무량의 단전으로 몰려들었다. 눈으로는 볼 수 없지만 단전에서 어떠한 일이 일어나고 있는지 생생히 느낄 수 있다.

　외부에서 들어온 기운은 둥글게 웅크리고 있던 사무량의 진기를 보듬듯 어루만지며 감쌌다.

　나쁜 느낌은 아니다. 푹신한 비단 이불 위에 누워 있는 기분.

　노승의 진기와 한데 어울려 단전에서 놀던 사무량의 진기가 움직이기 시작했다.

　조금씩, 아주 천천히…….

　진기는 회음을 향해 서서히 내려갔다. 진기와 함께 움직이고 있는 것은 노승의 손이었다. 그의 손은 안내자라도 된 것처럼 갈 곳 잃고 방황하던 진기를 바른 길로 인도했다.

　사무량은 꼬리뼈에서 전해지는 강렬한 느낌에 솜털이 바짝 일어서는 듯했다.

　"으음!"

　"조용히……."

　노승의 음성은 외모만큼 부드러웠다. 사무량은 입술을 꾹 닫았다.

　"가만히! 몸의 변화를 느끼도록……."

　또다시 노승이 말했고, 사무량은 의식을 내면으로 가져갔다.

단전의 진기가 회음에 도달하는 데는 일각이라는 시간이 소요되었다. 거리가 일 척도 되지 않는 기혈을 통과하는 데 참으로 오래 걸린 시간이다.

회음에 도달한 진기가 등줄기를 타고 올라갈 때서야 사무량은 비로소 노승이 무엇을 하는지 알 수 있었다.

이것은…….

'운기 행공!'

그렇다. 운기행공이다.

진기는 모였지만 운공을 할 수 없었던 사무량에게 노승은 말도 안 되는 도움을 주고 있다.

혼자서는 도저히 할 수 없는 일이었다. 노력하려 다짐했지만 조양자의 말대로 진기를 움직이는 데 적어도 일 년 이상은 걸리겠다고 생각했다.

난데없이 들이닥친 기연(奇緣).

사무량이 인생에서 깨달은 하나는 얻는 게 있으면 반드시 잃는 것도 있다는 것.

노승이 아무런 조건 없이 사무량의 운공을 도와주고 있을까. 아니, 오는 게 있으면 가는 게 있다. 노승은 말하지 않았지만 분명 무언가를 바라고 있다.

거부해야 한다. 지금이라도 거부를 해야 한다.

하나 사무량은 거부하지 못했다. 노승의 손길이 너무 편안했던 탓도 있지만, 지금이 아니라면 운공을 할 수 없을 것 같다는 예감이 들었기 때문이다.

진기가 움직일 때마다 막혀 있던 기혈이 뚫리는 기분은 말로 형용할 수 없을 정도로 상쾌했다. 온몸이 땀에 흠뻑 젖을 때까지 힘들게 걷다가 차가운 시냇물에 몸을 담갔을 때의 기분 같다고나 할까. 머릿속에 담겨 있던 나쁜 기억마저도 깨끗하게 씻겨 나가는 느낌이다.

진기는 백회를 부드럽게 두들기고 안면을 통해 흘러내려왔다. 눈이 맑아진다. 코가 뻥 뚫리고, 입 안에 상쾌함이 진동한다.

가슴, 배꼽을 지나 진기가 다시 단전으로 도달하기까지 한 시진이라는 무척 긴 시간이 흘렀다.

무인들이 들으면 배를 잡고 웃을 것이다. 고작 일주천 한 번 하는 데 무슨 시간이 그리도 오래 걸리느냐고. 하지만 열여덟 살의 나이로 심법을 배운 지 칠 주야도 안 된 자라고 한다면 이야기가 달라진다. 깔깔 웃던 표정이 변하는 것은 정말이지 일순간이 될 게다.

사무량은 모른다. 스스로는 너무 더디게 느껴지던 운공이 다른 이들에겐 경악할 만한 속도라는 걸 그는 모른다.

사무량은 감았던 눈을 천천히 떴다. 주변의 사물이 다르게 보이는 것은 그저 느낌일 뿐일까.

몸이 한결 가벼워진 것 같다. 초유신군을 만난 이후로 시달렸던 두통도 깨끗이 사라졌다. 일주천 한 번이 사람을 이렇게

바꾸어놓을 수 있다니, 정녕 무공이란 놀라운 것이었다.

"후우!"

한 시진 동안 달콤한 기분에 빠져 있던 사무량과는 달리 노승의 상태는 별로 좋아 보이지 않았다.

물 흐르듯 이마에서 떨어져 내리는 땀방울이 그의 얼굴을 뒤덮었다. 목이며 등이며 땀으로 얼룩지지 않은 곳이 없다.

노승은 사무량의 등에서 손을 뗀 뒤에도 한참이나 호흡을 가다듬었다.

사무량이 일주천을 마치고도 일다경이 지났을 무렵에서야 노승은 감았던 눈을 떴다. 피곤해 보이던 그의 안색도 조금은 나아졌다.

"역시 심법을 익혔군. 확인만 해보려 했는데 운공까지 돕게 될 줄이야. 허허!"

노승은 침상에서 일어서서 옷을 털고는 창가로 다가갔다.

"소승은 보현(普賢)이라 하오."

노승은 자신을 소개하며 사무량을 흘끗 바라봤다.

사무량은 처음으로 노승의 얼굴을 자세히 볼 수 있었다.

보통 키, 나이에 비해 고운 피부, 인상을 좌지우지하는 옅은 눈썹은 끝이 아래를 향했다. 작은 눈에 담긴 눈동자는 한없이 깊었으며, 푸근함이 가득 남긴 입술은 자연스럽게 웃고 있었다.

사무량은 애써 그의 시선을 외면했다.

악한 인상을 가진 자들은 두렵지 않다. 하지만 보현 대사와 같은 사람과 마주하는 것은 곤욕스럽다.

세상과 적당히 타협을 하는 듯한 얼굴, 아무리 큰 죄를 지었더라도 모두 용서할 것 같은 인상. 사무량은 이런 자들 앞에서 자신이 한없이 작아지는 것 같아 견딜 수 없었다.

"방금 한 것은……?"

"난 운기행공을 좀 도와주었을 뿐. 꽉 막혀 있던 기혈을 뚫어놓았으니 나머지는 시주의 몫이오."

"왜 저에게 이런 도움을 주십니까?"

"쓸데없는 도움은 드리지 않소. 이걸로 인해 시주는 소림에 빛을 지었소."

사무량의 인상이 심하게 구겨졌다.

언제 도와달라고 부탁했었나? 사무량의 등에 먼저 손을 댄 사람은 노승이다.

빚은 있지만 갚을 필요가 없는 빚이다.

"물론 이번 일을 계기로 시주를 소림에 묶어두게 하고 싶은 생각은 없소이다. 나 역시 시주가 부재도로 가길 바라는 사람 중에 하나라는 것만 기억해 두시오."

노승의 말은 의외였다.

이어지는 노승의 말은 사무량의 고개를 갸웃하게 했다.

"소승이 말한 빚은 먼 훗날에라도 시주의 능력으로 언젠가 한 번쯤은 소림을 돕는 데 써달라는 말이오."

사무량의 머릿속에 태을 진인이 떠오른 것은 과연 우연일까.

이자는 태을 진인과 같은 부류의 사람이다. 진정 사람이라면 자신의 욕구를 채우기에 급급하기 마련. 이들은 자기 자신보다 속해 있는 집단의 걱정을 하기에 바쁘다.

모순이 아닐 수 없다.

조양자를 보라. 무당의 기재라 불렸고, 이번처럼 위험한 일을 군말없이 수행하기 위해 떠나왔다. 결과는 어떤가. 조양자는 목숨을 잃을 뻔했고, 무당과 소림은 그를 돕지 않았다.

이것이다. 무당은 조양자를 안중에도 두지 않았다. 죽음의 길이라는 걸 뻔히 알면서도 내보냈다. 그를 버리기로 작정하지 않고서야 불가능한 일이지 않은가.

사무량은 말없이 허탈하게 웃기만 했다.

"나는 장문께 시주에 대한 보고를 해야 하는 사람이오. 시주의 몸 상태가 생각보다 좋은 것 같으니 곧 장문을 만나도 될 듯싶구려."

"운기를 도와주신 것은……."

사무량은 감사하다는 말이 입에서 나오지 않았다.

"나중에 빚을 받을 생각이니 감사는 받지 않겠소이다. 그리고 오늘 있었던 일은 함구(緘口)하는 게 시주와 저를 위해서도 좋을 것이오. 그러니 지금부터 잊도록 하시오."

"스님께서 절 노와준 이야기를 아무에게도 말하지 말라는 겁니까?"

"돕다니, 무슨 말씀이시오?"

"방금 전 스님께서 제게……."

"소승이 시주께 무슨 일이라도? 소승은 시주의 몸에 손가락 하나 대지 않았는데 무슨 말씀이신지 도통 모르겠구려."

보현 대사의 음성에선 냉기가 펄펄 풍겼다. 선한 얼굴은 조금 전과 마찬가지였으나, 사무량에게 운기를 시킨 일은 잊어버리기라도 한 듯한 표정이었다.

'없던 일로 하자는 것이군.'

"아무것도 아닙니다."

보현 대사는 그제야 의아한 얼굴을 거두고 공손히 예를 취했다.

"그럼 소승은 이만 물러가겠소. 아미타불!"

그가 떠난 자리. 그리고 짧았지만 순간이나마 세상 전부를 손에 가진 것보다 값진 시간.

'알 수 없는 곳. 알 수 없는 인간들 세상이군.'

사무량은 다시 가부좌를 틀었다.

보현 대사가 인도한 기의 느낌을 되살려 다시 운공에 몰입했다.

소림에 머문 지 벌써 이틀.

조양자에게는 억겁보다 긴 시간이었다.

혼자 있는 시간이 과연 얼마 만인지……. 조양자는 많은 생각을 정리할 수 있었다.

사무량은 지금쯤 무얼 하고 있을까. 아직 아무런 기별이 없는 것으로 보아 소림 장문인은 만나지 않은 것 같다.

안심하기는 이르다. 소림이 사무량에게 어떠한 제안을 할지 모른다. 비급 이야기가 무언지 몰라도 소림의 손에 넘어가게 해선 안 될 것 같다.

조양자가 초조해하는 만큼 무당 사람들도 지금쯤은 잠 한숨 제대로 잘 수 없을 게다.

무엇부터가 잘못되었는지 혼란스럽다.

평화롭던 일상에 갑작스레 찾아온 일, 그리고 너무도 빨리 지나가 버린 며칠 동안의 사건들은 조양자의 머리를 더욱 아프게 했다.

조양자에겐 또 다른 과제가 남아 있다.

사무량을 부재도로 데려다주는 계획엔 변함이 없다. 하지만 일은 그 후부터다.

어찌 되었든 조양자는 무당의 도인.

무당으로 돌아가야만 한다.

물론 떳떳하게 돌아갈 수는 있다. 하지만 장문인과 태을 진인의 얼굴을 볼 자신은 없었나.

난감하기 이를 데 없는 일이지 않은가. 목숨까지 걸며 임무를 수행하려던 자신인데, 정작 무당은 그를 버리기 위해 임무를 주었다는 게.

무당이 자신의 무사 귀환을 반가워하리라는 건 불 보듯 뻔하다. 하나 조양자의 마음이 예전과 같을 수 있을지는 알 수 없다.

무당에 대한 애착이 남달랐던 자신이었건만.

조양자는 뜬눈으로 밤을 지새웠다. 그리고 결국 최악의 결과만이 주어졌다.

'장문, 태을 진인, 부디 용서를……'

생각을 정리하자 헛웃음이 새어 나왔다.

가장 먼저 머릿속에 떠오른 사람은 다름 아닌 사무량이었다. 조양자의 면전에서 도인이 될 재목이 아니라고 당당하게 말하던 사무량.

그랬다. 어쩌면 자신은 애초부터 도인과는 거리가 먼 사람일 수도 있다.

무엇을 위하여 무당파에 들어갔던가.

그들을 동경하고, 도인이 되기 위해 어릴 적 무당에 입문했다. 하루도 빠짐없이 도인의 덕목을 강제적으로 머리에 주입했다.

정말 즐거웠던 삶이었나?

모르겠다. 조양자는 평탄한 인생을 살았고, 최고가 되기 위해 노력도 아끼지 않았다.

그러나 요 며칠간 다시 생각을 정리한 결과 이보다 더 우울

한 삶은 없었다.

기실 도인이 되려던 것은 무당의 무공을 배우고 싶어서였다. 무공이 좋았다. 무공만 익힐 수 있으면 그 어떠한 것이라도 할 수 있을 것만 같았다.

지금은… 모든 것이 부질없다.

무공이야 삼류 무관에서라도 배울 수도 있다. 자질이 뛰어나야만 실력있는 무인이 되는 것만은 아니다. 삼류 무공도 일류로 탈바꿈시킬 수 있는 노력이 필요한 것을.

'이번 일이 끝나면 돌아가서 떠날 준비를 해야겠어.'

조양자가 선택한 것은 파문이었다.

파문을 요구한다고 무당에서 쉽게 나올 수는 없으리라. 그동안 익혔던 무당의 무공을 파기당할 것이다. 몸 역시 성치 못할 게다. 속세로 나가더라도 무당의 무공은 일절 쓸 수 없을 것이며, 어디 가서도 무당파 도인이었다는 말 한마디 꺼낼 수 없다.

그러나 몸 한 군데 병신이 될지언정 무거운 마음으로 남은 일생을 살고 싶은 마음은 추호도 없다. 무공이야 다시 시작하면 그만.

똑똑!

조양사는 문 두들기는 소리에 상념을 접었다.

잠시 후 문이 열리고 동자승 하나가 들어와 공손히 인사를 했다.

"몸은 괜찮으신지 여쭈라 하셨습니다."

교육을 잘 받은 듯한 동자승은 행동이 바르고 말투도 차분
했다.

"상처가 나으려면 시일이 걸리겠지만 몸을 움직일 정도는
됩니다."

"움직이실 수 있다면 신시(申時)에 장문을 뵙는 것이 어떠
냐고 여쭈라 하셨습니다."

'드디어!'

조양자의 가슴이 방망이질을 시작했다.

"사무량, 그러니까 저와 같이 온 자의 상태는 어떠합니
까?"

동자승이 처음으로 고개를 들어 조양자를 바라봤다. 맑디
맑은 두 눈에선 의아함이 가득 묻어 나왔다.

"소승은… 시주께서 무슨 말씀을 하시는지 잘 이해가 되지
않습니다."

'음?'

조양자는 두 눈을 가늘게 좁혔다.

동자승의 눈빛은 거짓을 몰랐다. 동자승은 정말로 사무량
을 모르고 있었다.

'그렇군. 소림에서조차 사무량의 존재를 쉬쉬하고 있어.
그나마 무당에 대한 예의는 아는 사람들이군. 다행이야.'

"제가 정신이 없어 다른 분과 착각을……. 송구합니다. 그

럼 신시에 장문을 뵙도록 하지요."

동자승은 금세 의문을 접었다.

"그때 다시 모시러 오겠습니다. 편히 쉬십시오. 아미타
불!"

조양자는 사무량의 안위가 무척 궁금했다. 하지만 궁금한
모든 것은 소림 방장을 만난 후에야 풀릴 듯하다.

그는 다시 생각을 정리하기 시작했다. 그간에 일어난 모든
일, 그리고 멸문당했다가 다시 나타난 문파들의 이야기 모두
소림 방장에게 고해야 한다.

물론 사무량에 대한 이야기는 빼놓을 생각이다.

2

소림사 본궁에서 조금 떨어진 용자암(龍子巖)에 올라서면
숭산 전체를 내려다볼 수 있다. 일흔두 개의 봉과 일흔 채의
사찰이 자리한 숭산의 절경은 감탄을 저절로 자아낼 만큼 아
름다웠다.

조양자는 동자승의 안내에 받아 용자암 근처의 정자로 다
가갔다.

정자는 고풍스러웠나. 화려함이라곤 찾을 수 없지만 기둥
에 새겨진 문양들을 보면 정성스런 장인의 손길이 절로 느껴
진다.

"소승은 그럼 이만."

동자승은 정자로 이어지는 구름다리 입구에서 몸을 돌렸다.

조양자는 숨을 크게 들이마신 후 구름다리를 밟았다.

절제된 동작으로 한 발 한 발 조심스레 옮겼다. 어깨를 펴고 고개를 들어 턱을 당긴 상태에서 두 눈은 전방을 향해 고정시켰다.

정자에는 세 사람이 있었다.

모두 똑같이 단정한 승복 차림이었지만 행동은 각기 달랐다.

한 명은 등을 돌려 산 아래를 내려다보았고, 다른 한 명은 기둥에 몸을 기댄 채 고개를 숙이고 있었다. 그리고 탁자에 앉아 있는 사람은… 보원 선사(普元禪師), 소림 장문인이다.

조양자는 정자 앞에서 걸음을 멈췄다.

"말학 후배가 선배님들을 뵙습니다."

각기 다른 곳으로 흩어져 있던 세 사람의 시선이 조양자에게로 향했다.

"기다리고 있었소. 올라오시오."

보원 선사의 좌측엔 무척이나 선한 인상의 노승이 앉았다. 산 아래 풍경을 굽어보고 있던 보현 대사다. 우측에 앉은 사람은 기둥에 등을 기대고 있던 사람, 보명 대사(普明大師)다.

보명 대사의 얼굴을 실제로 본 건 이번이 처음이다. 보명 대사의 인상은 강렬했다. 오십을 훌쩍 넘긴 나이에도 불구하고 몸의 균형이 잘 잡혀 있는 것이 매우 탄탄해 보였다. 듣기로는 대력금강장(大力金剛掌)을 최고의 경지까지 완성한 고수라 한다. 풍문에는 소림에서 가장 강한 무인이라는 소리까지 나돌았다. 직접 보니 그 말은 단지 풍문이 아닌 사실에 가까운 듯했다.

조양자는 보원 선사의 맞은편에 자리했다. 그의 눈길은 자연스레 보원 선사의 얼굴로 향했다.

소림 방장의 얼굴을 모르는 사람들은 과연 어떤 상상을 할까. 스님답지 않게 거대한 몸집에 강직한 얼굴을 떠올릴 게다. 그 정도는 되어야 천하를 호령하는 직위에 있는 사람으로서 적당하다 생각지 않을까.

그러나 실상은 세인들이 생각하는 것과 많은 차이가 있었다.

비쩍 말라 왜소한 체구, 주름이 늘어진 얼굴엔 군데군데 검버섯이 피었다. 아래로 축 처진 눈매는 세상을 달관한 여느 평범한 노인들의 모습과 같았다.

이자가 바로 무림의 태산북두라 불리는 소림에서도 가장 높은 직위에 앉아 있는 자다.

"초면이오."

나직하면서도 고저가 없는 음성이 보원 선사의 입을 통해 흘러나왔다.

조양자에게는 보원 선사가 초면이 아니었다. 무당과 소림의 교류가 있었을 때 자주 보아왔다. 단지 보원 선사의 눈에 조양자가 들어오지 않았을 뿐이다.

"할 말이 많은 것 같소."

본론은 바로 시작되었다.

"우선 그간 있었던 일에 대해 모두 알고 싶소."

보원 선사는 조양자에게 말할 시간을 준 뒤 찻잔을 입으로 가져갔다.

조양자는 생각을 정리한 뒤 천천히 말하기 시작했다.

객잔에서 처음 당한 습격, 자소궁 무인들의 죽음, 류하에서 벌어졌던 화살 세례와 땅속에서 받은 공격, 평정산에서 죽은 태화궁 무인들의 이야기와 절벽 아래로 몸을 날린 사건. 마지막으로 협곡에서의 난투극까지.

오랜 시간 동안 조양자의 입은 쉬지 않았다. 말을 하면서 생각해 보니 짧은 기간 동안 정말 많은 일이 일어났다. 목숨을 잃을 뻔한 적이 한두 번이 아니었다. 그럴 때마다 사무량의 도움으로 간신히 위기를 넘기기는 하였으나, 조양자는 보원 선사에게 사무량의 능력이 발휘된 이야기는 하지 않았다.

조양자가 말을 마치고도 어색한 침묵은 계속 이어졌다.

숨을 고르게 내쉬려 노력했지만 그간의 일을 떠올리니 다시금 흥분이 온몸을 감쌌다.

긴장한 탓도 있다. 죄를 지은 것은 아니나 이 세 사람, 특히 보원 선사의 고요한 기운이 오히려 마음을 불편하게 했다.

천천히 차를 음미하던 보원 선사의 입이 한참만에 열렸다.

"뇌성무류검법을 사용하는 낙뢰문, 사갑전의 철궁방, 현음조의 고언문, 반월도를 지닌 혈살문… 맞소?"

"그들은 자신들을 흑천이라 했습니다."

"흑천이라……. 네 문파 모두 오래전 멸문한 문파들. 그들이 다시 뭉쳐 세상에 모습을 드러냈다? 허허허!"

보원 선사의 웃음은 한동안 가시지 않았다. 그의 웃음소리에 허탈함과 진한 살심이 동시에 묻어 나오는 듯한 건 조양자의 착각일까.

보원 선사는 옆에 있는 보명 대사에게 조용히 무어라 속삭였다. 한참 동안 이야기를 듣고 있던 보명 대사가 고개를 작게 끄덕였다.

조양자는 내심 긴장했다.

흑천에 대한 이야기 때문이 아니라 사무량에 대한 이야기를 물어올까 불안했다. 갖은 위기 속에서 살아남은 것은 모두 사무량의 덕. 이들이 자신의 실력을 높이 평가하지 않는다면 위기에서 탈출한 방법을 물어올 터이다.

하지만 이번에도 조양자의 걱정은 그저 단순한 우려로 끝이 났다.

"사무량이라는 자에 대해서 궁금한 것이 있소만……."

“말씀… 하십시오.”

“사무량이 무공을 익혔소이까?”

“……?”

조양자는 너무도 의외의 물음에 당황했다.

“그게 무슨 말씀이십니까?”

“그가 무공을 익히고 있었다는 소리는 금시초문인지라……. 혹 오래전부터 무당에서 무공을 익히고 있었던 건 아닌지…….”

“사무량이 무당에 십 년 가까이를 살았지만 하늘에 맹세코 그 누구도 그에게 무공을 가르치진 않았습니다. 본인 역시 무공 익히길 거부했습니다.”

보원 선사가 좌측으로 고개를 살짝 끄덕이자 이번엔 보현 대사가 조양자를 향해 입을 열었다.

“사무량은 분명 무공을 익히고 있었습니다.”

조양자의 눈이 더는 크게 뜨이지 못할 정도로 부릅 뜨였다.

“호, 혹시 잘못 알고 계신 건 아닌지……?”

보현 대사의 담담한 눈길을 본 조양자는 뒷말을 이을 수 없었다.

보현 대사가 괜한 말을 꺼냈을까? 아니다. 이들은 사전에 충분히 사무량에 대해 조사했을 것이다. 그의 몸을 살폈으니 무공을 익혔다 단정 짓고 있지 않은가.

조양자는 혼란스러웠다.

평정산에서 사무량의 몸 상태를 확인할 때까지만 해도 아무것도 없는 자질에 무척 실망한 그였다.

혹시 사무량이 무당파 모두의 안목을 속이면서 몰래 무공을 익혔을까? 그럴 가능성은 절대 없다.

막혀 있던 기혈은 어떻게 설명할 것인가. 조양자가 일러준 간단한 심법 설명에도 어려워하던 그다. 보현 대사의 말대로 무공을 익히고 있었다면 왜 진즉에 도주를 하지 않았을까.

아무리 생각해도 있을 수 없는 일이다. 사무량이 무공을 익혔다니……. 하하하!

'잠깐! 그러고 보니 혈살문주도!'

순간, 조양자의 뇌리에 협곡에서의 일이 떠올랐다. 마혈을 점해 몸을 움직일 수 없었지만 혈살문주와 사무량의 움직임을 보았고, 그들의 대화를 들을 수 있었다.

혈살문주가 사무량의 손목을 잡고 곧바로 뿌리친 일, 그때 그의 입에선 분명 사무량이 무공을 익혔다는 말이 흘러나왔다. 조양자는 잘못 듣지 않았다.

"혹시… 심법을 말씀하시는 것입니까?"

"그가 진기를 일주천하는 것까지 직접 확인했소."

"……"

"무당의 심법은 아니오. 그저 평범한 심법이었소."

조양자는 머릿속이 텅 빈 백지처럼 아무 생각도 떠오르지 않았다.

사무량에게 심법을 가르쳐 준 사람은 바로 자신인데…….

보현 대사의 말을 믿어야 하는지 말아야 하는지도 판단할 수 없다.

"흐음!"

조양자는 정신을 차리고 고개를 들었다. 세 사람의 눈길이 자신에게 향하고 있다. 이들은 눈치 채고 있는 게다. 사무량에게 심법을 가르친 사람이 자신이라는 것을.

이로써 무당을 떠나야 할 이유가 또 하나 생겼다. 원로들의 명을 어기고 사무량에게 무공을 전수한 것은 파문감이다.

확인하고 싶다. 당장이라도 달려가 사무량의 등에 손을 얹고 그의 진기가 돌아가고 있는가를 직접 알아내고 싶다.

열여덟 살, 기혈이 탁해 있는 상태에서 불가능에 가까운 운기행공. 상식적으로 일어날 수 없는 일.

만약 보현 대사와 혈살문주의 말이 사실이라면, 조양자는 예전에 가졌던 생각을 정정해야 한다.

하늘이 공평하다고?

아니다. 하늘은 냉정하리만치 불공평하다.

사무량은 의자에 거의 눕다시피 삐딱하게 앉았다.

낯선 사람과 좁은 공간에 앉아 아무런 말도 없이 서로를 마주 보고 있는 것. 이런 자리는 그에게 불편했다.

똑같은 승복을 입었지만 눈앞에 있는 노승은 보현 대사와 분위기가 많이 달랐다. 처음부터 마지막까지 선한 인상을 주었던 보현 대사와는 달리 눈앞의 노승은 지극히 평범했다.

하나, 눈에서 터져 나오는 광망은 절대고수의 그것과도 같았다. 한 번 일렁이면 태산이라도 두 쪽을 낼 듯한 눈빛.

적의가 없지만 초유신군에게서 느낄 수 있던 기운보다 더하면 더했지 덜하지는 않았다.

"허허! 정녕 놀랍군. 혈광검의 아들이 벌써 이렇게 성장했을 줄이야."

사무량은 노승의 감탄 섞인 말을 귀담아듣지 않았다.

"먼 길 오느라 고생이 많았소. 소승은 소림 장문인이오."

"겉치레는 필요없고… 본론으로 넘어갑시다. 나를 이곳에 들르게 한 이유가 뭡니까?"

보원 선사의 눈이 잠시 번쩍였다. 하나 곧 작은 미소가 얼굴 전체에 퍼져 나갔다.

"허허! 형식적인 말을 싫어하는 것까지 그자를 꼭 빼닮았구려. 역시 혈광검의 아들."

"……."

"좋소. 시주의 말씀대로 긴 이야기는 필요없겠구려. 소승이 하고픈 말은 단 한 가지뿐이오."

보원 선사는 얼굴에서 미소를 지웠다. 그의 전신에서 뿜어지는 분위기는 좀 전의 인사 때와는 사뭇 달랐다. 보원 선사는 입술을 둥글게 말고 숨을 크게 들이마신 뒤, 천천히 그리고 또박또박 말했다.

"비급의 행방을 알고 싶소."

"……."

사무량은 당황했다. 하지만 당황한 모습을 겉으로 드러낼 만큼 어리석지는 않았다.

빠른 순간 머릿속에 초유신군이 떠올랐다.

그가 했던 질문, 그리고 보원 선사의 질문.

이들이 말하는 비급.

오히려 묻고 싶은 사람은 사무량이었다. 그것이 무언지 사무량은 모른다.

초유신군이 물었을 때는 안다는 대답도, 모른다는 대답도 하지 않았다. 모른다고 사실대로 털어놓았다면 그 자리에서 정말 죽을 것 같은 느낌이 들었기 때문이다.

사무량은 보원 선사에게서 초유신군과 같은 기운을 느꼈다.

"비급… 비급이라…… 후후! 그 비급이 그렇게도 중요합니까?"

"시주의 부친이었소. 그가 남긴 무공이니 당연히 중요할 수밖에 없지 않소."

'그렇군. 비급……. 부친의 무공을 말하는 것이었어. 한데 왜 내가 그것을 알고 있다고 생각하는 건가?

중요한 사실을 알았다.

흑천이 자신을 데려가려는 이유, 그리고 소림이 부른 이유.

사무량이 단순히 혈광검의 아들이기 때문이 아니다. 이들은 혈광검이 사무량에게 비급을 남기고 죽었다고 생각하고 있다.

그들은 비급을 원한다. 한때는 천하제일인으로 추앙받던 인물의 비급이니 탐이 나는 것은 당연하다.

그러나 사무량은 그 비급이 어디에 있는지 전혀 알지 못했다.

"태산북두라 일컫는 소림에 그런 비급은 필요하다 생각하지 않습니다만?"

"오해 마시오. 우리는 혈광검의 비급을 세상에서 없애야 하기 때문에 찾는 것뿐이오."

"그렇다면 더욱 말해선 안 되겠군요. 부친이 마지막으로 남긴 것입니다. 그걸 없애려고 하시다니, 제가 비급의 위치를 말하길 기대하시는 건 아니겠지요?"

사무량은 가볍게 코웃음을 쳤다.

"부재도에 가는 것을 막아드릴 수 있소."

"……."

"시주가 원하는 무공도 가르쳐 주겠소."

사무량은 의자에서 자세를 바로 하곤 보원 선사를 조용히 응시했다.

"내가 무공을 익히면 안 되는 이유를 모르신다고 생각지는 않습니다만, 그런데도 무공을 주시겠다고요?"

"시주께선 이미 무공을 익히고 계시지 않습니까?"

'심법……'

사무량은 아무에게도 말하지 말라는 보현 대사의 말을 떠올렸다.

그는 방장에게 자신이 심법을 익힌 사실을 이야기했다. 그러나 운기를 도왔다는 이야기는 빼놨을 게다.

"시주가 이미 심법을 익혔으니 시주의 목숨은 우리 손에서 해결해야 하는 것이 원칙이오."

"내가 마치 당신들의 소유물이라도 되는 듯 말씀하시는군요."

"죄를 지은 인물은 그 죗값으로 구족을 멸하오. 시주의 부친은 죄인 중에서도 대죄인. 하나, 우리는 그의 유일한 혈육인 시주를 십이 년 동안이나 살려주었소. 시주의 목숨은 이미 십이 년 전부터 우리 손에 쥐어져 있다는 뜻이오."

보원 선사의 말투는 소름 끼치도록 냉정했다.

"후후! 당신들은 이미 나를 죽일 시기를 놓친 듯하군요."

사무량은 확신했다.

이들은 협곡에서 실수를 했다.

초유신군이 나타나 사무량에게 비급의 위치를 묻기 전에 나타났어야 했다.

무당파는 비급에 대한 내용을 전혀 모르고 있다. 하지만 이제 조양자가 알게 되었다. 조양자가 무당으로 돌아가 비급 이야기를 꺼내지 않을 확률은 거의 없다.

유일하게 비밀을 알고 있는 조양자를 죽이지 않는 한 소림은 사무량 역시 죽일 수 없다. 조양자를 죽이기도 쉽지 않다. 명문정파라는 사람들이 아무런 이유 없이 무당파 도인을 죽일 리는 없을 게다. 만약 죽인다면 무당파와 사이가 틀어질 각오는 해야 한다.

사무량은 정곡을 잘 찌른 듯했다.

보원 선사는 아무런 말도 없이 묵묵히 차만 홀짝였다.

사무량도 가만히 앉아 침묵을 즐겼다.

보원 선사가 어떠한 말을 꺼낼지는 알 수 없다. 그는 괜히 소림 방장의 위치에 오른 자가 아니다.

무엇을 결정하든 거기엔 반드시 이유가 따를 것이며, 또한 소림이 손해를 보는 결정도 아닐 것이다.

시간은 속절없이 흘렀다. 두 사람이 침묵한 게 벌써 일다경.

사무량은 당장이라도 이 자리에서 벗어나고 싶었다.

"그만 일어서야 할 것 같군요."

사무량은 자리에서 일어섰다.

이야기는 이미 끝났다. 보원 선사가 무슨 말을 하든 사무량은 비급에 대한 언급은 하지 않을 것이다. 물론 알고 있는 것은 아무것도 없지만.

"내일 아침 일찍 부재도로 떠나시오."

보원 선사의 결정은 의외였다. 사무량이 비급을 말해주지 않는 데도, 그가 무공을 익혔다는 사실을 아는 데도 아무런 제지 없이 부재도로 가란다.

"그럼, 이만."

"이것 하나만은 기억해 주시겠소?"

"……?"

"소림의 눈은 항상 시주를 쫓을 것이오. 설혹 시주가 흑천의 인물들을 따라 부재도에서 나온다면 우리는 시주를 죽일 수밖에 없음을 명심하시오."

보원 선사는 눈을 감고 남은 차를 천천히 음미했다.

第八章
부재도

혈살문을 멸문 직전까지 만들었던 혈광검의 아들이다.

가족은 물론 몇백이나 되던 문도와 식솔이 모두 혈광검의 손에 도륙되었다.

혈광검은 이미 이 세상 사람이 아니지만 그의 혈육인 사무량은 분명 원수다. 수없이 죽어간 사람들에 대한 보복을 해야 한다. 온몸을 갈기갈기 찢어 죽여도 성에 차지 않을 정도로 미운 존재다.

그러나 초유신군의 생각은 바뀌었다.

십이 년, 강산이 변해도 여러 번 바뀌었을 시간이다. 소중한 사람들의 희생은 가슴속에 영원히 남겠지만, 그동안 지니고 있던 복수심은 희석된 지 오래다.

사무량을 반드시 흑천으로 거두어야겠다는 생각이 들었다. 비급은 차치하더라도 꺾이지 않던 기개가 탐이 난 건 사실이다. 조금만 잘 다듬어준다면 보석이 될 재목은 틀림없는 일.

복수를 잊었는가? 천만에! 그 방법도 엄연한 복수다.

혈광검, 지켜보라. 당신의 하나뿐인 아들이 당신 손에 죽은 이들을 위해 무림에 나서는 모습을.

초유신군은 서둘러 발걸음을 놀렸다.

협곡에서의 일은 어쩔 도리가 없었다. 소림이 혈살문이 도착하기 전부터 협곡에 숨어 있었다는 사실은 증명되었다.

천기자는 초유신군이 사무량을 데려오지 못할 것을 알고 있었다. 그랬기에 낙뢰문, 고언문, 철궁방 무인들을 협곡으로 보낸 게다.

초유신군은 천기자의 막사 앞에서 발걸음을 멈췄다.

여느 때와는 달리 막사 주변의 분위기가 심상치 않다. 낯익은 얼굴들이 많이 보였다. 복장도 제각각, 지니고 있는 무기도 모두 달랐지만 한 울타리 안에 있는 사람들.

'모두 모였군.'

막사 안의 상황은 들어가 보지 않아도 알 수 있었다.

'흑천으로 하나가 되었지만 아직은 서로를 경계하는 입장.'

초유신군은 막사 밖을 지키는 무인들의 인사를 받으며 안으로 들어갔다.

펄럭!

막사의 천막을 들어 올린 초유신군의 눈에 가장 먼저 들어온 사람은 노도신군이었다.

칠 척 장신의 거구. 각진 얼굴, 부리부리한 눈매, 두툼한 입술과 지저분하게 자란 수염. 한 번 보면 절대 잊혀지지 않을 인상을 지닌 노도신군은 오신군 중 하나이자 철궁방주이기도 했다.

막사 안에는 노도신군 말고도 네 명이 더 있었다.

천기자와 뇌성신군, 눈만 남기고 몸을 온통 붉은 천으로 가린 꼽추 적서신군(赤鼠神君), 그리고 천기자의 옆에 앉아 다소곳이 차를 마시고 있는 여인.

얇은 면사로 얼굴을 가렸지만 본래 지니고 있던 미모마저 모두 가릴 수 있는 것은 아니었다. 긴 속눈썹에 우수에 젖은 눈망울은 뭇 사내들의 애간장을 녹일 정도로 보호 본능을 자극했다. 오늘따라 그녀의 칠흑 같은 긴 머리가 유독 눈에 띄었다.

여인을 제외한 사람들의 눈길이 초유신군에게 향했다. 물론 나누고 있던 담소(談笑)도 뚝 끊어졌다.

가장 먼저 반응을 한 사람은 뇌성신군이었다.

"어서 오시오, 초유신군. 내 인용대 부대주에게 이야기는 들었소. 그래, 사무량은 데려오셨소?"

초유신군은 대꾸할 가치를 느끼지 못했다.

오신군의 관계는 수직적이 아니다. 무공 실력 면에서 놓고 보면 모두가 대등하다.

하지만 최소한의 예의는 갖춰야 한다. 초유신군을 대하는 뇌성신군의 태도는 흑천이라는 울타리가 아니라면 꿈도 꾸지 못할 일.

만약 흑천의 일원이 아니라 밖에서 따로 만났더라도 뇌성신군이 이런 태도를 보였을까? 낙뢰문도 한때는 강한 문파였지만 혈살문에 비할 바는 아니었다.

흑천이 생기고 난 뒤, 혈살문이 쇠퇴한 것은 사실이었다. 흑천에서는 살수의 무공보다도 무인의 무공을 원했으니까. 야뇌가 조양자를 보며 투지를 불태운 것도 그런 연유다.

그러나 초유신군이 나이가 어린 뇌성신군의 비아냥을 참는 이유는 균형을 맞추기 위해서다.

언제 터질지 모르는 화산처럼 강한 자들이 모여 있는 자리에서만큼 한 명이라도 균형을 맞추는 게 중요하다. 그렇지 않으면 중원 진출은 고사하고 상잔밖에 남지 않는다.

초유신군이 아무런 대꾸를 하지 않자 뇌성신군의 얼굴이 벌겋게 달아올랐다. 그가 자리를 박차고 막 일어서려는 찰나,

"흠!"

묵직한 기침 소리가 한쪽에서 일었다.

노도신군이었다. 그 역시도 집단 안에서 균형의 중요성을 알고 있는 사람이다.

뇌성신군은 분을 삭이며 다시 자리에 앉았다.

"천기자, 한마디 상의도 없이 일을 벌이다니… 내가 왜 이 자리에 있는지 심히 의심스럽군."

초유신군의 냉담한 목소리에는 진득한 살기가 묻어 나왔다.

"사무량을 잡지 못했지. 자네가 원한 것이 바로 이것인가?"

"파견한 무인들을 물리셨더군요. 제 뜻을 막은 분은 초유신군이십니다."

"협곡에 이미 소림이 매복해 있었어. 물리지 않았더라면 난전이 벌어졌을 게야."

"사무량을 잡을 수 있었습니다. 무리를 해서라도 말이죠."

"무리? 무리라 했나? 후후! 상하 관계도 제대로 알지 못하는 무지한 자들을 데리고 무리를 해서라도 싸움을 일으켜 사무량을 빼내오라? 자네의 계획대로라면 그곳에 있던 흑천은 모두 죽었어!"

"말씀이 지나치십니다. 그럼 초유신군께서 사무량을 데려오실 수 있음에도 놓아준 건 어떻게 설명하시겠습니까?"

"천기자, 오늘은 유난히 말이 많군."

천기자는 초유신군의 차가운 눈빛을 외면했다.

평소에는 말 한마디를 해도 조심스럽게 하던 천기자가 의외의 모습을 보인 이유는 따로 있었다. 그의 옆에 앉아 조용히 차를 마시고 있는 만영문주 도화신군 때문이었다.

오신군 중 유일한 여인. 본래는 도화선녀(桃花仙女)로 불리다가 흑천주를 만나면서 별호를 바꾼 자다.

그녀가 거느리고 있는 만영문도의 수를 정확히 아는 자는 흑천주와 그녀를 제외하고 없다.

십이 년 전 사라진 만영문은 정보로 중원의 한자리를 차지할 뻔한 문파다. 하나, 혈광검으로 하여금 그들이 멸문하길 원한 문파는 개방과 하오문이었다.

당시 도화신군의 나이는 열다섯 살. 십이 년이 지난 지금 만영문은 개방과 하오문에 비견될 정도로 성장했다. 사무량에 대한 이야기를 가져온 사람도 바로 이 여인, 도화신군이다.

중원 곳곳에서 일어나는 일을 하나도 빠짐없이 알고 있다는 도화신군은 천주와 가장 가까운 사람이기도 했다.

다른 신군들의 모든 행동은 도화신군을 통해 천주에게 낱낱이 보고된다. 흑천주가 세상에 모습을 드러내지 않으면서 흑천을 통솔할 수 있는 이유가 모두 이 도화신군 때문이었다.

그녀가 곁에 있기에 천기자가 초유신군의 말에 함부로 반박을 할 수 있던 게다.

"후후!"

초유신군은 천기자를 가느다란 눈으로 보며 희미하게 웃

었다.

"낄낄! 초유 말이 맞아. 난 가노귀 놈이 협곡에 간 줄도 몰랐었다니까? 초유가 물리지 않았더라면 가노귀 이 새끼랑 다른 새끼들도 모두 뒈졌을 게야. 그런 거지. 결국 우리는 천기자 이놈에게 놀아난 거야."

욕설을 섞어가며 말한 사람은 꼽추 적서신군이다.

항상 붉은 천으로 몸을 가리고 다닌다 하여 적서라는 별호가 붙은 고언문주다.

그는 곁에 도화신군이 있는 데도 말하는 데 전혀 서슴지 않았다. 사람을 피해 어두운 곳에서 생활한 자의 단면을 보여주듯 그는 어지간한 일엔 눈 하나 깜짝하지 않고 괴팍한 성격을 여지없이 드러냈다.

적서신군 역시 적으로 만들어서는 안 될 자다. 말은 악동처럼 해도 그와 적이 된다면 다시는 땅을 밟지 못할 것이다. 언제 어디서 튀어나올지 모를 현음조. 적서신군은 땅속에서 움직일 수 있는 무인 중 가장 빠른 자이니까.

그의 욕설 대상엔 도화신군도 피해갈 수 없었다.

"도화 이년아, 아까 보니까 할 말이 많아 보이던데 뜸 들이지 말고 꺼내봐. 사람 속 뒤집어지게 하지 말고."

"호호호!"

얌전히 있던 도화신군의 눈이 초승달처럼 휘어졌다. 표정 없는 얼굴일 때는 청초하기 이를 데 없고, 웃는 얼굴은 보는 사람의 심장을 녹일 만큼 고혹적이었다.

"아무리 그래도 말씀이 너무 심하세요. 도화 이년이라니요."

면사 안에서 옥구슬 굴러가는 영롱한 목소리가 흘러나왔다. 적서신군에게 눈을 흘기며 말하는 도화신군의 모습은 애교로 가득했다.

"난 무식해서 고운 말 같은 거 몰라. 답답해 죽겠어. 이놈이고 저놈이고 도대체 속을 알 수가 있어야지. 뭐가 어떻게 돌아가고 있는지 솔직히 털어놔 봐. 허튼소리를 했다가는 네 년도 시궁창에 박아버릴 거야."

"호호! 알겠어요, 알겠어. 천천히 설명할 게요. 그럼 되죠?"

도화신군은 여전히 웃음을 멈추지 않았다. 그녀의 웃음 때문에 천막 안의 싸늘한 분위기마저 풀어지는 듯했다.

웃음을 멈춘 도화신군의 눈동자는 초유신군에게 향했다.

'으음!'

진땀 한줄기가 초유신군의 등줄기를 타고 내려왔다.

맑고 깊은 혜안(慧眼) 한 쌍이 자신을 뚫어지게 바라보고 있다. 세상 그 어떤 남자가 이 여인의 눈길을 거부할 수 있을까.

"초유신군께서 사무량을 데려오지 못할 걸 알고 있었어요."

‘천기자의 느낌이었겠지.’

“그리고 초유신군께서 파견한 무인들을 물릴 것이라는 것
역시 예상했죠.”

‘이건 천기자의 예견이 아니로군. 도화신군에게서 나온 생
각…….’

“초유신군께 미리 말씀드리지 못한 건 죄송하게 생각해요.
협곡으로 무인들을 파견한 건 천기자가 아니라 천주의 명이
었어요.”

“뭣!”

모두가 놀라 도화신군을 바라봤다. 팔짱을 끼고 고개를 푹
숙이고 있던 노도신군마저 두 눈을 크게 떴다.

이건 무슨 소리인가. 천주가 초유신군을 믿지 못해 다른 자
들을 파견했다는 말이 되지 않나. 천기자의 말대로 무리를 해
서라도 사무량을 데려오려는 생각이었나?

“낄낄! 네년 하는 말이 뭔 소린지 아직도 모르겠어. 그러니
까, 천주가 일부러 소림 땡중들이 우글우글한 곳에 흑천도들
을 보냈다는 소리야?”

“맞아요.”

도화신군은 활짝 웃었다.

“낙뢰문, 철궁방, 고언문, 혈살문을 알아본 건 무당파 도인
들이죠. 그들은 무당에 전서를 날리고 모두 죽었어요. 죽은
사람들의 증언이라 해도 눈으로 보지 않으면 믿지 못해요. 우

리는 산 사람들의 증언이 필요했죠."

"소림의 이목을 원했던 것이군."

"네. 소림의 말은 곧 허구라도 진실로 포장되기 마련이니까요."

"그렇다면 무당파를 죽일 이유도 없지 않나?"

"확실히 해둘 필요가 있었어요. 우리가 아직도 살아 있다는 것을 알리기 위한 수단으로 무공의 흔적을 남기는 것 만큼 확실한 것은 없죠."

"그렇게 해서까지 우리의 존재를 드러낼 필요가 있나?"

모두가 궁금해하는 사안이었다.

이번 일에서 오신군이 확실히 느낀 것은 아직은 흑천이 중원에 나설 단계가 아니라는 것이다. 정리되지 않은 채로 중원에 나섰다가는 오히려 멸문했을 때만도 못한 결과를 낳을 수 있다.

"구파일방의 움직임, 그리고 향방을 알아보기 위해서죠. 우리가 뭉쳤다는 것을 보여줌으로써 그들의 전체적인 병력을 미리 알 수 있죠."

"오히려 더 위험하지 않을까?"

"천주께선 그렇게 생각하시지 않던걸요? 적을 알고 나를 알면 백전불태(百戰不殆)라……. 저들은 우리가 얼마만큼 성장해 왔는지 몰라요. 하지만 이제 우리는 저들이 지닌 병력을 알 수 있게 되죠."

이번 일에 앞으로 나선 것은 낙뢰문, 철궁방, 고언문과 혈살문. 이제부터 활발히 움직일 사람들은 다름 아닌 만영문이 될 게다.

초유신군은 어쩌면 이렇게 된 게 잘된 것일지도 모른다고 생각했다. 구파일방이 긴장을 하듯 흑천 역시 느슨하게 풀려 있던 긴장을 바짝 끌어당기게 될 것이다.

흑천주는 알고 있었다. 다섯 문파가 아직은 흑천이라는 울타리 안에서 하나가 되지 못하고 있다는 것을.

"이번에는 제가 질문을 할 게요. 초유신군, 사무량이 비급의 위치를 말해주던가요?"

"말하지 않았네."

"당연하죠. 모르고 있으니까."

"뭣?!"

"뭐야?"

가만히 이야기를 듣고 있던 적서신군까지 펄쩍 뛰었다.

초유신군의 얼굴엔 믿기 힘들다는 표정이 역력했다.

"분명 물어봤을 때 알고 있다고……."

"정확히 안다고 말했나요, 아니면 안다는 분위기만 풍겼나요?"

초유신군은 재빨리 기억을 더듬었다.

'분명 안다고 했… 아니다! 오히려 나에게 되물었지. 알고 있다면 어떻게 하겠느냐고. 이런!'

도화신군의 말은 계속 이어졌다.

"안다는 분위기만 풍겼을 거예요. 초유신군의 앞에서 모른다고 했다가는 죽을 거라 생각했을 테니까요."

"낄낄! 이거 우습네. 이년아, 그렇다면 우리가 비급의 위치도 모르는 놈 하나 잡기 위해서 이 난리를 쳤다는 말이냐?"

도화신군은 질문을 던지는 적서신군을 한 번 흘기곤 다시 초유신군을 바라봤다.

"사실 무리를 해서라도 데려왔어야 옳아요. 우리는 비급의 위치를 말해줄 사무량의 대답이 필요한 게 아니라 그의 몸뚱이가 필요해요."

"몸뚱이?"

"혈광검 그자는 정신이 나가기 전, 조금 특이한 방법으로 비급을 남겼어요."

모두가 귀를 쫑긋 세웠다. 오늘 도화신군의 입에서 쏟아지는 말은 놀라움의 연속이었다.

"반흔문신(瘢痕文身)이라는 게 있어요. 일반적인 문신은 피부에 색을 입히지만 반흔문신은 얇은 세침으로 피부에 평생 지워지지 않을 흉터를 남기는 거예요. 그 문신의 특이점은 평소엔 자국이 전혀 남지 않는다는 거죠. 한데 몸이 열을 받아 체온이 올라가면 살갗에 붉은 자국이 보이기 시작해요. 가령 몸살에 걸렸을 때라든가, 술을 마셨을 때."

"술 마셔서 몸뚱이가 뜨거워지면 예전에 베었던 검흔들이

빨갛게 달아오르는 것처럼?"

적서신군이 호기심 가득한 얼굴로 물었다.

"맞아요. 바로 그런 원리죠. 하지만 시도한 사람은 거의 없죠. 평소에 보이지 않게 하기 위한 시술 방법이 워낙 까다로워서요."

"도화 자네의 말뜻은… 혈광검이 사무량의 몸에 반흔문신을 새겼다는 것인가?"

"그래서 몸뚱이가 필요하다는 거였어요."

초유신군은 아무런 말도 할 수가 없었다. 사무량을 보자마자 낚아채 오지 않은 것은 큰 실수다.

"상심 마세요. 일부러 초유신군을 마지막에 투입시킨 거예요. 다른 분들 같았으면 다짜고짜 사무량을 데려왔겠지만 초유신군은 비급의 위치부터 물으셨죠. 사무량은 이제 자신의 부친이 어딘가에 비급을 남긴 걸 알게 되었어요. 이게 과연 무슨 뜻일까요?"

"손 안 대고 코 풀기군."

팔짱을 끼고 있던 노도신군이 피식 웃었다.

"맞아요. 사무량은 언젠가 자신의 몸에 새겨진 반흔문신을 발견하게 될 거예요. 그게 비급의 위치를 알리는 열쇠라는 걸 눈치 챌 것이고. 그렇다면 굳이 우리가 구파일방의 눈치를 보면서 비급을 챙길 필요는 없어요. 우린 조용히 사무량만 주시하면 되죠."

"낄낄! 우리를 알림으로써 구파일방이 가진 세력이 얼만지도 볼 수 있고, 사무량이 비급의 존재를 알게 됨으로써 노도말처럼 손 안 대고 코도 풀 수 있고. 낄낄! 일석이조라는 게 딱 이거네. 이년아, 그런 거라면 진작 말해줬어야 하는 거 아니야?"

모든 의문이 풀렸다.

이번 일에 흑천이 돌아가며 나섰어야 했던 이유를. 초유신군이 협곡에서 사무량을 놓아줄 수밖에 없었던 상황까지도.

하지만 아직은 한 가지 궁금증이 더 남아 있다.

"우리는 부재도를 주목할 거예요."

도화신군이 눈을 빛내며 말했다.

"흥! 그런다고 부재도에 처박혀 있는 놈을 무슨 수로 데려와? 그곳은 천하의 악인들도 재수없다고 꺼려 하는 곳이야!"

"우리가 갈 수 없으니 그가 스스로 나오도록 해야죠."

모두의 얼굴에 또 한 번 의문이 떠올랐다.

스스로 나온다? 무슨 수로? 여태껏 부재도에 들어간 사람 중 살아나온 사람은 없다. 생사 여부 역시 알지 못한다. 배도 한 척 없는 곳이다. 헤엄쳐 나온다면 믿겠지만 아무리 체력이 좋은 사람이라도 백 리 길을 쉬지 않고 수영할 수는 없다. 십 리는커녕 오 리도 가지 못하고 물귀신이 되지 않으면 다행이련만.

"누군가 데리러 가지 않는 이상 방법은 없어."

"그렇죠. 누군가가 직접 그를 데리러 가야 해요."

"……?"

"우리 대신 갈 사람을 봐두었어요. 조금 시일이 걸리겠지만……. 모두 각오들 단단히 하세요. 본격적인 움직임은 지금부터니까요."

도화신군은 그 말을 끝으로 더 이상 입을 열지 않았다. 그녀는 몹시도 목이 말랐는지 면사를 살짝 걷어내곤 차를 들이켰다.

막사는 다시 침묵에 휩싸였다. 그 누구도 움직이는 사람은 없었다. 모두가 눈을 반짝이며 각자만의 생각에 골몰했다.

*   *   *

다음날 아침, 사무량과 조양자는 소림을 나설 수 있었다.

동원된 마차는 다섯 대로 총 백스물네 명이 함께 길을 나섰고, 인솔의 총책임은 보명 대사가 맡았다.

무당파에 비하면 실로 엄청난 인원이 아닐 수 없다. 감히 중원의 그 누구라도 기습 따위를 펼칠 수 없을 것이다.

목표는 분명하다. 사무량을 부재도로 옮기는 것, 그 이상도 이하도 아니다. 적들이 누구인지를 알게 되었으니 사무량의 일을 마친 후부터 구파일방은 눈코 뜰 새 없이 바빠질 게다.

소림을 떠난 지 이십여 일. 강행군 덕에 빠른 시일 안에 속성에 도착한 일행은 부재도로 가는 배에 올랐다.

빠른 소선(小船) 네 척. 배에 오른 사람은 사무량과 조양자를 포함해 모두 스무 명. 남은 사람들은 혹여나 있을 추적에 대비해 선착장 근처에 포진했다.

소림을 떠나온 이후 혹천의 기습은 없었다. 조양자는 혹천의 움직임이 단순히 사무량을 노리는 것만은 아니라는 생각이 들었다.

'놈들이 원했던 건 비급. 설마 혈광검이 남기고 간 비급이 있었단 말인가!'

조양자는 배 한쪽에 등을 기대고 앉아 있는 사무량을 바라봤다.

두 사람이 이렇게 가까이 있는 것은 마차를 타고 소림에 들어갈 때 이후론 처음이었다.

조양자의 임무는 소림과 만난 후로 이미 끝났다고 봐야 한다.

무당파는 왜 조양자에게 직접 목숨을 버리라고 말하지 않았을까. 설마 조양자가 거부할까 봐서?

이유와 과정이 어찌 되었든 조양자는 이미 무당에 한 차례 버림을 받은 몸이다.

그럼에도 부재도로 간다. 사무량이 무사히 도착하는지 두 눈으로 봐야 한다.

흑천이 알고 있는 비급의 존재를 소림도 알고 있다. 그럼에도 소림이 사무량을 부재도로 보내는 이유는 그가 비급의 위치를 발설하지 않았기 때문이다.

만약 조양자가 함께 부재도로 가겠다는 이야기를 하지 않았다면 소림은 사무량을 몰래 죽였을 게다.

촤아악……!

배는 쭉쭉 뻗어 나갔다.

한여름 더위가 기승을 부린다. 물 위에 있어 그나마 시원하지만 햇빛에 노출된 피부는 벌써부터 벌겋게 달아올랐다.

손으로 얼굴을 가리며 고개를 돌리던 조양자는 가느다란 눈으로 사무량을 직시했다.

사무량은 소림을 떠나온 이후로 아무런 말도 하지 않았다. 부재도와 자신은 아무런 상관이 없는 듯한 표정이다.

배에서 내리면 앞으로는 세상과 영원히 차단되는 걸 알면서도 인간이 저렇게 태연할 수는 없다. 사무량은 무언가에 열중하는 듯했다.

'설마!'

조양자는 뚜벅뚜벅 걸어가 사무량의 곁에 조용히 앉았다.

그리곤 한 팔을 뻗어 사무량의 등 뒤로 가져가 명문혈에 가만히 대었다.

사무량이 움찔했지만 조양자는 신경 쓰지 않았다. 사무량은 곧 다시 잠잠해졌다.

한참 동안이나 움직임을 보이지 않던 조양자의 안면 근육이 부르르 떨렸다.

'심법을 익혔… 으음!'

조양자는 사무량의 몸에서 일어나는 변화를 어떻게 이해해야 좋을지 몰랐다.

흑천의 중년인과 소림 방장의 이야기를 들었을 땐 반신반의했다. 직접 사무량에게 심법을 전수해 준 건 사실이지만, 그가 벌써 운기를 할 리 없다고 굳게 믿었던 조양자였기에 지금의 놀람은 그 어느 것과도 비교할 수 없을 정도로 컸다.

'이럴 수는 없다. 무공 심법을 익힌 지 얼마 되지도 않았는데……. 이럴 수는 없다. 내가 지금 느끼고 있는 게 무엇인가!'

사무량의 기운은 일반 무인들과 다를 바 없었다. 아니다. 오히려 십팔 년 동안이나 잠들어 있던 기운이 제방을 뚫은 강물처럼 터져 나왔다.

'정말… 정말 믿을 수 없어!'

사무량은 도대체 어떤 인간인가.

사무량이 눈을 뜬 건 그로부터 반 시진이 지났을 무렵이었다.

조양자는 그의 등 뒤에 댔던 손을 살며시 내려놓았다.

"심법을… 완성했군."

조양자가 할 수 있는 유일한 말이었다.

조양자는 자리에서 벌떡 일어섰다.

배를 탄 지 하루 하고도 반나절, 수평선 너머에 섬 하나가 보였다.

"저곳이 부재도……!"

섬은 조양자가 생각했던 것보다 훨씬 컸다. 물 위에 둥둥 떠 있는 작은 마을 같았다.

넓게 펼쳐진 모래사장 뒤로 싱그러운 풀과 꽃, 바위들이 숲을 이루었고, 키가 큰 나무에서는 탐스러운 열매가 맺혔다.

'어떻게 저런 곳이 존재하지 않는 섬이란 말인가.'

조양자는 두 눈으로 보면서도 믿을 수가 없었다.

부재도는 죽어 있는 섬이 아니다.

만약 아무것도 모르는 사람들이 보았다면 여느 일반 섬들과 다름없는 그런 곳.

섬은 전혀 암울하지 않았고, 살기 힘든 곳도 아니었다. 지상 낙원이 있다면 이런 곳이지 않을까 싶을 정도로 아름다웠다.

이런 곳에 세상에서 버림받은 자들이 모여 있다는 것은 더더욱 믿을 수 없었다.

사무량도 어느새 조양자의 곁으로 다가왔다.

"저곳이 부재도다. 나도 부재도는 처음 보지만 저런 곳인 줄은 몰랐다."

사무량은 팔짱을 끼고 가까워져 가는 섬을 조용히 바라봤다. 그리고 입을 열었다.

"생각했던 대로군. 위험한 섬이야."

조양자의 고개가 빠르게 돌아갔다.

"사람의 겉과 속이 다른 것처럼 자연도 별반 다르지 않아. 겉모습으론 저 섬의 모든 것을 알아낼 수는 없어. 본디 아름다운 것은 독을 품기 마련이야. 잘 봐. 흠이라고는 하나도 잡을 수 없을 정도로 완벽한 섬인데 조화가 맞지 않아."

조양자는 사무량의 말에 다시 섬을 바라봤다.

사방이 온통 바다. 하지만 사람이 살기엔 조금도 부족함이 없어 보이는 곳. 울창한 숲이며 아름다운 꽃과 나무들, 좋은 휴식 공간이 될 커다랗고 평평한 바위들, 먹을거리만 있다면 평생을 살아도 될 만한 곳.

뭔가? 무엇이 부족한가?

유심히 섬을 관찰하던 조양자의 두 눈이 점점 커졌다.

"아!"

"후후! 발견했나?"

조양자는 무겁게 고개를 끄덕였다.

바다 한가운데 있는 섬은 바다 갈매기들의 쉼터다. 그뿐이랴. 숲은 온갖 새들이 살아도 될 법할 정도다. 그런데 섬은 너무 조용했다. 새라곤 한 마리도 찾아볼 수 없었다.

동물들의 본능엔 거짓이 없다. 어쩌면 사무량의 말대로 위험한 곳일지도 모른다.

"괜찮겠나?"

조양자는 떼어지지 않는 입술을 힘겹게 열었다.

"이제와 걱정해 주기엔 너무 늦은 것 같은데……."

사무량의 얼굴에 일말의 감정이라곤 찾을 수 없었다. 그의 눈은 시종일관 부재도에 향해 있었으며, 입가엔 작은 미소까지 베어 물었다.

"널 생각해서 하는 말이니 저곳에 들어가면 다시는 세상에 나오지 마라."

"……."

"무공도 거기까지. 혹시 지금 몸에 다른 이상은 없느냐?"

"그런 것까지 일일이 보고해야 할 만큼 우리가 친한 사이였나?"

사무량은 눈동자만 돌려 조양자를 쳐다봤다. 그리곤 곧 비소와 함께 말을 내뱉었다.

"비열한 무림."

"……."

"첫째, 난 무공을 익힐 것이다. 둘째, 무공이 완성되는 날 저 섬에서 빠져나올 것이고, 셋째, 아버지의 비급을 찾을 거지. 후후! 무림은 큰 실수를 했어. 십이 년 전에 나를 죽였어야 해. 비급에 눈이 멀어 날 살려둔 걸 반드시 후회하게 될 거야. 반드시."

사무량은 눈에 독기를 띠었다.

아무리 독설을 내뱉는 사무량이지만 그래도 정이 든 모양이다. 조양자는 한편으로 후련하면서도 이제 정말 마지막이라는 생각이 들자 조금 안타까운 마음마저 들었다.
"무운을 비마."
사무량은 공기가 채워진 돼지 오줌보를 몸에 연결했다.
"조양자, 앞으로의 인생에 어떠한 결정을 내리든 그건 당신 몫이지. 다만 어떠한 결정을 하든지 후회하지 않는 선택이 되길 바란다는 거야. 내가 당신한테 마지막으로 해줄 수 있는 말이야."
조양자는 깊은 한숨을 내쉬었다.
사무량은 이미 조양자가 무당으로 돌아간 이후에 벌어질 일들을 눈치 채고 있었다.
사무량은 묘한 눈으로 조양자를 직시했다. 그리곤 허리를 완전히 뒤로 꺾었다.
풍덩―!
물보라가 사방으로 튀었다.
물속에 가라앉은 사무량의 몸뚱이는 돼지 오줌보 덕분에 금세 수면 위로 떠올랐다.
사무량은 몸이 떠오름과 동시에 뒤도 돌아보지 않고 부재도를 향해 헤엄치기 시작했다. 수영을 할 줄 몰라 손발이 어지럽게 움직이고 있었지만 그의 신형은 조금씩 부재도 쪽으로 나아가고 있었다.

소선 네 척은 사무량이 섬에 올라서는 것을 보곤 다시 왔던 길로 되돌아가기 시작했다.

조양자는 사무량의 모습이 점이 되어 사라질 때까지 일체 다른 곳으로 시선을 돌리지 않았다.

2

사무량은 모래사장에 앉아 옷을 말렸다.
조양자가 타고 있던 소선은 끝내 사라져 버렸다.
"크크크!"
이젠 정말 혼자가 되었다고 생각하니 실없이 웃음이 터져 나왔다. 자신을 감시하는 자도, 경멸하거나 조롱하는 자도 더 이상은 없다.

부재도에 오는 기간 동안 벌어졌던 일들, 만났던 사람들, 하나하나 빠짐없이 기억하고 있다. 그중에서도 잊을 수 없는 사람은 조양자다.

태을 진인과 장문인이 사무량에게 조양자를 붙여준 것은 우연이 아니다. 그들은 조양자를 버릴 각오까지 했다.

만약 조양자가 아니라 다른 사람이었다면 사무량은 부재도로 오기도 전에 흑천에 끌려갔든가, 아니면 소림에서 죽었을지도 모른다.

사무량은 아무런 감정 없는 동물이 아니다. 목숨을 걸고 자신을 지켜준 조양자에 대한 고마움은 느끼고 있다. 다만 표현하지 못했을 뿐이다.

'언젠가는 만나게 되겠지. 그때는 무당파 도인과 사무량이 아닌, 무인과 무인으로 만났으면 좋겠군.'

사무량은 자리를 털고 일어났다.

'존재하지 않는 섬.'

조양자의 말처럼 부재도는 아름다웠지만 막상 발을 대고 보니 이상한 기운이 느껴진다.

햇빛을 받은 식물들에게선 좀처럼 나쁜 느낌을 받지 못했다. 그러나 살아 움직이는 생물들의 흔적이 전혀 없다.

그래서 더욱 불안하다.

태을 진인은 부재도에 사무량과 비슷한 사람들이 살고 있다고 했다. 지금은 그 말도 확신할 수 없다.

모두 이곳에서 죽어 가루가 되었는지, 아니면 아직도 살아 있는지는 찾아봐야 알 일이다.

사무량은 숲으로 발을 디뎠다.

참 이상한 섬이다.

벌써 들어선 지 한참이나 되었는데 끝이 보이지 않는다.

마치 산을 타는 기분이다. 무성하게 자라난 잡초를 헤치며 올라왔지만 언덕의 정상은 보이지 않았다. 길을 내려가면 다시 오르막길이 나타난다.

얼마나 걸었는지 모르겠다.

부재도에 들어왔을 때 해가 중천에 떠 있었는데 벌써 날이 저물어 어둑어둑해지고 있다.

반나절 동안 걸었는 데도 섬의 끝이 보이지 않는다는 건 말도 안 된다. 배에서 봤을 때는 생각보다 큰 섬이었지만 이 정도까지는 아니었다.

길을 잃었다는 것도 우습다. 고작해야 섬인데…….

사무량은 우뚝 걸음을 멈췄다.

'이곳은 아까……?

장정 두 사람의 키를 합친 높이의 바위. 울퉁불퉁한 게 꼭 앞발을 치켜든 호랑이 같아 '이런 바위도 있구나' 하며 눈여겨보았었다.

그 바위가 또 나타났다, 아까와는 한 치의 다름도 없이. 주변의 풍경 또한 눈에 익었다.

'말려들었군.'

책에서 기관진식(機關陣式)에 대한 걸 읽은 적이 있다.

기관진식이란 말 그대로 기관을 이용해 진을 만드는 것으로, 진에 사용되는 물건의 종류는 수를 셀 수 없을 정도로 많다. 무기뿐만이 아니라 살아 있는 것도 기관진의 재료가 될 수 있다.

어쩌면 이 숲은 자연적으로 생긴 것이 아닌, 누군가가 인위적으로 만든 것일 가능성이 컸다.

그 말은 곧 섬의 누군가가 기관을 설치했다는 것인데…….

이해가 안 가는 부분이 있다. 세상에서 소외받고 섬에 갇힌 사람들은 당연히 외부인이 그리울 수밖에 없다. 그럼에도 기관진을 설치한 점은 단순히 외부인 때문이 아니라 내부를 경계한다는 말이기도 하다.

사무량은 더는 걸어갈 생각을 않았다. 기관에 해박한 지식을 갖지 않는 한 진을 빠져나갈 수 없으니 기다리는 수밖에.

그는 근처 나무에 매달려 있는 열매를 따서 한입 베어 물었다.

당분간은 이곳에 머물러야 할 것 같다. 천지사방에 깔려 있는 게 식물이니 허기나 갈증은 해소할 수 있다. 한여름이라 야영을 하는 데도 전혀 지장이 없고.

사무량은 하늘에 떠 있는 별을 보며 눈을 감았다.

장기간 숲에 머물 거라던 사무량의 예상은 빗나갔다.

사무량이 눈을 뜬 건 자정이 가까울 무렵이었다.

"……!"

칠흑 같은 어둠 속엔 적막만이 맴돌았다.

그러나 사무량은 자신의 귀를 의심하지 않았다. 무언가가 움직이는 소리는 바로 지척에서 들려왔다.

‘잘못 들었을 리가 없다. 분명 뭔가가 있었어.’

사무량은 자리에서 벌떡 일어나 가부좌를 틀었다.

정신을 집중시킨 그는 즉시 운기에 들어갔다.

심법을 익힌 후로 달라진 점이 있다면 그동안 느끼지 못했던 것을 느낄 수 있다는 것이다.

조양자가 가르쳐 준 심법 때문에 협곡에서의 난전에서도 살아날 수가 있었다. 진기가 없었다면 낙뢰문의 뇌성무류검법이 움직이는 기운을 미리 말해줄 수도 없었을 게다.

그 느낌 그대로 사무량은 마음으로 내면을 들여다보는 한편, 온몸의 촉각을 날카롭게 곤두세웠다.

근 일다경 동안 운기를 반복한 사무량은 진기를 가다듬고 살며시 두 눈을 떴다.

뒷머리를 곤두서게 만드는 기분. 하나 아무런 기척도 잡아낼 수 없었다.

그때였다.

스스슥!

“……!”

이번에도 확실히 들었다.

풀잎을 가르고 빠르게 지나가는 것은 작은 동물이 아니다.

사무량은 자리에서 슬그머니 일어섰다. 그리곤 팔을 뻗어 굵은 나뭇가지 하나를 잘라 손에 꽉 쥐었다.

묘한 긴장감이 느껴진다. 조양자와 있을 때는 자신을 노리는 사람이 누군지 알았기 때문에 긴장하지 않았다. 지금은 다르다. 무인이었던 조양자도 곁에 없다.

스슥!

사무량의 고개는 소리가 들려온 곳으로 재빠르게 움직였다.

상대는 더는 기척을 숨기지 않았다. 뿐만 아니라 대놓고 움직임을 드러냈다.

어둠 속에서 움직이는 커다란 검은 그림자. 호랑이라고 하기엔 덩치가 너무 작고, 늑대라고 하기엔 좀 뚱뚱했다.

쉭쉭거리며 이상한 소리를 내던 상대는 사무량이 있는 쪽으로 서서히 거리를 좁혔다.

나무에 등을 밀착시킨 사무량은 그림자에게서 시선을 떼지 않았다.

사무량 주변을 빙글빙글 돌던 그림자가 움직임을 멈췄다. 동시에 사무량도 호흡을 멈췄다.

그림자와 사무량의 간격은 일 장. 눈 깜박할 사이면 충돌할 수 있는 거리다.

일촉즉발(一觸卽發)의 순간, 사무량은 두 눈을 빛내며 그림자를 노려보았다.

쒸이익!

그림자가 사무량을 덮쳤다. 한데 눈앞에 있는 그림자가 아니라 나무 위에서 누군가가 그를 향해 뛰어내렸다.

‘둘!’

사무량을 덮친 날렵한 그림자가 두 팔로 그의 목을 꽉 움켜쥐었다.

‘사람이다!’

기습을 가한 그림자들은 동물이 아닌 사람이었다.

휘익!

사무량은 손에 들고 있던 나뭇가지를 머리 뒤쪽으로 휘둘렀다.

그림자는 둔하지 않았다. 그는 고개를 뒤로 젖혀 나뭇가지를 피하면서 양다리로 사무량의 몸뚱이를 감쌌다.

사무량은 손으로 목을 움켜쥔 그림자의 팔을 잡아 힘껏 비틀었다.

“아! 아야야!”

“……!”

그림자에게서 들려온 목소리는 뜻밖의 미성(美聲)이었다. 변성기가 지나지 않은 어린 소년의 목소리. 한데 힘은 왜 이리도 세단 말인가.

사무량은 목소리에 놀랄 새가 없었다.

등 뒤를 덮친 그림자 때문에 미처 눈앞에 있던 그림자를 신경 쓰지 못했다.

타닷!

힘차게 발 구르는 소리와 함께 잔뜩 웅크리고 있던 눈앞의

그림자가 양팔과 다리를 활짝 펴며 사무량을 향해 몸을 날렸
다.

거대한 덩치의 그림자 때문에 사무량은 순간, 밤하늘이 가
려지는 착각에 휩싸였다.

사무량은 반사적으로 나뭇가지를 힘껏 휘둘렀다.

퍼억!

둔탁한 소리와 함께 날아오던 목표물이 균형을 잃고 바닥
으로 추락했다.

"왕가(王家)!"

등에 매달린 소년의 입에서 다급한 음성이 튀어나왔다.

"왕가! 왕가! 괜찮아, 왕가?!"

소년은 사무량의 나뭇가지에 맞고 쓰러진 그림자를 쉼 없
이 불러댔다.

"누구냐, 네놈들은?"

사무량은 두 사람을 향해 으르렁거렸다.

"왕가! 일어나봐, 어서! 나 힘들어 죽겠어!"

소년은 사무량의 물음에도 대답하지 않았다.

쓰러진 그림자가 꿈틀거리더니 서서히 몸을 일으켰다. 뚱
뚱한 몸이 마치 연체동물처럼 흐느적거리며 균형을 잡아갔
다.

"으음!"

사무량은 달빛에 비춰진 상대의 생김에서 얼굴을 찌푸렸

다.

　오 척도 안 될 법한 작은 키, 운신하기에도 힘들어 보이는 뚱뚱한 몸, 커다란 머리, 연신 두리번거리는 뱀눈. 하지만 가장 눈에 띄는 것은 머리카락이 하나도 없는 민 대머리에 찍혀 있는 여섯 개의 계인(契印)이었다.

　"파계승(破戒僧)?"

　왕가라 불린 사내는 사무량을 보고 입술을 일그러뜨리며 웃었다. 입술 사이로 보이는 뾰족한 이빨을 보며 사무량은 그에게 살기가 뿜어져 나오는 것을 느꼈다.

　"오랜만에 포식 좀 하려 했는데 성깔 더러운 놈이 걸렸군."

　왕가는 사무량의 등 뒤에 있는 자에게 버럭 소리를 질렀다.

　"에라이, 염병할 놈아! 그걸 쓰라니까 뛰어내리긴 왜 뛰어내려!"

　"너무 어두워서 잘 안 보인단 말이야."

　"감으로 해야지, 감으로! 이상한 낌새는 귀신처럼 알아내면서 그딴 거 하나 못하다니, 썩을 놈 같으니라고!"

　"빨리 도와줘. 힘 빠지고 있어."

　"그놈 뒤통수에 대고 혹 불면 되잖아!"

　"안주머니에 있어. 지금 뺄 수 없다니까."

　두 사람은 사무량을 신경도 쓰지 않는 듯 서로 옥신각신하며 다퉜다.

　사무량은 이들의 대화 내용도 내용이지만 정체가 더욱 궁금했다. 하나는 중년에 가까운 나이의 파계승, 다른 하나는 힘이 센 소년.

이름과 욕설을 섞어가며 대화하는 걸로 보아선 분명 친구지간인 것 같은데…….

"간다. 꽉 잡고 있어!"

왕가가 손톱을 세우며 공격 자세를 취했다.

이자는 무인이 아니다. 보통 무인들에게서 흘러나오는 기운을 느낄 수 없다. 자세도 엉성하기 짝이 없다. 하는 행동이 마치 뒷골목 파락호(破落戶) 같지 않은가.

한데, 이상하게도 왕가에게선 살의가 느껴진다. 사무량을 보는 탐욕에 찌든 눈빛. 사무량은 그 눈빛의 정체를 모르지만 왕가가 자신을 정말 죽이려 한다는 것만은 알 수 있었다.

"이얍!"

왕가가 대뜸 고함을 질렀다. 한데,

"……?"

사무량은 두 눈을 부릅떴다. 눈을 깜박인 적이 없었다. 그도 왕가의 움직임을 주목하느라 시선을 다른 곳으로 돌리지 않았다.

그런데 왕가가 없다. 방금 전까지 눈앞에 서 있던 왕가의 모습은 하늘로 증발해 버린 듯 온데간데없이 사라졌다.

사무량이 급작스럽게 몽둥이를 휘두른 것은 우측에서 느껴지는 살기와 동시였다.

부웅!

위력적인 몽둥이가 허공을 갈랐다.

"이 자식, 무공을 익힌 모양이야!"

왕가의 목소리는 어이없게도 좌측에서 들려왔다.

'엄청난 신법!'

무인이 아닌 자가 발이 이렇게도 빠를 수가 있을까. 과히 초유신군과 비교를 해도 손색이 없었다.

"빨리 꺼내, 이놈아!"

"알았어! 지금 하고 있어! 좀만 기다려 봐!"

등 뒤의 소년은 한 손을 풀어 뭔가를 꿈지럭거렸다. 하지만 사무량을 움켜쥐고 있는 다리의 완강한 힘은 좀처럼 풀어지지 않았다.

사무량은 왕가의 종적을 쫓는 데 온 정신을 집중했다. 우측에 있는가 하면 좌측에 있고, 좌측에 있는가 하면 눈앞에 있고. 사무량이 잠자고 있을 때 기척 없이 움직이던 걸 생각하면 소름이 오싹 돋는다.

"아직도 멀었어?"

"다 됐어! 이제 할 거야."

사무량은 소년이 무슨 짓을 하는지 알 수 없었다. 단지 몸을 꽉 움켜쥐던 두 손이 동시에 사라졌다는 것밖에.

"지금 한다!"

후욱! 팟!

사무량의 고개가 뒤로 휙 꺾였다.

날카로운 둔기가 목 뒤에 틀어박히는 느낌.

"음!"

사무량은 터져 나오려는 신음을 억지로 참았다. 소년은 어느새 사무량의 몸에서 떨어져 나갔다.

"왕가! 내가 했어! 했다고!"

소년은 신이 난 듯 파계승에게로 펄쩍펄쩍 뛰며 다가갔다.

그런데, 아! 소년이 아니다.

순박하기 짝이 없는 얼굴은 나이 많은 어른의 것이었다.

사무량은 손을 더듬어 목 뒤에 틀어박힌 물체를 뽑았다. 손가락 길이의 얇은 침. 도대체 무엇에 쓰는 물건일까.

'독?'

순간, 사무량은 전신에서 힘이 쭉 빠져나가는 기분이 들었다. 눈앞이 핑글핑글 돌며 현기증도 일었다.

"어? 그런데 저 사람, 왜 멀쩡하지?"

소년으로 착각했던 중년인의 의아한 얼굴도 흐릿하게 보인다.

"무공을 익힌 놈 같다니까!"

"말도 안 돼. 무공을 익힌 사람이 어떻게 이곳에 들어와?"

"마희(魔熙), 그년도 무인이잖아!"

"마희는 좀 특별하고⋯⋯. 안 되겠다. 한 번 더 쏴볼까?"

소년 같은 사내가 품 안에서 얇은 죽통을 꺼냈다. 입으로

침을 쏘아낼 때 사용하는 도구였다.

하지만 사내는 죽통을 사용하지 못했다.

사무량의 신형이 어지럽게 움직이더니 이내 풀썩 땅에 쓰러졌다.

두 사람은 사무량이 쓰러진 후에도 좀처럼 가까이 다가올 엄두를 내지 못했다. 독에 중독된 사무량이 두 눈을 부릅뜨고 두 사람을 노려보고 있었기 때문이다.

"히히히! 이게 웬 떡이냐. 간만에 배불리 먹을 수 있겠구나."

왕가는 입가의 가득 고인 군침을 닦아내며 중얼거렸다.

'식인(食人)…….'

사무량은 이제서 이해할 수 있었다. 자신을 바라보며 탐욕 어린 눈길을 보내온 왕가의 의도를. 사람이 사람을 먹다니 가당키나 한 소린가.

"정말 먹으려고? 마희한테 걸리면 큰일 나."

"큰일 나긴 뭐가 큰일 나? 몰래 꿀꺽해 버리면 제깟 년이 어떻게 알 거야?"

"그래도 올해엔 부재도에 들어오는 인간은 건드리지 말라고 했어. 중요한 사람이 올 거라고."

"흥! 중요하긴 개뿔! 중요한 놈이 여긴 왜 들어오겠냐? 먼저 발견한 사람이 임자지."

왕가는 성큼성큼 사무량을 향해 다가왔다.

사무량은 전신이 마비되어 인상을 찌푸리지도 못했다. 아득해져 가는 정신을 붙들기도 벅찼다. 난데없이 또 다른 사람의 목소리가 들려온 것은 이성의 끈을 놓기 바로 직전이었다.

"호호! 왕가, 해타(海打). 간덩이가 부은 모양이군. 금지에 들어온 것도 모자라 내 말을 거역하다니……."

여인의 목소리였다.

화륵!

사무량은 주변을 순식간에 환하게 비추는 횃불을 보며 이성의 끈을 놓았다.

『혈야광무』 2권에 계속…

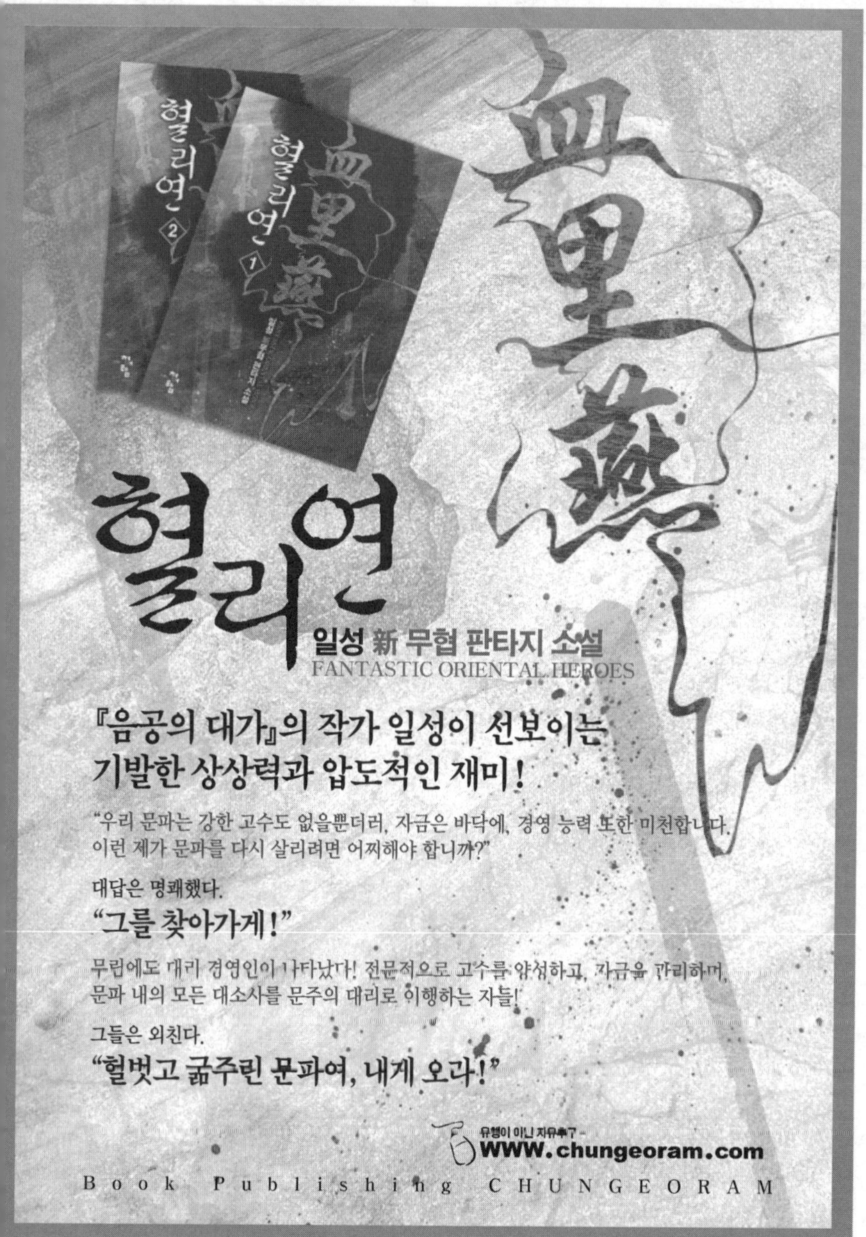

혈리연

일성 新 무협 판타지 소설
FANTASTIC ORIENTAL HEROES

『음공의 대가』의 작가 일성이 선보이는
기발한 상상력과 압도적인 재미!

"우리 문파는 강한 고수도 없을뿐더러, 자금은 바닥에, 경영 능력 또한 미천합니다.
이런 제가 문파를 다시 살리려면 어찌해야 합니까?"

대답은 명쾌했다.

"그를 찾아가게!"

무림에도 대리 경영인이 나타났다! 전문적으로 고수를 양성하고, 자금을 관리하며,
문파 내의 모든 대소사를 문주의 대리로 이행하는 자들!

그들은 외친다.

"헐벗고 굶주린 문파여, 내게 오라!"

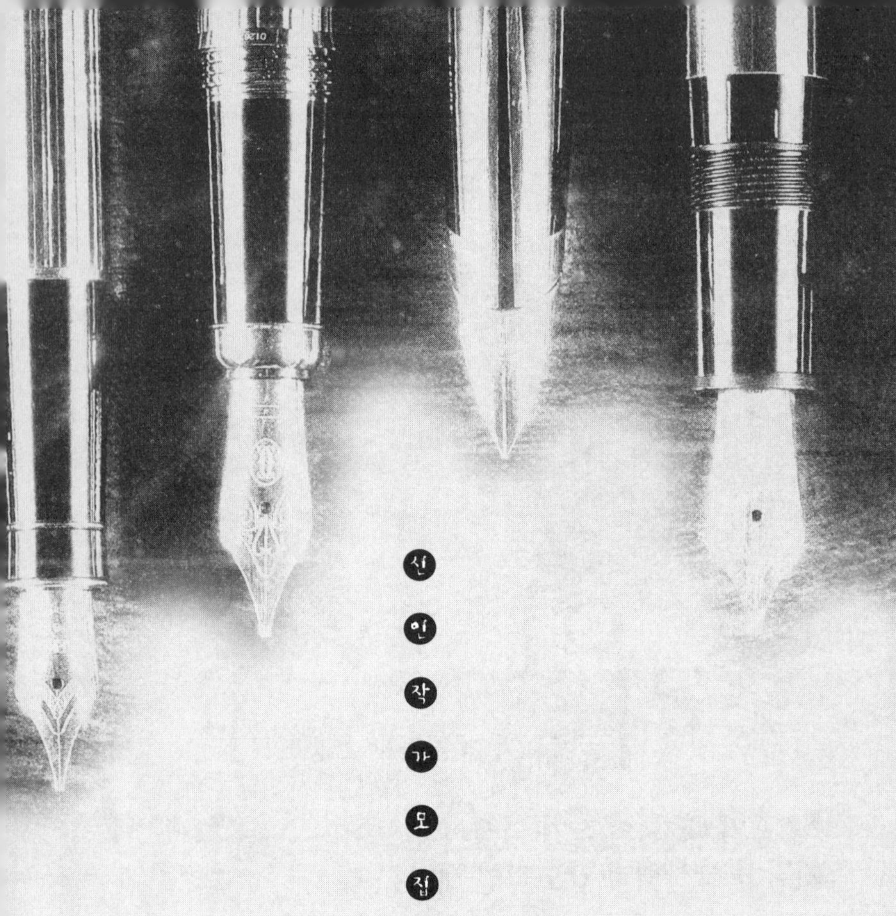
신

인

작

가

모

집

시작이 반이라고 했습니다.
작가의 길에 대한 보이지 않는 벽을 과감히 깨뜨리십시오!
청어람은 작가 지망생 여러분들의
멋진 방향타가 되어드리겠습니다.

저희 도서출판 청어람에서는
소설 신인 작가분들을 모집합니다.
판타지와 무협을 사랑하시는 분들의 많은 참여를 바랍니다.
소정의 원고(A4용지 150매)를 메일이나 우편으로 보내주시면
검토 후 출판 여부를 알려드리겠습니다.

주소:경기도 부천시 원미구 심곡1동 350-1 남성B/D 3F 우편번호420-011
TEL:032-656-4452 · FAX:032-656-4453
http://www.chungeoram.com
e-mail:chungeoram@chungeoram.com